edition hochfeld

Ein Toter am Pulverturm in Lindau! Kommissar Conrad Schielin – gerade mit seinem Esel Ronsard auf Wanderung im Bodensee-Hinterland – wird zurückbeordert, um den Fall zu übernehmen. Er kennt das Opfer, ein Junggeselle und Eigenbrötler, der zurückgezogen zusammen mit seiner Mutter und seiner Schwester ein Haus in Lindau-Reutin bewohnt.

Schielin stößt im Nachlass auf alte Briefe, die ein düsteres Familiengeheimnis ahnen lassen. Auch das Verhalten der Kollegen an der Arbeitsstelle erscheint ungewöhnlich. Welche Rolle spielte Ottmar Kinker bei der Privatisierung von Bahngrundstücken? Und schließlich: Wer war die Frau, mit der Ottmar Kinker in letzter Zeit einige Male gesehen worden war?

Jakob Maria Soedher lebt und arbeitet als Autor und Fotograf in Augsburg. Seine Kriminalromane erscheinen in der edition hochfeld (Augsburg) und im Aufbau-Verlag (Berlin). Er ist Mitglied der Autorenvereinigung *Das Syndikat*. Weitere Informationen auf der Autoren-Website unter: *www.soedher.de*

Schielins zweiter Fall

Pulverturm

edition hochfeld

1. Auflage
Juni 2008
edition hochfeld, Augsburg
© edition hochfeld
Umschlagkonzept und Gestaltung: edition hochfeld
Titelbild: U.-J. Schönlein; Pulverturm in Lindau (Bodensee)
Lektorat: Hilke Bemm, Affing
Satzherstellung: Amann, Aichstetten
Gesamtherstellung: CPI Ebner & Spiegel, Ulm
Printed in Germany

ISBN: 978-3-9810268-6-3
www.edition-hochfeld.de

Geiz ist ein Strang der Seel,
und alles Bösen Königin

Deutsches Wörterbuch
von Jacob und Wilhelm Grimm

Am Pulverturm

Es hätte kälter sein müssen zu dieser Jahreszeit. Die dünne Eisschicht im Hafenbecken war innerhalb weniger Stunden im Nichts vergangen, und über dem bayerischen Löwen und der Spitze des Leuchtturms kreiste müde eine Handvoll Möwen. Nur ab und an war einer ihrer kehligen Schreie zu vernehmen, und selbst diese sonst so aufgeregten Laute versanken in der Stille einer winterlichen Insel.

An der südlichen Ufermauer wurde der niedrige Wasserstand ansichtig. Der See hatte wie eh und je Abstand von der Stadt genommen und lag zurückgezogen vor den Ufermauern. Grobe Kieselsteine, Treibholz, Schnüre, Fäden, dazwischen Blechdosen und Plastikbecher bildeten die Grundlage eines unbenutzbaren, imaginären Strandes. Die Wasseroberfläche des Sees weit draußen spiegelte ein sorgloses Grau wider, und am Horizont ruhten schneebedeckte Gipfel.

In diesem abgeschminkten Zustand offenbarten Mauern und Gassen eine während sommerlicher Heiterkeit verborgene Seite der Stadt – eine unaufdringliche Melancholie. Die Zeit genügte sich selbst im lauen Plätschern sanfter Wellen, und war dieser Ort am Bodensee auch dem irdischen Treiben, Streben und Leiden nicht entkommen, so war es doch ein entrückter Flecken Land um und am See, wo Todsünden, Elend, Kümmernis und Pein ebenso ein Zuhause fanden wie anderswo – aber all das, woraus das Leben bestand, fühlte sich hier in den wassernahen alten Gassen scheinbar wohliger zu Hause als an anderem Ort. Es war Ende November, und nur einige treue Liebhaber der alten Mauern weilten zu Besuch. Im Kern der Insel und jenseits der Seebrücke, auf dem Festland, herrschte gezügelter Alltag. Die Stadt ruhte.

Eine Gestalt kam von der Seepromenade, querte den Platz vor dem Bahnhof und strebte, wie von einer unsichtbaren Hand geleitet, dem Uferweg hinter dem Leuchtturm zu. Der Kopf blieb geneigt, schenkte weder dem Hafenbecken, dem Bahnhofsgebäude noch den beiden Wahrzeichen der Hafeneinfahrt einen Blick. Es war ein Mann, der da ging. Sein Wollmantel war nicht geschlossen, und so schwangen die Enden ebenso nachdenklich im Gleichschritt, wie die Gestalt an Eindruck vermittelte, denn hätten Beobachter dem Mann nachgesehen, so wären sie zu der Auffassung gelangt, dass dieser Mensch sich nicht in Bewegung befand, um voranzukommen, sondern dass der einzige Zweck seines Fortkommens darin bestand, nachzudenken. Er schien entrückt, wandelte aber sicher dahin, war also zweifelsfrei ein Einheimischer, einer, dem die Wege vertraut waren. Die Sonne stand grell über einer gleißenden Nebelwand, die sich über dem Wasser gebildet hatte. Die nach Süden gewandte Ufermauer nahm die wärmenden Strahlen auf, und so war es besonders angenehm, zwischen den knorrigen Stämmen der Linden und den alten Sandsteinen der Mauer dahinzugehen. Niemand sonst war zu sehen. Vor der Südfront der Kaserne standen vier einfache Bänke ohne Lehne. Die an sich gelungene Ausstrahlung dieses Ruhe verströmenden Ensembles wurde zerstört durch die Papierkörbe, die, so notwendig sie auch sein mochten, einen anderen Platz verdient hätten. Doch der Mann hatte dafür keinen Sinn und keine Gedanken. Er genoss die warme Oberfläche der sonnenbestrahlten Sitzflächen. Aufrechtes Sitzen schmerzte ihn, und daher beugte er sich nach vorne, legte die Ellbogen auf die Knie, ließ das Kinn auf die gefalteten Hände sinken und überließ sein Gesicht der Sonne.

Es war kein stattlicher Mann. Es fehlte an der dazu erforderlichen Größe. Auch machte er keinen sportlichen Eindruck. Die Haare waren schütter, er trug eine Hornbrille, die – wie das Leben so spielt – inzwischen wieder in Mode gekommen war. Braune Schuhe, graue Flanellhosen, ein hellblaues Hemd, darüber ein Pullunder mit schwarzen, roten und grauen Rauten. Er atmete leise und fühlte der Wärme in seinem Gesicht nach.

Eine selbstbewusst klingende Kinderstimme riss ihn aus seinen Gedanken. »Schläfst du da?«

Er fuhr auf, öffnete die Augen und musste die Hand schützend vor die Stirn halten, um etwas zu erkennen. Erst sah er bunte Kreise und Punkte und nach einigen Sekunden dann ein Mädchen. Es blickte ihn interessiert an, was ihn verwunderte. Niemand sah ihn interessiert an. Er war einer jener Menschen, die nie wahrgenommen wurden, an die sich niemals jemand erinnerte. Er schaute kurz um sich. Kein Mensch sonst war zu sehen.

»Was machst du hier?«, fragte die Kleine neugierig und schüttelte mit einer anmutigen Bewegung die schulterlangen braunen Haare nach hinten. Sie trug einen blauen Mantel, feste Winterschuhe und war vielleicht zehn Jahre alt.

Er hatte keine Kinder, auch wenig mit Kindern zu tun, und war sich deshalb nicht sicher, ob er ihr Alter richtig schätzte. Er wusste auch nichts zu sagen, so überraschte ihn diese Unbekümmertheit, der er hier gegenüberstand. Daher schwieg er, ließ die Kleine aber nicht aus den Augen.

»Du hast hier geschlafen, gell«, kicherte sie.

Er schüttelte den Kopf. Eigentlich hätte er nun doch etwas sagen wollen, doch es fiel ihm nichts ein. Was hätte er denn auch schon sagen sollen. Er räusperte sich und sah betreten auf den See hinaus.

Sie verschränkte die Arme und sah ihn unverhohlen an. »Ich heiße Nadja«, sagte sie, als wolle sie ihn trösten, »wie heißt du?«

»Ottmar.«

Die Kleine lachte ohne Hemmung. »So heißt heute niemand mehr.«

Ottmar nickte.

Von hinten hörte er eilige, energische Schritte, die den Kies zum Knirschen brachten, bald darauf ein Schnaufen.

»Nadja! Wieso wartest du nicht. Wieso wartest du nicht!«

Die nächste Frage war an ihn gerichtet. Mit einer Spur Aggressivität. »Was machen Sie hier!?«

Er drehte sich zur Seite und musste blinzeln. Obwohl sie sehr herausfordernd gefragt hatte, verlieh ihr osteuropäischer Akzent ihrer Stimme einen weichen Klang.

Er zuckte mit den Schultern und sah sie an. »Ich sitze hier.«

»Sitzen hier …«, wiederholte sie misstrauisch und mit abweisendem Blick. Es war nicht schwer für ihn, ihre Gedanken zu erraten.

»Er hat nur geschlafen. Ich habe ihn geweckt«, sagte Nadja schuldbewusst. Ihre Mutter schwieg und atmete laut aus. Es klang erleichtert.

»Ich gehe hier immer spazieren und bleibe, wenn es schön ist, so wie heute, noch eine Weile sitzen«, erklärte er stockend und wunderte sich, wie viele Worte er zu ihr gesagt hatte. Und es hatte auch völlig normal geklungen, ohne diesen Anflug von Nervosität.

Sie sah ihn ernst an, nickte und schob Nadja in Richtung Uferweg, um zu gehen. Ihre braunen lockigen Haare glitzerten im Sonnenlicht.

»I … ich gehe dann immer in ein Café …«, er atmete tief aus, »wenn Sie mitkommen möchten … ich meine, ich möchte Sie einladen.«

Sie winkte ab und schüttelte energisch den Kopf.

Nadja rief laut und begeistert. »Ja! Ja!«

Ihre Mutter schob sie stumm weiter. Die Situation war ihr sichtlich unangenehm.

Ottmar Kinker erhob sich, wie von unsichtbaren Armen gezogen, und schloss mit wenigen schnellen Schritten zu beiden auf. Die Mantelenden flogen um seine Knie. Er dachte überhaupt nicht darüber nach, was er tat. Es geschah einfach. Wider Erwarten schickte sie ihn nicht fort. Sagte nichts, sah ihn nicht an, ging einfach weiter und duldete ihn, wie er stumm an ihrer Seite einherging, wenn er auch einen gehörigen Abstand zu ihr hielt. Er wollte schließlich nicht aufdringlich sein. Niemals und niemandem gegenüber wollte er aufdringlich sein. Das war ihm peinlich. Wenn man aufdringlich war, wurde man angesehen, stand man im Mittelpunkt. Das alles wollte er nicht. Aber jetzt, in diesem Augenblick, war es ihm egal, und er wusste, dass er aufdringlich war.

Sie folgten der Ufermauer hinter dem Bahnhof vorbei in Richtung Leuchtturm. Ein schmuckloser Zaun, dessen Existenz nur darin bestand, ein Zaun zu sein, blattlose Hecken und Bäume in gemessenem Abstand trennten den Weg zum Bahngelände hin ab, wo sich Hallen, Tanks und überholtes technisches Gerät sammelten. Nadja bewunderte die bunten hundegroßen Frösche, die, einen Gänsemarsch imitierend, an einem Eisenmast angebracht waren. Dahinter grüßte die lebensgroße Skulptur eines Esels, der auf einer Loggia im Giebel eines alten Bahnschuppens stand. Jetzt musste auch ihre Mutter lachen, denn der Esel trug einen gestreiften Smoking und wandte das Haupt keck und mit gestreckten Ohren dem Weg zu.

Ottmar Kinker waren die Figuren, Skulpturen, die lebensfrohen Farben und Fantasiegestalten noch nie aufgefallen. Er hatte immer nur Baumstämme, alte Mauern, den See und die Berge dahinter gesehen. Stumm folgte er den Blicken der beiden, nahm teil an ihrer Welt, sah, was sie sahen, und wollte nur eines – dazugehören.

Als sie den Hafen erreicht hatten, steuerte er an der Hotelfront vorbei, in die Hintere Metzgergasse, in welcher sich in wohldosierter Abgeschiedenheit und der Straßenbezeichnung trotzend, das Café Vogler befand. Er mochte den heimeligen Eingang vom Inselgraben her. Es war, als käme man nach Hause und nicht so, als betrete man ein Café. Und noch besser – man saß nicht wie in einem Schaufenster, sondern war ganz für sich. Sie konnten sich einen Tisch aussuchen. Ihr Zusammensein war das dreier sich völlig unbekannter Menschen, die scheinbar nichts miteinander verband, deren Kommunikation fast gänzlich aus einvernehmlichem Schweigen bestand aus. Und dennoch, es gab etwas, was sie zusammenbleiben ließ, jedenfalls in diesem Augenblick. Nadja sah abwechselnd mit großen Augen von ihm zu ihrer Mutter und war, ein wirklich seltener Zustand, still.

Ottmar Kinker hatte keine Ahnung, was er sagen sollte, und fürchtete sich davor, seine Tasse leer zu trinken. Was sollte er nur machen, wenn er nicht mehr voller Verzweiflung das Porzellan langsam zum Mund führen, hineinsehen und trinken konnte. Eigentlich vertrug er gar keinen Kaffee – der Magen – und so langsam wusste er auch nicht mehr, wohin er sehen sollte, da er Angst hatte, sie mit seinen Blicken zu vertreiben.

Die wenigen Male, bei denen sich die Gelegenheit zu einer Art von Dialog, zu einem behutsamen Austausch von Worten ergab, meist dann, wenn es darum ging, das Milchkännchen zu reichen, die Zuckerdose zu verlangen oder zu betonen, wie gut der Kaffee war, schlug er die Augen nieder. Sie war schön, und er hätte ihr gerne beim Erzählen zugehört. Ihre Stimme war dunkel und weich, selbst dann, wenn sie streng mit Nadja sprach.

Je mehr sich die Tassen leerten, desto verzweifelter wurde er, denn die Zeit der Trennung rückte heran. Ein Ende würde kommen und damit ein Ende des Wohlgefühls, welches ihn erfasst hatte, auch ein Ende der Geborgenheit, die er empfand. Hier, in diesem Café, in dem er so oft alleine gesessen hatte, erlebte er gerade das Ende seiner Einsamkeit, und doch würde auch diese bald selbst ein Ende finden. Die Macht der Vergänglichkeit konnte ein Trost sein, sicher. Doch ihm war Vergänglichkeit kein Trost, und alles, was ihn sein ließ, gierte danach, es nicht mehr enden zu lassen.

Als sie gingen, handelte er und kaufte eine Packung Seepralinen. Er wählte die Schachtel, auf welcher das Bild eines Mädchens zu sehen war, welches freudig auf einem Fisch ritt und dessen Zöpfe durch die Luft flogen. Es hatte ihm schon immer gefallen, aber wozu hätte er es kaufen sollen. Er gab sie Nadjas Mutter, nahm die Reste dessen zusammen, was erst Mut gewesen und jetzt nur noch Verzweiflung war, und sagte, dass es sehr schön gewesen sei und dass er sich freuen würde, wenn sie sich wiedersehen könnten.

Es war wie eine Befreiung. Er fühlte sich dabei, als stünde er neben sich, sah sich und hörte zu, wie er die so einfachen, schlichten Worte sprach, und ihm war, als überquere er auf einem Stahlseil balancierend eine tiefe, felsige Schlucht, ohne zu wissen, ob er ankommen würde.

*

Josef Pawlicek war unzufrieden. Er fuhr mit seinem Freizeitauto, einem gut gepflegten Ford Mustang, von Bad Goisern Richtung St. Gilgen und machte sich Gedanken. Das war ihm in letzter Zeit öfter passiert. Jedenfalls auf eine solche Weise, dass ihm danach deutlich bewusst war, dass er über etwas nachgedacht hatte.

Der Achtzylinder blubberte am Ufer des Wolfgangsees dahin, als Josef Pawliceks Handy klingelte. Missmutig schielte er zum Display, und als er erkannte, wer da anrief, wurde seine Stimmung nicht wesentlich besser. Er wusste, dass er sich aufregen würde, nahm die erstbeste Möglichkeit, um rechts heranzufahren. Dann riss er das Handy mit grobem Griff aus der Halterung, drückte hektisch zweimal ins Leere, bis er die richtige Taste traf und das Gespräch endlich angenommen hatte, ließ aber den Anrufer erst gar nicht zu Wort kommen, sondern bellte bösartig in das Mikro: »Erzähl mir bloß keine Geschichten, du überbezahlter Fadian, gell! Weißt du vielleicht endlich, wo sie ist!? Weißt du das endlich!?«

Am anderen Ende herrschte Stille. Josef Pawlicek füllte das Warten, indem er in einem Ausbruch unkontrollierter Gewalt gegen das Lenkrad schlug, was seine außerordentliche Erregung deutlich zum Ausdruck brachte, denn es war in seinem bisherigen Leben äußerst selten vorgekommen, dass er Dingen gegenüber gewalttätig wurde, die ihm etwas bedeuteten.

Er hörte die beschwichtigende, schleimige Stimme von Helmut Mosbichl. »Aber Josi. Was ist denn los. Ich habe dir doch versprochen, dass ich mich um die Sache kümmere. Aber so schnell geht es nun auch nicht, verstehst. Niemand weiß, wo sie hingegangen ist. Und nach Tschuschistan fahre ich wegen der Schlampn g'wiss net, das wirst doch auch net von mir verlangen wollen, Josi, oder?«

Josef Pawlicek tobte vor Wut. Er schrie, dass Speichel auf die Armaturen flog und sich die Stimme überschlug. »Schlampn!? Du Bullenoarsch traust dich, sie Schlampn zu heißen!? Sei froh, dass ich nicht drunten bin. Betonieren tät ich dir eine. Trau dich nur, trau dich nur! Weswegen rufst du mich überhaupt an, he! Hast grad nichts zu tun in deiner elenden Polizeiwachn, brauchst wieder a mal a Tschuschn, die dir dein graues, korruptes Leben erträglich macht? Wofür zahl ich dich eigentlich. Was habe ich davon, dir und der teuren Familie ihr selbiges Leben zu ermöglichen!? Gehen Gnädige Frau eigentlich noch zum Golfen? Das Töchterchen fühlt sich wohl in der Ballettstunde, und wie war es denn so am Opernball, Herr Inspektor? Wovon!? Wovon, glaubst du eigentlich, zahlst du das alles!? Und woher kommen die Schätzchen? Ich will es dir sagen – von der harten Arbeit meiner Mädchen. Es sind meine, und nicht einmal ich nenne sie Schlampen, auch wenn es das ein oder andere Ärschchen vielleicht verdient hätte! Hast du das verstanden!«

Die Stimme am anderen Ende wurde kühl. »Du Josi. Ich weiß nicht, wovon du da sprichst, gerade noch am Telefon. Ich glaube, es ist besser, wir unterhalten uns wann anders.

Ich möchte dir nur den Rat geben, nichts alleine zu unternehmen. Das wäre nicht gut, und das wäre diese Frau doch nicht wert, alles zu riskieren, oder?«

Josef Pawlicek spürte unterbewusst etwas, was er bisher noch nie gespürt hatte. Sein Herz. Aber es war kein romantisches Gefühl. Er hatte Durst, atmete schwer und fühlte ein Brennen an der Kehle. Was wusste dieser korrupte Speichellecker, welchen Wert Yulia für ihn hatte, was sie ihm bedeutete. Sobald das, was zu erledigen war, erledigt sein würde, könnte er den Herrn Oberinspektor abservieren. Wozu schließlich hatte er all die schönen Filmchen aufbewahrt und die Aufzeichnungen mit den Telefonaten. Er, Josef Pawlicek, war ein ordentlicher Mensch und konnte alles belegen – mit Belegen.

Er bemühte sich, tief und ruhig zu atmen, schluckte seinen Zorn hinunter und fragte. »Hast du wenigstens irgendetwas herausgefunden? Ihr habt doch so tolle Computer. Das habe ich neulich in der ZIB gesehen, oder etwa nicht.«

»Sie könnte im Vorarlberg sein«, lautete die trockene Antwort.

»Wo!?«, plärrte Josi, »Im Vorarlberg? Was will sie denn da, und was heißt da wieder *könnte*?«

»Ich weiß es noch nicht ganz genau, aber ich verspreche dir, wir werden es bald wissen. Ich habe aber das Gefühl, du nimmst das Ganze sehr persönlich, zu persönlich. Was ist denn nur los mit dir? Gibt's an anderer Stelle vielleicht auch Probleme?« Der letzte Satz klang eher höhnisch als besorgt.

Josef Pawlicek drückte die rote Taste des Telefons, stieg aus dem Wagen aus und ging aufgebracht ein paar Meter den Teerweg entlang, der in Richtung See führte. Wie hatte das alles nur geschehen können, und weshalb war sie vor ihm davongelaufen?

Alle wussten, dass er, Josef Reginald Pawlicek – von Freunden Josi genannt, von Leuten, die ihn nicht mochten Zinken-Josi, aber egal, wer ihn wie nannte, eben alle wussten –, dass er gut war zu seinen Frauen. Er zahlte anständig und pünktlich, die Zimmer waren immer in Ordnung. Keine schmuddeligen Absteigen, sondern modern, sauber und vernünftig eingerichtet.

Er hatte einen guten Ruf – und er schlug seine Frauen nicht, jedenfalls nicht ohne Grund und dann nicht so, dass sie es ihm lange nachtragen würden. Da gab es ganz andere Burschen in dieser Branche. Darüber hinaus kümmerte er sich um die wichtigen Dinge des Lebens; er legte das Geld für seine Mitarbeiterinnen ehrlich, solide und zukunftsorientiert an. Und waren Kinder da, dann tat er eh alles, was für deren Wohl erforderlich war. Keinem sollte es an etwas fehlen. Allein – er legte Wert auf regelmäßigen Schulbesuch. Die Tochter einer seiner ehemaligen Mitarbeiterinnen studierte inzwischen in Wien, und das war es, was ihn stolz machte.

Und Yulia? Sie hatte er doch nicht alleine deswegen genommen, weil sie für ihn hätte arbeiten sollen. Also, sicher sollte sie arbeiten, aber hinter der Bar, das war doch angenehm und zudem eine Vertrauensposition. Yulia war intelligent, so wie Jelena, die mit ihr zusammenarbeitete. Die beiden hatten studiert, aber was sollte man da drüben mit einem Studium schon anfangen. Verhungern?

Die Investition, die vielleicht verloren war, machte ihm keinen Kummer. Die paar Tausender, die er ausgegeben hatte, eh wurscht. Schon auf der Ladefläche des Lkw, wo die Versteigerung stattgefunden hatte, war ihm klar geworden, dass er es niemandem gestatten würde, ihm diese schon etwas ältere Braunhaarige wegzuschnappen. Er wollte nicht, dass sie in irgendeinem Türkenpuff verheizt wurde, und die Kleine, die sich an ihre Beine klammerte, hatte es ihm auch angetan.

Sie hätte doch wissen müssen, dass er mit ihr anderes vorhatte. Er war ja fast schon so weit gewesen, ihr ihren Pass zurückzugeben. Sie hätte gar nicht auf so dramatische Art und Weise davonlaufen müssen. Er hätte auch mit sich reden lassen, ihr geholfen. Das *Anna Belle* war zwar eine edle Adresse, aber auch nicht jedermanns Sache.

Es passte nicht zusammen. Sie hatte anständig gearbeitet, wurde anständig bezahlt und anständig behandelt. Es musste etwas passiert sein, von dem er noch nichts wusste, und Mosbichl traute er alles zu.

Dass sie auf und davon war, traf ihn in zweierlei Hinsicht. Zum einen litt der Respekt darunter, den er sich über die Jahre hinweg im Milieu hart erarbeitet hatte. Er bekam durchaus mit, dass man über ihn Witze riss, weil eines seiner Pferdchen durchgebrannt war und ihn dabei auch noch kräftig beklaut hatte. Das war schon deshalb nicht in Ordnung, weil er immer fair gewesen war. Gut, manchmal hart, aber immer fair. Der Spott der anderen traf ihn nicht, die würden bald wieder die Klappe halten. Ihm selbst gegenüber traute sich eh keiner, den Mund aufzumachen. Er hatte schließlich einen Ruf. Den hatte er sich zusammen mit dem Respekt erarbeitet. Damals, als er wieder frei war und nicht wusste, wie das Geschäft lief, da war er ungezügelter vorgegangen und hatte einige Male kräftig hingelangt. Auch wenn es niemand vermutete, aber diejenigen, die er malträtiert hatte, taten ihm hinterher ernsthaft leid. Zum Beichten war er dann immer nach Wien gefahren. Es war aber eigentlich gar nicht oft notwendig gewesen, denn alle, die es wissen mussten, kannten die Version seiner Vergangenheit, und das ersparte ihm viel Ärger. Man hatte Angst vor ihm.

Er quälte sich, ohne zu wissen, dass er sich quälte. Er stellte nur fest, dass sein Dasein vom Gefühl des Rund-um-Zufriedenen weit entfernt war. Wieso war sie nur davongelaufen? Er war doch schließlich wer, das hätte sie doch feststellen müssen. Sie war doch eine intelligente Frau.

Er hatte das große Haus, die schönen Autos und die Firma, das *Anna Belle*. Und unansehnlich war er schließlich auch nicht mit seinen sehr gut vierzig Jahren. Er war immer braun gebrannt, hatte schöne Brusthaare, eine durchtrainierte Figur, trug inzwischen ausschließlich dunkle Anzüge und konnte zwischen mehreren Rolex wählen. Seit Kurzem besaß er sogar Visitenkarten. Darauf stand *Kaufmann* als Berufsbezeichnung. Es passierte häufig, dass er einen der edlen kleinen, cremefarbenen Kartons zur Hand nahm, seinen Namen, die Adresse, Telefonnummer und ganz besonders diese nach rechts geneigten, etwas hervorgehobenen Schriftzeichen, die das Wort Kaufmann bildeten, betrachtete und sich vergegenwärtigte, dass er damit gemeint war. Er hatte es geschafft, war jetzt Kaufmann und katholisch. Und jetzt das.

Ihn quälte die Frage, weshalb sie davongelaufen war. Und je mehr er sich mit dieser Frage beschäftigte, desto klarer wurde ihm, dass sie niemals ohne äußeren Antrieb von ihm weggegangen wäre. Es musste also jemand dahinterstecken. Jemand, der dafür zur Rechenschaft gezogen werden musste. Schließlich ging es hier um seinen Ruf.

Im Vorarlberg sollte sie also sein. Das war weit weg. Noch hinter dem Fernpass. Da war Josef Pawlicek, genannt Josi, noch nie gewesen. Er brach den Sonntagsausflug ab und fuhr nach Hause. Dort packte er einige Klamotten, wechselte das Auto, rief im *Anna Belle* an und gab Bescheid, dass er für einige Tage verreisen würde. Dann fuhr er in Richtung Salzburg davon.

Spätes Glück

Ottmar Kinker stieg aus dem Auto und dachte zufrieden an diesen Augenblick des Seiltanzes vor einigen Monaten im Café Vogler und machte sich auf seinen gewohnten Weg – Seebrücke, Hafen, Leuchtturm, Uferweg zum Pulverturm und über die Grub wieder retour. Er holte die Tasche mit der Kaffeemaschine heraus und nahm sie mit. Das war zwar umständlich, doch in letzter Zeit wurden hier Autos selbst am helllichten Tag aufgebrochen, und er war stolz auf sich, dieses Ding gekauft zu haben.

Doch schon hinter der Seebrücke, gegenüber der Spielbank, bereute er den Unsinn. Die Taschengriffe schnitten ihm in die Hände, und die Kante des Kartons drückte unangenehm gegen die Außenseite des Oberschenkels. Er verteilte die Schmerzen, indem er oft die Tragehand wechselte. Er kürzte ab, ging direkt zum Stiftsplatz und warf das Kuvert, das er seit gestern bei sich trug, in den Nachtbriefkasten am Amtsgericht ein. Der stählerne Aschenbecher, der gleich daneben angebracht war, verströmte den muffigen Geruch kalten Zigarettenqualms. Er machte, dass er wegkam, und gleich war ihm leichter und wohler zumute. Heute verzichtete er auf die traditionelle Hafenrunde, ging durch die Maximilianstraße, wechselte auf der Thierschbrücke über die Bahngeleise und war sogleich auf der freien Fläche vor der Ufermauer.

Die Bänke dort waren immer noch ohne Lehne. Er setzte sich zufrieden nieder. Es war ein anderer Ottmar Kinker als jener, der er die Jahre zuvor gewesen war. Er ging anders, lockerer, trug Jeans und Sweatshirt, darüber eine blaue Windjacke und bequeme Schuhe. Die Hornbrille war noch die gleiche, aber jetzt war sie gewollt stylisch.

Er stellte die Plastiktüte neben der Bank ab. Eine Kaffeemaschine hatte er gekauft, recht günstig. Sie behaupteten, Geiz mache geil. Früher, wenn er sich mal einen Rasierapparat, Glühlampen oder Batterien gekauft hatte – anderes hatte keinen Wert für ihn – war er immer verwundert darüber gewesen, was daran geil sein sollte. Noch mehr jedoch wunderte er sich darüber, dass dieser Werbespruch allem Anschein nach funktionierte. Bis zu dem Augenblick, als er mit Yulia in der Küche zusammenkam. Da war er ziemlich geizig gewesen und sie auch.

Fälschlicherweise war er der Meinung gewesen, seine Hosen in der Hektik vollständig heruntergebracht zu haben, was sich leider als Irrtum herausstellen sollte. Als er auf Yulia zustürzte, blieb er hängen, schlug zuerst mit der linken Schulter und dem Kopf auf die Tischplatte, versuchte, sich mit der rechten Hand am Stuhl festzuhalten, der kippte und ihm böse gegen die Hüfte schlug. Eigentlich hatte es wehgetan, hinderte ihn jedoch nicht an seinem Vorhaben. Aber eines war ihm seither klar: Nicht der Erwerb der billigsten Kaffeemaschine der Welt war in der Lage, eine derartige Schmerzunempfindlichkeit hervorzubringen.

Er wartete, bis die Sonne irgendwo hinten bei Konstanz im See versunken war, bevor er gedankenverloren weiterging, der Ufermauer folgte, die kurz vor dem Pulverturm in Stufen anwuchs und sich zu einem Durchlass emporschwang. Ottmar Kinker schritt hindurch und ging langsam die Stufen hinunter zum See. Die Sonne hatte die graue, runde Mauerfläche des Pulverturms erwärmt. Die kalten

Wasser des Sees lagen weit zurückgezogen und gaben die Fundamente des alten Wehrbaus frei, die von riesigen Kieseln und Treibholz umgeben waren. Er saß eine Weile auf einem unterspülten Betonsockel, lehnte am rauen runden Turm, spürte die warme Gewalt am Rücken und beobachtete, wie das Dunkel zunehmend den Raum um den See füllte.

Es war schon verrückt, was er getan hatte. Er, der Unscheinbare. Plötzlich nahmen ihn alle wahr. Böhle besonders. Der hatte jetzt Angst vor ihm. Und zu Hause? Das würde was geben, wenn sie es erfuhren. Er lachte etwas bitter einer verschwundenen Sonne nach. Sein neues Leben hatte begonnen.

Ein Geräusch riss ihn aus seinen Gedanken. Er wandte sich der Treppe zu. Irgendetwas hatte da geraschelt. Aber er war im Moment völlig alleine hier. Weit und breit hatte er niemanden gesehen.

Am Rücken war die Wärme noch zu spüren, doch von vorne drang ihm allmählich, mit der Dunkelheit im Bunde, eine scharfe Kälte ins Gesicht. Er erhob sich, ging vorsichtig balancierend über große Kiesel zur Treppe zurück und nahm immer zwei Stufen auf einmal, sah dabei nach unten, um nicht zu stolpern. Auch als er langsam die Stufen nach oben ging, hatte er den Blick auf die Stufen gerichtet, und so schreckte er zusammen, als er die dunkle Gestalt wahrnahm, die ihm völlig unerwartet im torartigen Durchlass entgegentrat. Er drehte sich wieder dem See zu und ging einen Schritt nach links, um dem Fremden und doch auf seltsame Weise Bekannten den Weg hinunter zu ermöglichen. Er sah den Bodensee, die dunklen Umrisse des Pulverturms, schwebende Lichter am Schachener Ufer und einzelne Sterne am mattschwarzen Himmel.

Es ging sehr schnell. Die Gestalt ging nicht an ihm vorbei. Gerade als er sich wieder umdrehen wollte, spürte er den Blick, dann einen harten Griff am Unterkiefer, der seinen Kopf nach hinten drückte. Ottmar Kinker wusste nicht, was geschah. Was folgte, war ein hartes Brennen in der Kehle, dann wurde ihm schwindelig. Er wollte etwas sagen, rufen vielleicht, aber was? Er war voller Schrecken. Dann traf ihn der Schlag. Am mittleren Plateau der Treppe blieb er liegen, kam noch einmal auf die Knie, kippte aber wieder zur Seite und glitt die letzten Stufen hinab bis zum Kiesufer. Dort war es dunkel und kalt. Am Horizont hing ein schmaler violetter Streif. Die Gestalt war verschwunden.

Spätes Erwachen

Nur einen Gedanken von Ottmar Kinkers Ende entfernt, wanderte Conrad Schielin in Begleitung Ronsards völlig losgelöst vom Gang der Dinge, ohne Denken und Sinnen auf einem Waldweg dahin und war glücklich. Er ging schon seit Stunden und hatte jene Phase erreicht, in welcher Geist und Körper die Bewegung nicht mehr bewusst steuerten und wahrnahmen, sondern das Sich-Fortbewegen ein vom bewussten Willen isolierter, rein physischer Vorgang war. Alles zu Überdenkende war gedacht, und er hatte wieder einmal Einklang mit sich selbst hergestellt.

Diese Akte der Entspannung und geistigen Entleerung waren ihm nur möglich, wenn er sich in der Natur bewegte und gleichsam eingebettet war in ein anderes Konzept der Zeit, als das, was ihm Beruf, Familie und gesellschaftliche Erfordernisse aufzwangen. Schielin betrieb sozusagen autogenes, transzendierendes Eseltrekking.

Vor Tagen, als er mit der Wanderung begonnen hatte, war das noch anders. Zu viel hatte sich angesammelt, worüber er nachdenken und sich klar werden wollte. So dauerte es fast einen ganzen Tag, bis er so weit war, die Dinge seines Lebens zusammen mit Ronsard bedenken zu können, der das an ihn Herangetragene stumm aufnahm, sorgsam bedachte und ebenso emotionslos Teil der Freude war, wenn sein Begleiter für sich selbst, aber doch für einen sensiblen Esel spürbar, zu einem befriedigenden Ergebnis gekommen war.

Ronsard wusste, dass sein Begleiter kein leichtes Leben mit den beiden Töchtern hatte. Sie waren ja auch ihm gegenüber eher distanziert und sehr skeptisch. Mit den komischen, oberflächlichen Friesen gingen sie viel offener um.

Am vierten Tag war es, dass Conrad Schielin wieder einmal in Gedanken darüber versunken war, ob er sich mit der Art und Weise, wie er lebte, auf dem richtigen Weg befand, ob er sich in der Vergangenheit immer richtig entschieden hatte und was hätte werden können, wenn er die eine oder andere Entscheidung anders getroffen hätte.

Er wanderte einsam den Waldweg entlang und folgte den Spuren seines Lebens, was ihn zu der Erkenntnis führte, dass ein Leben nicht allein dadurch erfüllend war, weil man Lebensentscheidungen richtig oder falsch getroffen hatte. Vielmehr kam er zum Schluss, dass das große Glück darin bestand, Entscheidungen treffen zu können, die Wahl zu haben für das ein oder andere, gleich wie der jeweils eingeschlagene Weg sich gestaltete und bewältigt werden musste. Gerade als er mit dem Ergebnis seiner stillen Zwiesprache zufrieden aufsah, stellte er fest, dass der Weg, den er eingeschlagen hatte, hier endete. Er stand vor einem tiefen, sumpfigen Graben, über dessen modrig warmem Dunst Hummeln, Fliegen und frühe Bienen ein erstes Fest veranstalteten. An den Zweigen der Büsche strahlte zartes Grün im Sonnenlicht. Die Bäume hingegen waren noch stumm.

Er war also vom Weg abgekommen. Gleichmütig ging er zurück zum verpassten Abzweig, was länger dauerte, als er vermutet hatte. Dort angekommen, interessierte ihn allerdings schon, aus welchem Grund er nach rechts abgebogen war, ohne dies zu wollen. Er stieß auf frische Fahrspuren, die von einem Holztransporter oder einem ähnlich schweren Fahrzeug stammen konnten. Das Gewicht von Gefährt und Ladung hatte sich nicht sonderlich tief, aber doch deutlich sichtbar in den Boden gepresst.

Er war zwischen den beiden Spuren gegangen und ihnen nach einer Weile, wie selbstverständlich und ohne weiter zu überlegen, gefolgt. Er war also Spuren gefolgt, die so eindeutig und klar ersichtlich vor ihm lagen – und doch den falschen Weg wiesen. Auch darüber musste er jetzt nachdenken, was ihm keine Pein bereitete, denn heute nun, am vierten Tag seiner Wanderung, war Conrad Schielin zur Ruhe gekommen, und neben ihm, an lockerer Leine, trottete, nicht weniger nachdenklich und über die Zeitläufte der Eselwelt nachsinnend, Ronsard. Amtzell hatten sie weit hinter sich gelassen, es war schon schummrig, und bald sollten sie ihr letztes Etappenziel bei Neukirch erreichen.

Ein paar Mal im Jahr nahm er sich die Zeit, mit Ronsard ausgedehnte Wanderungen zu unternehmen. Dies Mal hatte ihn Marja in Weingarten bei einem Freund abgesetzt und war mit dem Hänger zurück nach Lindau gefahren. Über Waldburg, Vogt, vorbei am Siegenhausener Weiher, war er auf einsamen Feld- und Waldwegen bis zum mäandernden Lauf der Argen gekommen und folgte diesem bis zum Weiler Steinenbach, südlich von Neukirch. Von dort war es nur noch ein halber Tag, eine gemütliche Wegstrecke, bis er wieder zu Hause war. Marja hatte die Zeit seiner Abwesenheit genutzt und war übers Wochenende mit den Gören in die Schweiz gefahren. Er war erst vor einigen Wochen dort bei den Schwiegereltern gewesen, was sehr schön war. Aber dieses Wochenende war großes Familientreffen angesetzt, und darauf konnte und wollte er gerne verzichten, was inzwischen möglich war, ohne dass es zu großen Diskussionen führte.

Es war Anfang April und eine gute Zeit, um mit Ronsard wandern zu gehen, denn die Natur wartete noch auf ein paar mehr Sonnentage und länger anhaltende Wärme. An den Wegrändern lockten noch keine saftigen, prallgrünen Grasbüschel, die das Herumstreifen mit Ronsard sonst so beschwerlich gestalten konnten. Einen Esel in seiner physischen und charakterlichen Statur über Land zu ziehen war unmöglich. Und noch etwas anderes gab es nicht – wandernde oder Rad fahrende Touristen, die manchmal geradezu hysterisch darauf bestanden, ein Bild von ihm und Ronsard machen zu dürfen.

Auf seinem bisherigen Weg waren ihm einzig ein paar rotnasige Holzbauern begegnet, die ihm freundlich zuwinkten, sich still über das wundersame Gespann wunderten, am Abend vielleicht davon erzählten – zu Hause oder am Wirtshaustisch. Welch ein schöner Gedanke, von unbekannten Menschen an unbekannten Orten Gegenstand einer kleinen, gutmütigen Geschichte zu sein, vielleicht Initial einer Unterhaltung über das Wandern, über Esel, den Bodensee – und andere schöne Dinge des Lebens.

Diesmal blieb ihm also Geschrei wie »Mutti! Mutti! Ei guck emol, en Eselsche, en Eselsche!« erspart. Wobei er sich nie sicher sein konnte, wer gemeint war. Brav stellte er sich in solchen Situationen neben Ronsard, nahm *Mutti* in den Arm, ließ sich fotografieren und war froh, weiterzukommen, ertrug die aufgebrachten Blicke, hinter deren verwunderter Überraschung doch eine ganz andere Sichtweise stand. Eine, die ihn zu einem Außenstehenden abstempelte, zu einem Vagabunden, einem Gebrochenen und eher noch zu einem Zigeuner. Wer zog schon mit einem Esel durch die Lande? Gott sei Dank, es war April. Und im April blieb ihm das auf dieser Route erspart.

Einzig ein bordeauxfarbener Jaguar Sovereign mit öster-reichischem Kennzeichen war ihm gleich am Anfang der Tour auf der Landstraße vor Wolfegg begegnet. Der Fahrer, wegen der getönten Scheiben nur schemenhaft zu erken-nen, hatte das Tempo reduziert, obschon er gar nicht flott unterwegs war, und etwas hysterisch mit der Lichthupe ge-grüßt. Ein freundliches Winken war auch zu erkennen. Erst dachte Schielin, es mit einem Landsberger zu tun zu haben, doch die ersten Buchstaben des Kennzeichens LL standen für Linzer Land. Eine ebenso romantische Landschaft wie die, in welcher er gerade unterwegs war.

Schielin verließ den romantischen Flusslauf an der Kehre bei Heggelbach, überquerte eine Streuobstwiese und er-reichte bald die ersten Häuser von Steinenbach, wo er bei einem Bauern die Nacht verbringen würde. Inzwischen gab es überall Fremdenzimmer, und das ganze Land war eine Weide. Ronsard wurde gut versorgt, und eine Flasche Wein, frisches Brot, Schinken und Käse reichten aus, um glück-lich zu sein. Draußen war es jetzt dunkel geworden – und kalt. Schielin schlief gut; tief und fest wie selten, und als er am nächsten Morgen aufbrach, entschloss er sich, die etwas längere, aber umso romantischere Schleife über den Schlein- und Degersee zunehmen.

Er hatte gerade die Argen überquert, Oberlangnau lag vor ihm, da klingelte das Handy. Hören konnte er es nicht, aber das Vibrieren dieses kleinen Dings breitete sich über den Rucksack hin aus und fuhr ihm gar nicht mal so unange-nehm in die Schultern. Es dauerte eine Weile, bis er es in Händen hielt. Wer immer da anrief, hatte Geduld. Als er die grüne Taste drückte, hörte er zunächst ein Stimmengewirr, aus dem sich schließlich Lydias weicher schwäbischer Dialekt hervortat.

»Hallo Schatzi. Bist ja doch noch rangegangen«, nölte es aufgedreht aus dem Hörer.

»Seit wann bin ich dein Schatzi«, entgegnete Schielin und ahnte, dass seine Wanderung ein vorzeitiges Ende nehmen würde.

»Wie geht es denn dem Esel … ich meine Ronsard?«, fragte sie scheinheilig und lachte boshaft.

»Gut. Wieso fragst du nicht wie es mir geht – Schatzi!?«

Sie zog laut Luft zwischen ihren Zähnen hindurch, und ihre Stimme bekam einen gehörigen Schlag Ernst. »Tjaaaa. Es ist mir sehr unangenehm, dich stören zu müssen, aber wir haben einen Toten.«

Schielin hielt sich zurück. »Mhm.«

»Du musst kommen!«, sagte sie ohne einen Zweifel darüber mitklingen zu lassen.

»Wieso? Was ist es denn für ein Toter?«

»Oh, ein ziemlich Toter. Es könnte ja vielleicht ein Selbstmord gewesen sein. Tatablauf dann in etwa so: Er hat sich mit der Faust ins Gesicht geschlagen, dann ein Messer ins Herz gerammt und schließlich die Treppe am Pulverturm hinuntergestürzt … muss sehr verzweifelt gewesen sein. Das suizidal in Anwendung gekommene Messer haben wir leider noch nicht finden können. Das hat wahrscheinlich die Flut geholt …«

Schielin stöhnte. »Ist gut, ist gut Lydia … am Pulverturm also?«

»Ja, mein Lieber. Hier ist ganz schön was los. Ich bin übrigens gerade vor Ort. Schaut schlimm aus. Wir brauchen dich.«

»Ja, du bist gut. Ich stehe hier mit Ronsard auf der Landstraße vor Oberlangnau, Marja ist heute in München, und Lena und Laura sind in der Schule, hoffe ich wenigstens. Und du weißt, wie schnell Ronsard zu Fuße ist. Wie soll ich das jetzt machen? Soll ich vielleicht auf ihm reiten, oder was? Das dauert dann Jahre.«

»Wir holen dich«, kam sofort ihre Antwort.

»Und Ronsard?«

»Wir haben doch noch den alten Dienst-Passat von der Wasserschutz, der mit der Anhängerkupplung für den Bootsanhänger. Wir fahren hoch zu dir, ich kontrolliere dabei mal, was deine zwei Gören so treiben, dann schnappe ich den Hänger, und wir holen dich ab.«

Das war typisch Lydia. Sie hatte schon einen genauen Plan, wie die Dinge laufen sollten. Vorher hätte sie ihn auch nie angerufen. Schielin stöhnte innerlich und fragte dann, schon ohne jede Gegenwehr in der Stimme. »Wer ist eigentlich *wir*?«

»Gommı kommt mit«, lautete die vorsichtige Antwort.

»Ach du Scheiße. Ist der etwa auch vor Ort.«

»Nein. Natürlich nicht. Der würde hier ja alle wahnsinnig machen«, sagte sie beschwichtigend.

»Allerdings.« Schielin überlegte einen Augenblick, obgleich es nichts mehr zu überlegen gab. »Also gut. Ich warte hier an der Argenbrücke. Der Hänger steht hinten an der Weide bei den Friesen, und bitte! Du fährst, ja!«

Lydia Naber klang erleichtert. »Geht klar …, Schatzi.«

*

Eine knappe Stunde später kam Lydia angerauscht. Schielin konnte das blecherne Scheppern des Pferdehängers schon von Weitem hören. Sie fuhr angstfrei. Erich Gommert musste dagegen Todesängste ausstehen. Allen Befürchtungen zum Trotz stieg Ronsard diesmal in den Hänger, ohne großen Zinnober zu machen. Gommert sprang aufgeregt herum, Lydia lehnte am Passat und wartete, bis Schielin mit dem Eseltreiben fertig war, dann fuhren sie los. Schielin bestand darauf, zu fahren, Lydias Ralleystil wollte er Ronsard nicht zumuten. Die saß auf dem Beifahrersitz und erzählte fragmentarisch, was sich seit dem Morgen ereignet hatte und wer verständigt worden war.

Erich Gommert, dem Kimmel verboten hatte, mit zum Tatort zu gehen, hörte neugierig mit offenem Mund und aufgerissenen Augen zu. Ab und an schluckte er, so als müsse er das soeben Gehörte verdauen. Und was Lydia berichtete, war in der Tat schwer verdaulich. Erich Gommerts einzige Ablenkung bestand darin, in ungleichem Rhythmus schreckhaft nach hinten zu blicken, als würde Ronsard plötzlich durch die Heckscheibe heranstürzen. Schielin bekam das im Rückspiegel mit, und es machte ihn nervös. Überhaupt, so gerne er Gommert mochte, mit all seinen Eigentümlichkeiten – aber sein Gehabe machte ihn nervös, als strahle er elektrische Ladungen aus.

Mitsamt dem Hänger und Ronsard fuhr Schielin über die Seebrücke, folgte der Zwanzigerstraße, überquerte die Bahnlinie und steuerte schließlich vorsichtig dem Ufer zu. Die überaus hässlichen Eisengestänge, die Parkplatzsuchende verwirren sollten, waren hier sehr eng gestellt.

Der Uferweg war für den Durchgangsverkehr bereits gesperrt. Die Flatterleinen leuchteten rot und weiß, worin ja genau ihre Aufgabe bestand. Um die Ecke, am Durchlass zur Treppe, die zum See hinunterführte, wanderte Kimmel mit auf dem Rücken verschränkten Händen auf und ab, was nicht eben den Eindruck von großer Gelassenheit vermittelte. Er war froh, als er Schielin um die Ecke biegen sah.

»Wo hast du den Esel?«, war Kimmels erste und Schielin verblüffende Frage. Er selbst, seine Frau und Kinder schienen inzwischen kaum noch von Interesse zu sein.

»Steht da hinten im Hänger«, antwortete er knapp und ging weiter zum Durchlass. Kimmel war zufrieden und folgte.

Rechts, auf der Rasenfläche, stand bereits ein Wagen des Bestattungsinstitutes, und vor der aufstehenden Heckklappe glänzte ein Zinksarg. Die zwei Bestatter lehnten gelangweilt am Wagen und rauchten. Schielin drehte sich um und nahm einen Blick über die Südfront der ehemaligen Luitpold-Kaserne. Er war überrascht, denn er hatte mehr Zuschauer erwartet, die an den Fenstern stehend versuchten, Teil des Geschehens zu werden, ohne Anteil zu nehmen. Weiter hinten erkannte er Funk, der bei zwei Uniformierten stand und sich mit einem Mann unterhielt. Soweit Schielin erkennen konnte, handelte es sich dabei um einen Journalisten. Im näheren Bereich der Kaserne und ein Stück entfernt, entlang des Uferwegs, standen einige wenige Neugierige, die jedoch von den Absperrbändern und uniformierten Kollegen zurückgehalten wurden. Kimmel beauftragte Gommert, mit einem Fotoapparat alle Personen im weiteren Umfeld zu fotografieren und deren Personalien festzustellen. Damit war auch Gommert erstmal beschäftigt und nicht mehr im Weg.

Schielin trat in den Durchgang und blickte nach unten. Drei Gestalten, jede in weißem Overall, sammelten verschiedene Utensilien ein und legten sie in einen großen Metallkoffer. Die Spurensicherung war also bereits beendet. Zusammen mit Lydia und Kimmel ging Schielin die

Treppe hinunter, blieb auf dem Sockel stehen, sah sich um und ging dann weiter bis zur letzten Stufe. Die weißen Overalls räumten die Treppe und verschwanden mit kurzem Gruß. Jetzt war Schielin an der Reihe.

Ein großer Steinbrocken lag links ein Stückweit vor der letzten Stufe. Daneben hingen zwei schwere Betonplatten zwischen mächtigen Kieseln und bildeten einen trockenen Pfad. Zwischen dem Stein, den Platten und der letzten Treppenstufe lag eingekeilt der verwundene Körper eines Mannes. Sanft umspülte das an dieser Stelle nur wenige Zentimeter hohe Bodenseewasser den Ufersaum. Die Kleidung des Toten hatte sich voll Wasser gesogen, was an den dunklen Rändern gut zu erkennen war. Schielin balancierte über einige der Steine, hielt sich an der Mauer des Pulverturms fest und betrachtete das zum See hin weisende Gesicht des Toten. Erschrocken sah er auf. Kimmel und Lydia standen ihm gegenüber auf der Treppe.

»Mensch, den kenne ich doch, den kenne ich doch. Der wohnt doch draußen bei mir … ganz in der Nähe.«

Lydia klappte ihren Notizblock auf und las vor. »Ottmar Kinker, fünfzig Jahre alt, ledig, wohnt in Reutin …«

Schielin unterbrach sie: »Ja genau, irgendwo in der Nähe von der Coca Cola.«

»Kennst du ihn näher?«, fragte Kimmel.

Schielin schüttelte den Kopf. »Nein, näher nicht. Aber vom Sehen halt. Man weiß eben, wo jemand wohnt, kennt seine Gepflogenheiten, wo er wann einkauft, welches Auto jemand fährt, so eben … man kennt das Gesicht, die Gestalt und vieles andere, aber vom Menschen selbst, seinen Lebensumständen, weiß man gar nichts. Nichts. Du weißt was ich meine, oder?«

Kimmel nickte. Schielin wandte sich wieder dem Toten zu, hob vorsichtig die obere Seiten der Jacke an und betrachtete den Oberkörper. »Wenig Blutverlust für einen Messerangriff, mhm? Und du hast mir doch was von Schlägen erzählt, Lydia. Da ist doch kaum was zu sehen. Hätte ich mir schlimmer vorgestellt. An den Händen sind keinerlei Abwehrspuren zu erkennen.«

Lydia ging nicht darauf ein. »Wir haben einen Geldbeutel in der Innentasche seiner Jacke gefunden. Er hatte über zweihundert Euro dabei, dazu Führerschein, Personalausweis und eine EC-Karte von der Bodenseebank. In der Hosentasche befand sich der Autoschlüssel. Das Auto selbst haben wir noch nicht gefunden. Die Fahndung dazu ist bereits rausgegangen, wir haben aber Kennzeichen und Typ schon ermittelt. Was ich damit sagen will, ist, …«

»… dass es sich schwerlich um ein Raubdelikt handelt«, ergänzte Schielin.

»Eben. Das sieht ziemlich zielstrebig aus. Es fand kein Kampf statt. Jedenfalls gibt es davon keine Spuren, weder an ihm, noch hier auf der Treppe. Könnte sein, dass er hier abgepasst worden ist.«

»Es war nur ein Stich?«, fragte Schielin ohne aufzusehen und betrachtete weiter skeptisch den Brustbereich. Es klang eher wie eine Feststellung, so als ob er sich selbst eine Frage stellen wollte.

Lydia Naber nickte, obwohl er gar nicht zu ihr hinsah. »Nur ein Stich … und Spuren stumpfer Gewalteinwirkung am Kopf. An der rechten Schädelseite, zwischen Ohr und Schläfe. Schaut wie ein Schlag aus, jedenfalls nicht so, wie die anderen Schürfungen, die er sich geholt haben muss, als er die Treppe runtergestürzt ist. Genaueres bekommen wir, wenn das Ergebnis der Obduktion vorliegt. Sicher ist aber, dass er über Nacht hier gelegen haben muss. Körpertemperatur und so. Wir gehen derzeit davon aus, dass es gestern Abend so zwischen sechs und zehn Uhr passiert sein muss. Mehr können wir derzeit noch nicht sagen.«

Schielin hob sich langsam aus der Hocke empor. »Wer hat ihn gefunden?«

Kimmel hatte bisher wortlos dem Gespräch zugehört, jetzt deutete er schräg hinter sich. »Einer von den Doktoren aus der Klinik da oben. Er geht jeden Morgen hier spazieren, sagt er, und da hat er ihn heute gefunden. Funk war vorhin bei ihm. Ich habe gesagt, er soll noch warten, bis du da bist. Er sitzt sicher noch da oben auf der Bank. Kannst ihn gleich befragen, wenn du willst.«

Schielin sah auf den Toten zu seinen Füßen. »Ich gehe gleich hoch. Ist immer gut, sich gleich mit den Leuten zu unterhalten. Die Fingerwuzler sind ja fertig ... dann kann die Leiche abtransportiert werden. Gommi soll das alles filmen, ja. Ich würde vorschlagen, wir lassen bis zur Wurfweite das Ufer nach dem Messer absuchen. Vielleicht ist es ja noch irgendwo da draußen, im Wasser.«

Kimmel stimmt wortlos zu, und Lydia meinte: »Am besten, wir fordern da Bereitschaftspolizei an. Ist ja ein ganz schönes Stück.«

»Tu das.«

Schielin ging nach oben. Die Bestatter machten sich gerade daran, den Zinksarg zum Torbogen zu bugsieren. Von Robert Funk, der bei ihnen stand und das umständliche Tun der beiden Originale skeptisch verfolgte, erfuhr er, wo der Arzt zu finden war. Der saß ein Stück entfernt, entspannt und mit geschlossenen Augen auf der von den Sonnenstrahlen angenehm erwärmten Steinplatte und hatte sein Gesicht zur Sonne hin ausgerichtet.

Schielin stellte sich so vor ihn hin, dass der Schatten seines Körpers auf das Gesicht fiel. Erst jetzt öffnete der Mann die Augen und sah Schielin freundlich an. Er war Ende dreißig, hatte braun gebrannte Haut, dunkelblonde, lockige Haare, und eine perfekte Zahnreihe lächelte Schielin entgegen. Trotzdem hatte er es nicht mit einem Sonnyboy zu tun, denn über der schlanken Gestalt und dem wohlgeformten Gesicht lag eine unvermutete Ernsthaftigkeit.

»Doktor Deeke?«, frage Schielin.

Sein Gegenüber bejahte und richtete sich auf.

»Sie haben den Toten gefunden.«

»Ja. Heute morgen. Habe ich ihrem Kollegen schon erzählt.«

»Ich weiß. Vielen Dank, dass Sie so lange hier gewartet haben. Ich führe die Ermittlungen in diesem Fall, und es ist schön, dass ich mich gleich selbst mit Ihnen unterhalten kann.«

Deeke winkte ab. »Ich war zwischenzeitlich schon in der Klink und habe die Termine für heute abgesagt und einiges andere organisiert. Dann bin ich wieder hierhergekommen. Es war also kein großer Aufwand.«

Schielin wies auf das moderne Gebäude, das direkt hinter ihnen lag. »Sie arbeiten in der Beauty-Klinik?«

»Ja. Ich bin Chirurg«, lächelte Deeke.

»Was machen Sie genau?«

»Busen«, lautete die knappe Antwort.

»Eine Wachstumsbranche, also«, entgegnete Schielin etwas hintergründig.

Deeke grinste Schielin an. »Interessante Sichtweise und sicher nicht falsch … ihre Formulierung.«

»Sind Sie öfter hier am Ufer unterwegs?«

Deeke hob beide Arme empor, was fast wie eine entschuldigende Geste wirkte. »Nicht nur öfter, sondern an jedem Tag, an dem ich hier arbeite. Ich brauche das inzwischen. Bevor ich am Morgen mit meiner Arbeit beginne, gehe ich immer noch eine kleine Runde hier am See, nur das kurze Stück an der Mauer entlang bis zum Turm. Es ist ja sozusagen der Garten unserer Klinik hier.«

Schielin sah sich um und fand die Beschreibung sehr treffend gewählt.

»Heute Morgen waren Sie also auch unterwegs.«

»Ja. Ich parke ja direkt vor dem Haus und bin den üblichen Weg gegangen, vor zur Ufermauer, habe da ein paar Minuten gestanden und den Blick über das Wasser hinüber zum Säntis genossen. Jedes Mal aufs Neue beeindruckt mich dieser Kontrast von glatter Wasserfläche und dieser Mächtigkeit der Berge dahinter … diese Unendlichkeit. Naja, ich bin dann weiter Richtung Pulverturm. Von oben habe ich schon gesehen, dass da was liegt. Heute Morgen war wenig Nebel über dem See, und die Sonne schien schon kräftig.«

»Um wie viel Uhr war das?«

»Exakt um sieben Uhr dreißig. Ich habe auf meine Uhr gesehen. Ich bin dann ganz schnell zum Durchgang gelaufen und die Treppen nach unten. Ich habe den Mann nur einmal berührt, um den Puls zu fühlen, am Hals. Aber aufgrund der Temperatur war mir sofort klar, dass er tot war. Dann habe ich über Notruf die Polizei verständigt und oben gewartet. Ich habe nichts weiter berührt oder verändert.«

Schielin wunderte sich über die klare Aussage. »Sie sind ein sehr präziser Zeuge, Herr Doktor Deeke.«

»Ich war mal mit einer Rechtsmedizinerin zusammen, wissen Sie. Da bekommt man das eine oder andere mit, und es hat mich auch wirklich interessiert. Ich fand das spannend.«

»Mhm. Sie gehen also jeden Tag hier spazieren?«

»Ja. Jeden Morgen. Das Wetter muss schon sehr schlecht sein, dass ich es nicht bis zur Mauer schaffe und in die Schweiz hinüberschauen kann. Nach langen, anstrengenden Tagen gehe ich abends auch noch mal eine Runde.«

»Kannten Sie den Toten, ich meine, sind Sie ihm schon einmal begegnet … bei einem Ihrer Spaziergänge?«

Deeke schüttelte den Kopf. »Nein. Ist mir völlig unbekannt. Jetzt wo Sie mich fragen … es ist so, dass ich mir die Leute gar nicht anschaue, wenn ich hier unterwegs bin. Vielleicht hat das mit meinem Beruf zu tun.«

Schielin wusste nicht, was er damit meinte, und ihm fiel im Moment nur die abgedroschenste aller Frage ein: »Ist Ihnen vielleicht sonst noch etwas aufgefallen? « Nach kurzem Überlegen verneinte der Arzt.

Schielin dankte, überreichte seine Visitenkarte und verabschiedete sich. Deeke blieb sitzen, schloss wieder die Augen und wandte der Sonne sein Gesicht zu.

Robert Funk stand vorne an der Ufertreppe und beobachtete zusammen mit Kimmel die Anstrengungen der beiden Bestatter, den Zinksarg, in welchem inzwischen Ottmar Kinker lag, nach oben zu schaffen. Kimmel wies die beiden nochmals energisch darauf hin, den Toten nach Memmingen in die Rechtsmedizin zu bringen. Es hatte da in der Vergangenheit schon manche Missverständnisse gegeben, und einen Leichnam suchen zu müssen, war nun wirklich das Letzte, was Kimmel wollte. Lydia stieß fast zeitgleich mit Schielin zu Kimmel, der in seiner gewohnt griesgrämigen Art wissen wollte, wie es nun weitergehen sollte.

Schielin sah sich kurz um. »Mir wäre es recht, wenn uns Robert noch helfen könnte, die Befragung in den Büros hier durchzuführen. Hinter all diesen Fenstern muss es doch jemanden geben, der etwas gesehen hat, was für uns wichtig sein könnte. Es wundert mich eigentlich, dass da noch niemand von sich aus aufgetaucht ist. Gommert soll auf der Dienststelle den ganzen bisher zusammengekommenen Kram ordnen und die Adressen der Angehörigen ermitteln, oder ist das schon geschehen?«

Kimmel schüttelte den Kopf.

»Gut. Dann übernehmen wir die Verständigung, wenn wir hier fertig sind. Sollte inzwischen jemand unseren Toten vermissen, dann gebt uns Bescheid.«

Vom Parkplatz war plötzlich Ronsards erschütterndes Schreien zu hören. Gommert kam sofort angesprungen. Schielin schüttelte den Kopf und meinte: »Der muss jetzt eben warten ... ist kein Problem, kein Problem.« Obgleich es ihm absolut nicht recht war, Ronsard so verloren auf dem Parkplatz abgestellt zu haben.

Direkt gegenüber dem Pulverturm befand sich der Eingang zum Westtrakt des ehemaligen Kasernengebäudes. Die Namenstafel gab Auskunft darüber, dass die modernisierten Räume von zwei Arztpraxen und zwei Firmen bezogen worden waren. Schöner konnten Büros nicht mehr liegen – Südseite und freier Blick über den See auf Säntis und Altmann.

Eine Stunde lang zogen sie, jeder für sich, von Tür zu Tür, wiesen sich aus, berichteten in groben Zügen, was geschehen war, und stellten die üblichen Fragen, auf die sie die üblichen Antworten erhielten. Niemand, wirklich niemand konnte etwas berichten, was sie weitergebracht hätte.

In den Praxen und Firmenbüros begannen die Ersten um halb acht am Morgen mit der Arbeit. Die Letzten gingen am Abend zwischen fünf und sechs. Länger blieb kaum jemand. Und keiner von denen, die sie befragten, war noch am Uferweg unterwegs, brauchte den Blick, die frische Seeluft. So wie es aussah, fuhren sie ihre Computer herunter, schlossen die Bürotüren hinter sich, gingen geradewegs zu ihren Autos oder über die Brücke und eilten sich, nach Hause zu kommen, wo immer das war. Aus welchem Grund hätten sie sich hier noch aufhalten sollen? Um einen Blick zu genießen, den sie den ganzen Tag vor Augen hatten und der sie nicht mehr berührte?

Schielin, Funk und Lydia Naber beendeten die Befragung, ohne ein brauchbares Ergebnis bekommen zu haben. Lydia Naber fuhr schweigend mit Robert Funk zur Dienststelle zurück, während Schielin Ronsard auf die Weide verfrachtete, sich dort von einem beleidigten Esel anblöken ließ und dann duschen ging.

Er entschied sich für eine altmodische Art und Weise der Kommunikation und legte einen handgeschriebenen Zettel mit allen erforderlichen Informationen auf den Küchentisch. Keine SMS und kein Anruf über Handy. Wozu auch. Dann fuhr er zur Dienststelle.

*

Über Ottmar Kinker wussten sie bisher, dass er alleinstehend war, bei einer Immobiliengesellschaft in Ravensburg arbeitete und eine Wohnung in Reutin bewohnte. Unter gleicher Adresse waren noch eine Meta und eine Helmtraud Kinker gemeldet. Zusammen mit Lydia begab sich Conrad Schielin auf den Weg, die traurige Nachricht zu überbringen. Sicher würden ihnen dabei die familiären Verhältnisse von Ottmar Kinker klarer werden.

Schon die Klingelschilder am Wohnblock des Sechsparteienhauses gaben ein wenig mehr Aufschluss. Die mittlere Klingel der rechten Reihe war für Ottmar Kinkers Wohnung bestimmt. Der Name auf dem Karton, der hinter dem Plastikfensterchen steckte, war in serifenloser Schrift von einem Drucker ausgegeben worden. Unter Ottmar Kinkers Klingel fand sich die von Meta und Helmtraud Kinker. Deren Namen waren mit einem blauen Kugelschreiber handschriftlich und in ungleichmäßigen Druckbuchstaben hinterlassen worden. Es war das einzige Klingelschild, das gestalterisch aus der Rolle fiel. Der Karton war grau, hatte Schlieren und sah schäbig aus.

Lydia drückte entschlossen den Klingelknopf, und beide vernahmen ein unangenehm hohes Rasseln, welches der Dramatik ihres Besuches angemessen schien. Lydia Naber hätte ein sanftes Dingdong bevorzugt und fragte sich, wie man sich einen solchen Ton antun konnte. Vermutlich nur dann, wenn er nicht oft erschallte.

Kurz darauf surrte der Türöffner, und sie traten in einen im umfassenden Sinne kühlen und jedes Geräusch reflektierenden Treppenaufgang, der nach deutscher Hygiene roch. Es musste die Wohnung im Hochparterre links sein. Langsam stiegen sie die drei Stufen hinauf und warteten, dass die Wohnungstür geöffnet wurde, was auch unmittelbar geschah.

Eine Frau stand in der Tür und starrte die beiden wortlos und abweisend an. Sie war groß gewachsen, und ihre Schlaksigkeit eröffnete sich erst auf den zweiten Blick, denn sie hatte breite Schultern und breite Hüften. Die kurzen grauen Haare trug sie ohne erkennbare Frisur, eher so, als ob sie ihre Haare nur hatte, weil sie eben wuchsen. Eigentlich hätte sie sportlich und frisch aussehen können, doch die Ausstrahlung ihres Gesichts wischte alle anderen Eindrücke beiseite. Es war, als würde die Erdanziehung versuchen, alles an diesem Gesicht an sich bringen. Augen, Wangen, Mundwinkel, kurz alles, was ein Gesicht ausmachte, strebte auf unergründliche Weise dem Boden zu.

Schielin sah sich der Gestalt gewordenen Missmut gegenüber. Aus schmalen graugrünen Augen fixierte sie die beiden Unbekannten, die ihr gegenüberstanden.

Lydia schwieg beharrlich, und nach einigen Sekunden ergriff Schielin das Wort und teilte ihr mit, dass sie von der Polizei kämen. An der Tür tat sich nichts, nur der Blick wechselte jetzt vom bisher Abweisenden ins offen Unfreundliche. Zwar bemühte sich Conrad Schielin in professioneller Weise, im Umgang mit Menschen frei von Vorbehalten zu sein, doch dies hier war eine jener Begegnungen, in denen er spürte, wie sich sein Innerstes von seinem Gegenüber abwendete. Die Frau war ihm unsympathisch. Dennoch wollte er das, was sie zu sagen hatten, nicht im Gang besprechen, wo jedes noch so leise gesprochene Wort bis hinauf in den dritten Stock widerhallte.

Er ging einen Schritt auf die Tür zu und sprach halblaut, aber eindringlich: »Frau Kinker, Sie sind doch Frau Kinker, oder? Können wir bitte hereinkommen. Wir müssen mit Ihnen sprechen. Es geht um Ihren Bruder.«

»Was ist mit meinem Bruder?«, fragte sie nüchtern.

Schielin ließ sich nicht auf die Frage ein, fasste das Türblatt und drückte es nach innen auf. Sie ließ es zu und machte den Eingang frei. Er stand in einem düsteren Flur, der auf einen Rundbogen zulief, wo Schielin die Gestalt einer weiteren Frau gewahrte, die dort im Halbdunkel stand, bewegungslos auf einen Stock gestützt.

Lydia Naber war ihm gefolgt, und er hörte, wie sich hinter ihm die Tür schloss. Er ging auf die Frau mit Stock zu, stellte sich vor, und als die Missmutige bei ihnen angelangt war, sagte er mit fester Stimme, was zu sagen war: »Frau Kinker. Wir haben keine gute Nachricht zu überbringen. Ihr Bruder wurde heute Morgen tot aufgefunden. Er ist erstochen worden. Es tut uns leid, unser herzlichstes Beileid.« Einige Sekunden später fügte er hinzu: »Wir müssen mit ihnen darüber reden.«

Wie selbstverständlich ging er davon aus, dass es sich bei der Missmutigen um die Schwester des Opfers handeln musste. Er wartete. Wartete auf eine Reaktion, die seine Worte hätten auslösen sollen. Weinen, Schreien, Schimpfen. Alles, fast alles war denkbar. Schlimm aber war es, wenn die Todesbotschaft auf fassungsloses Schweigen traf, wenn Stille herrschte, ein Nichts, das sich der Zeit bemächtigte und sich ausdehnte. Mit der Stille umzugehen war schwer. Hier war alles anders.

Ottmar Kinkers Schwester stutzte kurz und sah ihn irritiert an. Dann ging sie mit schnellen Schritten an ihm vorbei, in den Raum, in welchem auch die Alte mit dem Stock nach seinen Worten stumm verschwunden war. Fast schien es, als habe Schielin die beiden Frauen beleidigt. Fragend schaute er zu Lydia, die seinen Blick mit einem Schulterzucken beantwortete. Dann folgten sie der Missmutigen und gelangten in einen Raum, der woanders das Wohnzimmer gewesen wäre. Eine breite Fensterfront wies nach Süden mit Blick auf eine Wiese. Linker Seite war die Coca-Cola-Abfüllung zu sehen. Geradeaus, hinter dem, was im Verlauf des Jahres noch ein Maisfeld werden würde, erhoben sich die Berge. Die Alte hatte sich an den Tisch gesetzt, der in der Mitte des Raumes stand. Eine Tasse stand blank auf dem Tischblatt, an den Rändern ebenso angeschlagen wie die Tischkante zerfurcht. Ein ehemaliges Senfglas enthielt Zucker, darin ein verbogener Blechlöffel mit dunklen Rändern.

Vier Stühle an jeder Seite des Tisches, ein Sideboard, kahle Wände, bis auf einen Kalender, der da traurig hing. Der Fotokarton war ausgeblichen, die Fotografien auch. Dem aktuellen Motiv nach handelte es sich um einen Alpenkalender – Jahre alt. Auf dem Linoleumboden lag ein abgewetzter graublauer Teppich. Sonst gab es nichts, was den Raum zu einer Heimstatt hätte machen können.

Tochter und Mutter saßen sich an der Längsseite des Tisches gegenüber. Schielin und Lydia wählten unaufgefordert die schmalen Seiten und setzten sich auf die unbezogenen Holzstühle, auf deren Sitzflächen blass-grüne Häkelkissen lauerten und unangenehm drückten. Hier saß niemand gerne.

Schielin registrierte das alles und fragte dann ruhig. »Sie haben verstanden, was ich Ihnen gerade gesagt habe?«

Die Alte sah ihn nicht an, sagte auch kein Wort. Sie presste die Lippen aufeinander, sodass sich durch den Druck Unter- und Oberlippe nach vorne wölbten. Es sah nicht aus, als würde sie die Nachricht aus der Fassung bringen. Eher gewann Schielin den Eindruck, dass dieser Gesichtsausdruck Zeichen eines stummen, inneren Zornes war.

Im Gegensatz zu ihrer schlaksigen Tochter war Meta Kinker ein eher untersetzter Typ. Sie hatte graue, deutlich widerborstige Haare, die sie formlos bis zur Schulter wachsen ließ. Von Statur her waren sie gegensätzliche Typen. Was Mutter und Tochter jedoch verband, war die Festigkeit ihres ablehnenden Gesichtsausdrucks. War es bei Helmtraud Kinker ein aus ihrem tiefsten Inneren strahlender Missmut, so brachte ihre Mutter einen bitteren Stolz zwischen diese Wände. In den Sekunden des Schweigens, die entstanden und in denen Schielin seine Gedanken um die beiden alten Frauen kreisen ließ, meinte er in der Haltung der Mutter eine Art Bejahung festzustellen, die Anerkennung von etwas Unausweichlichem. Fast schien es ihm, als hätte sie damit gerechnet, dass irgendwann ein Polizist kommen würde, um eine solche oder gerade diese Nachricht zu überbringen. Er sah zu Lydia, deren Gesichtsausdruck er entnehmen konnte, dass sich auch ihr Mitleid mit den Hinterbliebenen in Grenzen hielt.

Sie war es, die jetzt das Wort ergriff. Ruhig und mit langsamen Worten sprach sie die Schwester an: »Ihr Bruder ist nach unseren bisherigen Erkenntnissen gestern getötet worden. Haben Sie ihn nicht vermisst?«

Helmtraud Kinker warf ihr einen kurzen, strafenden Blick zu und antwortete mit fester Stimme. »Mein Bruder hatte seine eigene Wohnung.«

Ihre Mutter sah derweil stumm und ärgerlich zum Fenster hinaus. Schielin hatte schon einiges erlebt, aber das hier war doch eine ganz besondere Nummer. Die beiden alten, verbitterten Weiber taten gerade so, als gäbe es einen Grund, dem Toten böse zu sein, weil er sich hatte ermorden lassen.

Lydia nahm die unerfreulich-sachliche Antwort elegant auf. »Ja, richtig. Die Wohnung Ihres Bruders. Die müssen wir uns noch ansehen. Haben Sie einen Schlüssel dafür?«

»Natürlich.«

»Den bräuchten wir dann später. Wann haben Sie Ihren Bruder zuletzt gesehen? War er gestern noch hier?«

Diesmal antwortete die Mutter mit einer alten, knarrenden Stimme, die so klang, als würde sie nicht oft gebraucht. »Ja. Er war gestern Mittag hier. Er war kurz hier herunten.«

»Können Sie sich an die Zeit erinnern?«

»Es war kurz vor eins.«

Schielin war aufgefallen, das Helmtraud Kinkers Augen kurz aufblitzten, als ihre Mutter sagte, dass Ottmar Kinker gestern noch hier in der Wohnung gewesen sei. Sie schwieg jedoch und bediente abwechselnd ihn und seine Kollegin mit feindseligen Blicken. Vielleicht war er aber auch nur zu wenig objektiv. Vielleicht ließ er sich in der vorschnellen Beurteilung der beiden Frauen von der ungerechten Verteilung seiner Sympathien leiten und interpretierte das Verhalten der beiden völlig falsch. Es war so anders als alles, was er bisher erlebt hatte. Er wusste nur, dass Trauer im Grunde eine einsame Angelegenheit war. Er hörte auf damit, die Äußerungen der beiden sicherlich wenig Sympathie erzeugenden Frauen zu bewerten, und war andererseits fast froh, diesmal von hysterischem Schreien und Gekreische verschont zu bleiben. Wichtiger war für sie einzig das Sammeln von Informationen.

Lydia Naber fragte:»Worüber haben Sie gestern geredet, als er hier war?«

Schweigen.

»Gab es vielleicht Streit?«, hakte Lydia nach.

»Nein, es gab natürlich keinen Streit«, antwortete die Schwester.

»Ach, Sie waren auch hier?«, fragte Lydia unschuldig.

»Nein«, stieß Helmtraud Kinker hervor, wobei sich ihre Stimme überschlug, »ich war nicht hier, aber wenn es Streit gegeben hätte, wüsste ich davon.«

Lydia Naber beließ es bei einem »Mhm.«

»Er war nur kurz hier und hat mir einen Brief gebracht, der für uns war, aber versehentlich in seinem Briefkasten gelandet war. Wir haben uns über nichts unterhalten. Er war gleich wieder unterwegs«, sagte die Alte ohne den Blick vom Fenster zu wenden.

»Gut. Wo arbeitete ihr Sohn?«

»In Ravensburg.«

»Ich meinte ... bei welcher Firma?«

Helmtraud Kinker antwortete, da ihre Mutter den Firmennamen nicht kannte. »Aureum Immobilien.«

»Hat sich jemand von der Arbeitsstelle bei Ihnen gemeldet?«

Schweigen.

»Wünschen Sie, dass wir jemanden verständigen, einen Verwandten ... gibt es jemanden?«

Nach einigem Zögern drehte sich Helmtraud Kinker um. »Nein. Meiner Mutter Schwesterkind wird kommen. Nicht nötig. Wir machen das selbst.«

Schielin brauchte eine Weile, um aus der veralteten und umständlichen Wortwahl Helmtraud Kinkers eine brauchbare Information zu erhalten. Ihre Cousine oder ihr Cousin würde also kommen. Auch nicht schlecht, dachte Schielin und sah zu Lydia, wobei er fast unmerklich den Kopf schüttelte. Er wollte jetzt hier raus. Er erläuterte noch, dass in solchen wie dem vorliegenden Fall eine gerichtsmedizinische Untersuchung unabdingbar sei und sie Bescheid bekämen, sobald die Leiche für eine Beerdigung freigegeben wäre. Dann verabschiedeten sie sich und gingen einen Stock höher in Ottmar Kinkers Wohnung. Schielin war sehr verwundert, denn keine der beiden machte Anstalten, sie zu begleiten, was er von der Mutter auch eigentlich nicht erwartet hatte, wohl aber von Helmtraud Kinker.

Als sie die Wohnungstür hinter sich geschlossen hatten und in einem düsteren, durch Einbauschränke eng gewordenen Vorraum standen, sagte Lydia zu ihm. »Es gibt hier nichts, was uns direkt weiterbringen wird.«

»Wie kommst du denn auf so was? Wir sind noch nicht mal in der Wohnung.«

»Weil das Schwesterchen sonst mitgekommen wäre. Die weiß genau, was hier los ist, das garantiere ich dir. Die kennt hier jeden Fetzen Stoff, jeden Brief und weiß genau, wo welche Tasse zu stehen hat, und wenn ein Tellerchen kaputt geht, dann kauft sie es nach. Der hatte hier nichts zu melden. Sage ich dir jetzt einfach mal so. Weibliche Intuition.«

»Wohl eher ein Vorurteil.«

»Absolut, mein Lieber, und ich stehe dazu. Wir wissen noch nicht viel, aber so viel scheint mir schon klar geworden zu sein. Ottmar Kinker hatte mit den beiden da keine große Freude am Leben, das kannst du mir glauben. Der tut mir am meisten leid.«

»Es gehören immer zwei dazu, und leidtun muss er dir nicht mehr«, entgegnete Schielin, um sie mit dieser Phrase zu provozieren. Dann öffnete er die Tür, die sie in den Wohnraum brachte.

»Stimmt. Es gehören immer zwei dazu. Nur dass Ottmar Kinker es nicht mit einer, sondern mit zweien zu tun hatte, und jede von denen ist ein Kaliber für sich. Mein lieber Mann.«

»Die scheinen dich ja ganz schön beeindruckt zu haben.«

Sie blieb stehen, schaute sich kurz um, und meinte dann: »Du wirst mir doch nicht erzählen wollen, dass du nicht gemerkt hast, wie verbittert die beiden sind.«

Schielin sah sich ebenfalls um. »Nein, keine Sorge. Ich fand sie auch nicht sonderlich sympathisch, dachte aber dann, ich sollte mir lieber kein so subjektives Urteil schon zu Beginn machen. Aber nachdem du so heftig reagierst, stelle ich mir eine andere Frage.«

»Und die wäre?«

»Ottmar Kinker war ja schließlich der Mann hier im Haus, gleich, wie die beiden ihn traktiert haben mögen. Was ist der Grund, dass sie so kalt bleiben, dass diese Nachricht so gar nicht ihr Innerstes erreicht?«

Lydia Naber verzog das Gesicht und sah sich nochmals um. »Also die Antwort darauf finden wir hier wohl nicht.«

Sie standen in einem großen L-förmigen Wohnraum, mit breiter Fensterfront nach Süden und direktem Zugang auf einen langen Balkon. Offensichtlich hatte man aus der ehemals zweiräumigen Wohnung durch die Zusammenlegung der beiden Räume eine großzügige Einzimmerwohnung geschaffen. Nach links zweigte ein Durchgang in die Küche ab. Bad und Toilette erreichte man über den düsteren Vorraum.

Es wäre eigentlich eine schöne Wohnung gewesen, mit fantastischem Blick zu den Bergen. Das wohnlichste war noch der rosafarbene Velours. Im abzweigenden hinteren Raum standen ein breiter Schrank und ein Bett. Im vorderen Tei des großen Zimmers verloren sich zwei alte Bücherregale. Daneben standen ein Sessel und eine Couch. Im Bilderrahmen über der Couch hing ein alter Stich, der die Insel Lindau zeigte. In einem der Regale befand sich ein Kassettenrekorder. In der Küche stand ein Tisch – und wenn bisher nicht deutlich geworden war, was diese Wohnung ausstrahlte, so wurde es hier an diesem Tisch deutlich. Ein Stuhl stand ordentlich an die Tischplatte gerückt. Ein Stuhl. Es war wie ein Schrei. Nichts konnte Einsamkeit deutlicher ausdrücken, einem näher ans Herz bringen, als dieser eine, einsame Stuhl. Denn wer immer auf diesem Stuhl saß, musste einsam sein und diese Einsamkeit zutiefst empfinden. Wieso stand da nur dieser eine Stuhl? Ein zweiter hätte gut Platz gehabt und zudem etwas in diese Wohnung getragen, was gut gewesen wäre: Hoffnung und die Aussicht, jemanden gegenübersitzen zu haben. Aber es gab nur diesen einen Stuhl.

Sie gingen langsam durch den Raum, betrachteten stumm, was in den Regalen lag.

Lydia Naber lehnte sich in den Türrahmen zur Küche und sagte: »Da meint man immer, es sei so traurig, wenn man die Toten so da liegen sieht. Aber dann kommst du in eine Wohnung, die so perfekt sauber und ordentlich ist, dass es einem grausen mag, und findest *einen* Tisch und *einen* Stuhl. Das ist so was von traurig.«

Schielin, der ähnlich empfand, betrachtete den Stuhl eine Weile und meinte dann: »Es kann aber auch ganz anders sein.«

Lydia Naber sah ihn an und verzog das Gesicht. »Ach? Was Existentialistisches, hä? Mit Lebensbejahung jedenfalls hat diese Spärlichkeit da sicher nichts zu tun, und von einem Wohnkonzept der Leere zu sprechen, scheint mir auch weit entfernt zu liegen.«

»Schutz«, sage Schielin.

»Schutz?«, lachte sie ungläubig.

Er nickte ernst und deutete auf den Tisch. »Schwesterchen und Mama konnten sich hier nicht breitmachen, oder? Nur ein Stuhl.«

Er drehte sich um und ging zu den Regalen. Es waren überwiegend alte, gebundene Bücher. Klassiker, die schon in den Fünfzigerjahren Klassiker gewesen waren. Vereinzelt dazwischen ein paar Taschenbücher. Aber kein aktuelles

Buch. Nichts. Es gab zudem keinen Fernseher, keine Stereo-anlage, keine einzige CD. Wenigstens ein Telefon hing an einem Kabel. Es war ein altes Modell ohne Display. Schielin hob ab und drückte die Wiederwahltaste. Wenigsten die war vorhanden. Eine ganze Melodie war beim Wählen der Num-mer zu hören. Es musste eine lange Nummer sein. Vermut-lich eine im Ausland. Schielin ließ es zehnmal tuten, dann legte er auf und widmete sich erneut den Bücherregalen.

Als sie mit der Sichtung fertig waren fragte Schielin: »Deine Meinung?«

Lydia Naber warf einen fassungslosen Blick in den Raum, hielt mit der linken Hand ihr Kinn und schüttelte den Kopf. »Du, wenn ich das hier sehe, fange ich an, mein Chaos zu Hause zu lieben. Wie hat der bitte gelebt, also ich meine *gelebt!?* Das war doch kein Leben, hier hält man es doch nicht aus, wenn man nach der Arbeit nach Hause kommt. Nein, das ist kein Zuhause, es ist eine Unterkunft. Der kann doch nicht viermal im Jahr *Krieg und Frieden* ge-lesen haben oder *Zauberberg* oder *Der Stechlin*. Geht doch nicht. Das ist doch krank.«

Schielin sah aus dem Fenster und sagte laut »Armselig«

»Was sagst du?«, fragte sie.

Er drehte sich um und wiederholte. »Armselig. Es ist armselig, und zwar materiell und immateriell. Dieser Ott-mar Kinker, der ist doch einer Arbeit nachgegangen und hat sicher nicht schlecht verdient. Die Miete für diese Woh-nung wird nun auch nicht so gewaltig sein. Was hat der mit seinem Geld gemacht, oder anders – wo ist die Kohle? Ir-gendwo müssen doch ein paar Aktenordner zu finden sein mit dem ganzen Kram. Versicherungen, Bankverbindun-gen, Mietsachen, du weißt schon.«

Gemeinsam durchsuchten sie die wenigen Regale und Schränke und fanden nichts. Lydia Naber stellte fest, dass die Küche in einem unnormal sauberen Zustand war. Im Kühlschrank stand ein Senfglas, daneben lag eine unge-öffnete Packung Butter, deren Haltbarkeitsdatum kurz vor dem Ablauf war, ein Becher Margarine, zwei Packungen H-Milch, zwei Gläser Aprikosenmarmelade, von denen eines zur Hälfte leer war. Es gab kein Brot, es fanden sich weder Nudeln noch Kartoffeln. Der Papierkorb war leer und roch nicht, wie Schielin feststellte.

»Er hat hier nicht gegessen. Das ist unmöglich. Das ist ja klinisch sauber hier, und er hat hier auch nichts gekocht. Normalerweise würde ich sagen, war er halt unten im Hotel Mama und ist da versorgt worden – aber von Hotel Mama sind wir hier ja weit entfernt. Ich kann mir das im Moment nicht erklären. Es kann aber auch sein, dass er hier nicht mehr den – wie heißt es so schön – Mittelpunkt seines Le-bensinteresses hatte. Kann doch auch sein, oder? Ich habe fast den Eindruck, er hat hier nicht mehr sonderlich viel Zeit verbracht. Und das passt irgendwie auch nicht zu ihm.«

Lydia sah ihn skeptisch an. »Zu ihm?«

»Naja. Ich habe den schon öfter gesehen. Aber mir ist doch einiges von früher eingefallen. Der war schon gesellig, hat sogar Musik gemacht, soweit ich mich erinnere. Aber dann irgendwann ist er irgendwie von der Bildfläche ver-schwunden.« Er wies in die Wohnung. »Wenn einer selbst Musik macht, dann ist das doch ein Mensch, der daran Freude hat, oder? Also ein Mensch, der fähig ist, am Leben Freude zu empfinden, die schönen Dinge zu genießen, und keiner, der sich eine Einsiedelei baut. Und das hier ist nicht das Zuhause eines Menschen, der Lebensfreude empfin-det.«

»Du sagtest ja – früher. Er hat sich eben geändert. Sieht man ja.«

»Genau. Was kann einen Menschen derart verändern?«

»Gute Frage. Wir wissen also noch gar nichts. Stellen wir also den lieben Nachbarn ein paar Fragen«, meinte Lydia und klingelte kurz darauf an der Wohnungstüre im Erdgeschoss.

Schielin fing ganz oben an und stieg die Treppe zum zweiten Stock empor. Am Klingelschild stand Haack. Eine Frau öffnete ungewohnt schnell und weit die Haustür, so als hätte sie auf Schielins Klingeln gewartet. Sie trug ein Kleinkind auf dem Arm und sah ihn überrascht an.

Schielin stellte sich leise vor, um das Baby nicht zu erschrecken, und bat, eintreten zu dürfen. Frau Haack war sichtlich erschüttert von dem was er ihr gleich zu Beginn berichtete. Es dauerte eine Weile, bis er seine Fragen loswurde. Immer wieder musste sie Tränen abwischen. Während dieser Unterbrechungen sah Schielin sich im lichten, wohnlichen Raum um. Es roch angenehm nach einem Gemisch aus Gewürzen, Tee, dezentem Parfum und darüber fein, aber dennoch dominierend, ein Hauch von Babyöl.

Frau Haack bedauerte es, nicht viel über Ottmar Kinker erzählen zu können. Man kannte sich nur vom Sehen, grüßte sich, so wie es sich gehörte, und kam über kurze Gespräche, die sich meist um das Wetter drehten, nicht hinaus. Nein, aufgefallen war ihr in letzter Zeit auch nichts. Die Menschen lebten nebeneinander, übereinander und wussten nichts Wesentliches voneinander.

Schielin fragte sich, was Frau Haack wohl zu der Wohnung von Ottmar Kinker gesagt hätte. Und wie hätte der auf dieses heimelige, glückliche Zuhause von Frau Haack reagiert, die nur eine Armlänge von ihm entfernt lebte und doch in einer anderen Welt zu Hause war.

Schielin hatte sich bereits wieder verabschiedet, stand im Gang und wollte gerade die Türe öffnen, da sprach sie ihn zögernd an. »Vielleicht ist mir doch etwas aufgefallen in letzter Zeit.«

Er drehte sich um.

»Naja. Also ich habe Herrn Kinker in den letzten Wochen eigentlich gar nicht mehr so oft gesehen, wenn ich mich recht besinne. Seit Weihnachten eigentlich nicht mehr. Das letzte Mal war das Anfang letzter Woche, und da ist er mir wegen seiner Kleidung aufgefallen.«

»Wegen seiner Kleidung?«

»Ja«, sie lächelte etwas verlegen, »er war ja nicht sonderlich aktuell, was seine Kleidung anging.«

Schielin nickte auffordernd.

»Also, er hatte einen völlig neuen Stil. Er trug Jeans, Sweatshirts, ansehnliche Hemden und Jacken, und nicht mehr diese grauen Hosen und alten Mäntel. Also das ist mir schon aufgefallen.«

Schielin lächelt sie an. »Er hatte also seinen Stil geändert?«

»Ja, irgendwie schon. Ich denke nicht, dass man seinen Kleidungsstil so einfach ändert, ohne Anlass. Ach ja … und das Klingelschild noch …«

»Klingelschild?«

»Ja, unten am Eingang. Irgendwann nach Weihnachten war es plötzlich neu. Vorher war da so ein … ach, ich bin da wohl etwas penibel, und es ist auch völliger Unsinn, den ich da erzähle.« Sie winkte ab. Schielin ermunterte sie weiterzusprechen. »Also bis Weihnachten etwa, hatte Herr Kinker auch so einen vergilbten Lappen, wie er in der Klingel seiner Mutter und Schwester steckt.«

»Der ist mir auch aufgefallen. Schaut etwas lieblos aus.«

»Ja … lieblos«, entgegnete Frau Haack und sah ihn ernst an.

*

An der Wohnung gegenüber hatte er kein Glück. Niemand öffnete auf sein Klingeln, und so ging er die Stufen langsam nach unten und wartete vor Ottmar Kinkers Tür auf seine Kollegin, die noch in der Wohnung gegenüber sein musste.

Dort saß sie Fräulein Seidl gegenüber, einer Dame um die neunzig, die gleich nach der Begrüßung klargemacht hatte, dass sie mit *Fräulein* angesprochen werden wollte.

Die Wohnung von Fräulein Seidl glich einer Antiquitätenhandlung. Der Boden im Gang und in den Zimmern, soweit halb geöffnete Türen Einblick gewährten, war übersät von Kisten, aus denen alte Magazine, Bildbände, Tücher und allerlei Accessoires quollen. Überall türmten sich Stapel aus Büchern, Bilderrahmen, Fotos, alten Zeitungen und Holzkästchen. Es war kaum Platz vorhanden, den Stuhl vom ovalen Kirschholztisch, der das Wohnzimmer beherrschte, wegzurücken.

Aber das Mobiliar war vom Feinsten. Alte englische Sideboards, Vitrinen, Stühle, Tischchen, Schränke, Lampen, Vasen. Es war ein Dschungel aus Holz, Glas, Ge- und Bedrucktem, alten Wälzern, Atlanten und Lexika, Lithografien und Gemälden, dazwischen Fotografien, die Männer in Uniform zeigten, die Hand in pathetischer Pose am Säbel und böse in den Raum blickend.

Lydia überlegte, ob einmal die Zeit kommen würde, dass

unsere Nachfahren es als ähnlich lächerlich empfanden, Gesichter von Menschen zu betrachten, die versuchten, entspannt von einer Fotografie zu lächeln.

Während sie sich setzte, sah sie sich noch einmal genussvoll um. Es roch nach Altem, nach vergangener Zeit, nach Geschichten und Geschichte, es roch so, wie es im Haus ihrer Großmutter gerochen hatte. Und durch die schmalen Pfade dieser Anhäufung aus Schwemmstücken vergangener Epochen bahnte sich als letztes lebendes Überbleibsel Fräulein Seidl selbst ihren Weg, stolz und nicht weniger pathetisch wie die Männer auf den Fotos – war sie es doch, die über den Code verfügte, der den Treibstücken der Geschichte ihre Geschichte zuweisen konnte.

Ihr Verhalten war höflich-resolut. Sie fragte Lydia Naber erst gar nicht, ob sie etwas trinken wollte, sondern holte aus einer der Vitrinen Untertasse und Tasse, auf welchen in leuchtenden Farben gelbe Rosen prangten, entnahm einer der vielen Schubladen einen silbernen Löffel und stellte das Ganze auf den Tisch. Während sie in die Küche ging, hob Lydia Naber – einer ihrer Unarten treu – den Unterteller und inspizierte den Herstellerstempel und fand sofort die zwei gekreuzten blauen Säbel. Vorsichtig und voller Ehrfurcht stellte sie das Meißener wieder auf den Tisch zurück und wartete auf Fräulein Seidl, die ihr ungefragt Tee einschenkte und dabei wie zu sich selbst die Worte »Earl Grey« sprach.

Lydia Naber entgegnete nichts und verbannte Conrad Schielin, der ihr gerade in den Sinn gekommen war, aus ihren Gedanken. Er musste eben eine Weile warten, denn das hier konnte länger dauern. Fräulein Seidl verhielt sich zwar äußerst distanziert und nahm eher die Haltung einer Dame ein, die Audienz gewährte, als den Eindruck entstehen zu lassen, überraschend Gastgeberin geworden zu sein. Beiden Beteiligten war jedoch auf seltsame Weise klar, dass ihnen das unerwartete Zusammentreffen Freude bereitete, die jede auf ihre Weise verborgen hielt.

Lydia erläuterte noch vor dem ersten Schluck Tee mit einer kurzen, klaren Schilderung des Geschehenen den Grund für ihre Anwesenheit. Die Nachricht rief bei Fräulein Seidl keinerlei Erschrecken hervor. Sie saß aufrecht auf ihrem gepolsterten Stuhl, nahm einen Schluck Tee, stellte die Tasse zurück und fragte etwas unwirsch und ohne auf den Tod von Ottmar Kinker einzugehen: »Sind Sie eigentlich Waffenträgerin?«

Mit keinem Wort, keiner Gemütsäußerung ging sie darauf ein, dass einer ihrer Mitbewohner im Haus ermordet worden war. Stattdessen interessierte sie sich für die Waffe von Lydia Naber. Der verschlug es für einen kurzen Augenblick die Sprache, denn mit einer solchen Frage, ja mit solch einer Formulierung – *Waffenträgerin* – war sie noch nie konfrontiert worden. Sie nickte daher stumm und nahm ihrerseits einen Schluck Tee.

Fräulein Seidl schien zufrieden und sah sich nun, da ihr eine Waffenträgerin gegenübersaß, auch in der Lage, auf Lydia Nabers Mitteilung einzugehen.

»Das ist sehr schade, das mit Herrn Kinker. Er … war ein anständiger Mensch.« Sie ließ nach dem *er* eine Pause entstehen, wodurch der Satz eine zweite Botschaft vermittelte.

»Haben Sie Herrn Kinker öfter getroffen, hier im Haus?«

»Nein. Nur sehr selten und in den letzten Monaten eigentlich gar nicht. Wissen Sie, ich muss in der kalten Jahreszeit schon etwas aufpassen … ich gehe, wenn es glatt und kalt ist, nur ungern vor die Tür, und nur wenn es unbedingt sein muss außer Haus. Bewegung kann ich mir hier in der

Wohnung auch verschaffen«, sie setzte eine verächtliche Miene auf, »und denen ist ja jeder Pfennig zu schade.«

Lydia Naber verstand nicht. »Wem ist jeder Pfennig zu schade?«

Fräulein Seidl winkte ab. »Na. Die lassen hier doch nicht Schnee räumen, so wie es sich gehörte. Und Salz streuen sie auch nicht im erforderlichen Maße. Unmöglich, das! Aber das ist der Hunger, wissen Sie, das ist der Hunger, die Gier.« Sie sah sich in ihrem Wohnzimmer um, als suche sie Trost, wendete sich dann mit ernstem Ausdruck Lydia zu und sagte flüsternd, mit ernster Stimme: »Der Geiz ist ein Strang der Seel, und alles Bösen Königin!«

Lydia Naber sah sie fast erschrocken an, und tatsächlich lief ihr ein kleiner Schauder über den Rücken. Sie fand die Aussage reichlich kryptisch und versuchte, nachdem sie die Worte für sich noch einmal wiederholt hatte, den Weg zu Ottmar Kinker wieder einzuschlagen. »Ja. Das mit den Hausverwaltungen ist so eine Sache. Da liegt vieles im Argen. Was ist denn mit den anderen Bewohnern hier. Hat sich Herr Kinker denn nicht vielleicht beschwert. Seine Mutter ist ja nun auch nicht mehr die Jüngste und rutscht sicher auch nicht gern auf Schnee- und Eisplatten herum. Und … wie war er denn so, eher ein Stiller?«

Fräulein Seidl sah Lydia Naber erstaunt an. »Ach. Sie sind da noch gar nicht informiert, oder?«

»Worüber informiert?«

»Das ist sein Haus. Ich meine, es ist sein Haus gewesen, das von Herrn Kinker.«

»Wie meinen Sie das?«

Fräulein Seidl reagierte etwas entrüstet. »Na wie soll ich das meinen. Rede ich wirres Zeug oder Unsinn, junge Frau. Dieses Haus hier gehört Herrn Kinker und wohl auch seiner

Schwester. Ob und inwieweit Frau Kinker, also seine Mutter, beteiligt ist, weiß ich nicht. Aber Herr Kinker war der Eigentümer, und seine Schwester ist für die Hausverwaltung zuständig. Sie kann das natürlich nicht, denn so helle ist sie nicht, das darf man schon sagen. Aber sie hat einen Narren an ihrem Cousin gefressen. Ich glaube, das ist der Einzige, zu dem sie engeren Kontakt hat. Der ist sozusagen der heimliche Verwalter. Auch so ein komischer Kerl, lebt alleine drüben in der Kemptener Straße. Es ist der Sohn von Meta Kinkers Schwester. Die war, glaube ich, nie verheiratet und ist auch schon einige Jahre unter der Erde.« Sie machte eine kurze Pause und fügte resolut hinzu: »Davon rede ich.«

»Mhm, das ganze Haus?«, wiederholte Lydia nachdenklich.

Fräulein Seidl nickte ernst. »Das ganze Haus«, dann lehnte sie sich ein Stück nach vorne und flüsterte über den Tisch: »und es ist nicht das einzige.«

Jetzt lehnte sich auch Lydia Naber ein Stück nach vorne und wiederholte verschwörerisch flüsternd: »Nicht das einzige?«

Fräulein Seidl schwieg, presste die schmalen Lippen aufeinander und überließ Lydia Naber ihren Gedanken.

Die konnte keinen klaren Gedanken zu dem gerade Gehörten fassen. Die Waffenträgerin kam ihr immer wieder dazwischen. Schließlich fragte sie: »Wie lange wohnen Sie schon hier im Haus?«

»Ich habe das Haus bezogen, als es neu errichtet worden war. Das ist nun auch schon wieder fast vierzig Jahre her.«

»Und die Familie Kinker hat dieses Haus gebaut?«

»Nein. Das nicht. Gottlieb Kinker, also der verstorbene Vater von Ottmar Kinker, der hat die Wohnung da drüben gekauft und die oben, also die von … sie wissen schon … gemietet. Und so über die Jahre haben die alle anderen Wohnungen erworben, wenn denn eine zum Verkauf stand.«

»Sie sagen *die*. Das klingt, als wäre das ein Familienunternehmen.«

»Ist es doch auch.«

»Mhm. Wissen Sie, woher das Geld stammt? So einfach kauft man ja nun nicht ein Haus zusammen, oder?«

Fräulein Seidl zuckte mit den Schultern und offenbarte dabei ungewollt eine Seite von sich, die sie sicher in ihrer Jugend als Eigenheit kennzeichnete – eine gewisse, nicht unsympathische, provokante Schnippigkeit. Sie sagte: »Keine Ahnung. Ein Erbe vielleicht, dazu eine geradezu kannibalische Sparsamkeit. Wissen Sie, ich habe mit der Familie Kinker keinen Kontakt, und ich würde lügen, sollte ich behaupten, es würde mich sonderlich betrüben. Es ist ja auch irgendwie schwierig mit denen … Sie waren doch sicher schon drüben, nicht wahr?«

Lydia nickte kaum merklich und schwieg. Sie wollte den Erzählfluss von Fräulein Seidl nicht unterbrechen.

»Mit Gottlieb Kinker, also dem Vater, mit dem habe ich mich oft und gerne unterhalten. Das war ein Mensch, der Kultur hatte, ins Theater ging und Konzerte besuchte. Er hat viel gelesen, und gesungen hat er, glaube ich, auch … im Liederhort war das wohl … er war ein so netter, höflicher Mensch. Und sein Sohn, der war ganz am Anfang auch so ein offenherziger Typ, ganz wie der Vater. Sehr musikalisch, wenn ich mich recht erinnere. Doch dann, als Gottlieb gestorben war …«, sie unterbrach kurz und sann nach, »das war schlimm, das war sehr schlimm … der Sohn ist dann sehr in den Einfluss der beiden da drüben geraten. Das war nicht gut für ihn.« Sie stöhnte im Rückblick auf die Jahre und das, was in ihnen geworden war.

Lydia Naber hatte sehr wohl registriert, wie selbstverständlich sie das eine Mal *Gottlieb* gesagt hatte. Fürs Erste hatte sie genügend Informationen erhalten. Sogar mehr, als sie erwartet hatte. Es fiel ihr schwer, sich zu verabschieden, denn sie fühlte sich in diesem belebten Museum sehr wohl, und das etwas spröde Fräulein Seidl war ihr äußerst sympathisch. Sie sah sich noch einmal im Raum um.

»Ich werde mich von diesem ganzen Zeug hier trennen«, sagte Fräulein Seidl plötzlich, »ich werde ins Heim gehen.«

»Ins Heim?«, fragte Lydia Naber überrascht nach.

»Ja. Ins Maria-Marthastift. Ich habe mich da schon umgesehen, und hier will ich nun, nach der Nachricht, die sie mir überbracht haben, auf gar keinen Fall länger bleiben. Ist eh schon zu lange. Wenn sie jemanden kennen, der mit dem Zeug hier was anfangen kann, dürfen sie mich das gerne wissen lassen. Ich hatte nun lange genug Zeit, mich von all dem Zeug zu verabschieden. Wissen Sie, wenn man so alt wird wie ich, dann haben auch Erinnerungen nicht mehr den Wert und die Bedeutung, welche man ihnen einige Jahre vorher noch zugemessen hat.«

✳

Es war inzwischen später Nachmittag, als sich Schielin und Lydia Naber auf dem Weg zur Dienststelle befanden. Lydia schwieg und wartete darauf, dass ihr Kollege zuerst anfangen würde zu erzählen. Sie brannte darauf, ihm ihre Ergebnisse mitteilen zu können.

Langsam fuhren sie an der Coca-Cola-Abfüllung vorbei, hinunter in Richtung Motzacher Weg. Als sie schließlich in der Köchlinstraße angekommen waren, fing er endlich an.

»Irgendetwas muss sich im Leben von Ottmar Kinker geändert haben, in den letzten Wochen und Monaten. Er hat sich verändert, andere Klamotten und so. Wenn ich an diese seltsame Wohnung denke und die Umstände ... also ich denke, das kann nur ein starker Einfluss von außen gewesen sein, eine Frau vielleicht, was anderes fällt mir da eigentlich nicht ein.« Er schwieg einen Moment. »Hast du was Brauchbares herausbekommen?«

Lydia war froh, endlich mit ihrem Königswissen herausrücken zu können und war auf Schielins Reaktion gespannt.

»Denen gehört die Hütte mit allen Wohnungen, und du wird es nicht glauben – es ist vermutlich nicht das einzige Haus in ihrem Besitz.«

Schielin sah ungläubig zu ihr hinüber. »Wie bitte!?«

Das tat gut. »Ottmar Kinker und seine Schwester besitzen das Sechsfamilienhaus und wohl noch weitere Immobilien«, wiederholte sie.

»Ach, du lieber Gott. Und dann leben die derart armselig. Das ist ja eine Sünde am Dasein!«

»Ich werde mir die Besitzverhältnisse mal vornehmen und die Sippschaft gleich dazu.« Dann fügte sie ebenso theatralisch wie Fräulein Seidl vorher hinzu: »Geiz ist ein Strang der Seel, und alles Bösen Königin!«

Schielin äugte kurz zu ihr hinüber. Dieser Satz ging durch Mark und Bein.

*

Helmtraud Kinker tat das Genick weh, so lange hatte sie gebeugt am Türspion gestanden und beobachtet, vor allem gelauscht, was sich draußen im Hausgang tat. Ihre Mutter saß nach wie vor am Tisch und starrte schweigen aus dem Fenster.

Helmtraud Kinker wusste nicht wohin, und so blieb nur das kleine Loch in der Tür und der Blick in einen menschenleeren, hallenden Hausgang. Ihr linkes Ohr pochte, und ein paar Tränen rannen über die Wange, was ihr ein fremdes Gefühl verursachte. Doch kein zu Ton gewordenes Leid drang aus ihr.

Die blonde Polizistin war lange bei der alten Seidl von gegenüber gewesen. Viel zu lange. Es machte sie rasend, nicht zu wissen, was die Alte zu erzählen hatte. Sie hätte sie schon lange rausgeschmissen, aber Mutter war nicht damit einverstanden, ohne ihr jemals einen Grund dafür genannt zu haben. Auch das konnte sie nicht ertragen, dass sie, die sich schließlich um alles kümmerte, nicht informiert war, dass es Dinge gab, zu denen Mutter ihr keinen Zugang gewährte, sie ausschloss, wie eine Fremde außen vor ließ. Bis heute. Bis heute.

Den Polizisten kannte sie. Sein Gespräch oben bei der Jungen mit dem Kind, ohne Mann, hatte gar nicht so lange gedauert. Dieser Polizist, er mochte sie sicher nicht. Er war ihrem Blick ein paar Mal ausgewichen und hatte Abstand gesucht.

Er musste hier irgendwo in der Gegend wohnen. Sie hatte ihn schon öfter beim Bäcker getroffen, und er war ihr aufgefallen. Vielleicht war es sogar der Verrückte, der diesen Esel hatte, dessen Geschrei man manchmal von Motzach oben her hören konnte. Irgendwo hatte sie mal ein Gespräch aufgeschnappt, in dem es um einen Polizisten ging, der einen Esel hatte, der krank war oder so, weil er nicht mehr schrie, oder umgekehrt. Aber das war ja jetzt auch egal – Polizisten mit Eseln; die Welt war eben verrückt geworden und kam einem selbst so nahe, dass man sich dem allen nicht mehr entziehen konnte.

Ottmar war auch wie verrückt gewesen die letzten Wochen – und jetzt war er tot. So endete es eben bei allen. Und Mutter würde nun nicht mehr die Wahl haben, keine Option mehr, keine Ausflucht. Trotz der kümmerlichen Freude über die Folgen der Situation hatte sie Angst, zurück ins Wohnzimmer zu gehen, und Angst vor den Fragen. Als sie es schließlich doch tat, traf sie statt eines Blickes eine strenge, klare Stimme. »Hast du die Briefe gefunden?!«

Helmtraud Kinkers Unterkiefer zitterte leicht. »Nein. In der ganzen Wohnung nicht.«

Ihre Mutter stand auf, würdigte ihre Tochter keines Blickes und sagte, während sie das Zimmer verließ, mit einem düsteren Zweiklang: »Ich hätte ihn öffnen sollen, den letzten. Er hat es sicher getan. Egal jetzt. Und du? Was ist mit dir!? Du gehst doch nie weg, nie! Wozu auch. Aber wo warst du eigentlich gestern? Das Geld hast du ihm doch schon letzte Woche gebracht.«

Helmtraud Kinker sagte kein Wort.

*

Fräulein Seidl war in ihr Musikzimmer gegangen, nachdem sie Lydia Naber sehr förmlich an der Tür verabschiedet hatte. Sie nannte das Zimmer Musikzimmer, weil hier überwiegend alte Partituren versteckt waren. Es wusste ja keiner, dass wertvolle Autografen von Richard Strauss und Carl-Maria von Weber darunter waren. Wer kannte heute schon noch Richard Strauss? Vermutlich dachten viele an Walzer, wenn sie den Namen hörten. Und dabei redeten sie im Fernsehen und Radio immer von Bildung und einer Politik, die damit in Verbindung stehen sollte.

Sie kontrollierte die Raumtemperatur, danach die Luftfeuchtigkeit und kramte, da die Werte als zufriedenstellend erachtet werden konnten und kein Eingreifen erforderten, in einem Karton, der mit chinesischen Mäandermustern verziert war. Ihre knochigen Finger holten zwischen losen Blättern, alten Briefen und Fotos ein farbstichiges, verblasstes Foto hervor. Es zeigte einen Mann mit Hut. Sie setzte sich auf einen Hocker und betrachtete das Bild. Sie musste sich revidieren – Erinnerungen verloren nie ihren Wert, vielleicht änderte sich nur ihre Bedeutung.

✴

Im Verlauf des Tages war es immer wärmer geworden und nun, die Sonne stand schon tief, wehte ein lauer Wind über den See, stieg am Pulverturm an Land, glitt über die Geleise und eroberte die Stadt.

In der Maximilianstraße war der Hauch der neuen Jahreszeit zuerst zu spüren. Wer von ihm erfasst war, verharrte einen Augenblick, spürte eine tiefe, wohlige Wärme an den Händen, am Hals, an den Beinen, und schließlich am ganzen Körper. Die erste durchdringende Wärme in diesem Jahr. Die Schritte wurden langsamer, die Haltung entspannter, und wer die Zeit hatte, verweilte nun länger vor den Schaufenstern oder beim Gespräch.

Doch eines fehlte noch, denn es war nur ein warmer Wind, und um das Frühjahr mit allen Sinnen erfassbar zu machen, fehlte es noch an den süßen, wohlbekannten Düften. Noch warteten Blätter und Blüten in scheinbar abgesprochener Vorsicht, doch schon in wenigen Tagen würden sich die weißen Schneefelder der fernen Berge in einem weißen Blütenmeer widerspiegeln. Frühjahr am Bodensee wirkte auf die Seele wie ein genussvolles Bad in Leben spendendem Elixier auf den Körper.

*

Dr. Deeke öffnete ein Fenster seines Büros, schloss die Augen und genoss, wie die warme Brise sein Gesicht entspannte. Er vermied den Blick hinüber zum Pulverturm.

Schielin und Lydia Naber stiegen gerade aus dem Passat und gingen zur Dienststelle, als sie in den warmen Taumel gerieten. Schielin blieb stehen und drehte sich um, so als gelte es, die Quelle der plötzlichen Wärme zu entdecken.

Fräulein Seidl steckte das Foto, das einen Mann mit Hut zeigte, von außen in einen Bilderrahmen, und nur wenige Meter entfernt, und doch durch ein ganzes Universum getrennt, saß Meta Kinker noch immer starr am Tisch, ihre Tochter klapperte in der Küche, und beide bekamen von dem, was über den See und die Stadt kam, nichts mit. Sie wurden aufgeschreckt, als sich die Tür ihrer Wohnung öffnete, ohne dass es zuvor geklingelt hätte. Meta Kinkers Gesichtszüge wurden etwas weicher, als sie am Klang der Schritte erkannte, dass es Waldemar Kunze war, der Sohn ihrer verstorbenen Schwester. Er kümmerte sich um alles und war, wie schon immer, eine große Hilfe. Er sprach kein Wort, kam zu ihr ins Zimmer und setzte sich ihr gegenüber. Sie sah zum Fenster hinaus, und er glotzte auf das vergilbte Kalenderbild. Sie verstanden einander.

*

In Bregenz eilte eine Frau von der Bushaltestelle über die Straße hinweg zum Bahnhofsgebäude. In der Linken hielt sie einen Koffer, darüber war ein Mantel gelegt. Mit ihrer rechten Hand hielt sie Nadjas Handgelenk fest umklammert. Sie musste zweimal so viele Schritte machen, um ihrer Mutter zu folgen, die immer wieder »Komm. Komm schon« rief. Es klang verzweifelt und voller Furcht.

Ihren eiligen Schritten und der Bedingungslosigkeit, mit welcher sie Koffer und Kind an sich kettete, haftete etwas Gehetztes an, und es war nicht zu erkennen, ob die Ursache dieser getriebenen Eile darin bestand, von diesem Ort wegzukommen, oder mehr noch, einen neuen Ort zu erreichen.

Yulia Kavan bestieg zusammen mit Nadja den schweizerischen Zug nach München. Ihr Ziel aber war ihr ukrainischer Heimatort Belozerka. Die dunkle Sonnenbrille verdeckte ihr von Weinen gerötetes Gesicht. Als sie, schon am Bahnsteig, den Hauch der unerwarteten Wärme im Gesicht und am Hals verspürte, wäre sie am liebsten stehen geblieben, hätte sich hingesetzt und gewartet.

Alles was sie tat, tat sie für ihr Kind. Sie war verzweifelt darüber, zu den Menschen zu gehören, die nie eine Wahl hatten.

Die Ermittlungen

Entgegen allen Erwartungen hatte die sternklare, kühle Nacht den Anflug von Wärme nicht beseitigen können. Conrad Schielin hatte den Abend in der Küche verbracht. Zusammen mit seinem Nachbarn Albin Derdes, der beabsichtigt zufällig vorbeigekommen war, sich nach Ronsard erkundigt hatte und sehr geduldig bei ihnen am Tisch saß. Die Nachricht von dem Toten, den man am Pulverturm gefunden hatte, war wie der warme Frühlingswind von der Insel aus zum Festland hinübergeflogen und in jeden Winkel gekrochen, schon weit über Motzach hinaus, und hatte natürlich auch Schielins Nachbarn erreicht.

Es war ein Segen, Albin Derdes zum Nachbarn zu haben, und er war im Allgemeinen weit über das Maß hinaus gut informiert, jedenfalls in höherem Maße, als es durch das alleinige Lesen der Lindauer Zeitung hätte bewirkt werden können. Und das lag daran, dass er in erträglicher Weise neugierig war und immer Witterung hielt in den Wind der Neuigkeiten und den Brisen von Tratsch und Gerüchten.

Trotz vieler, nicht unintelligenter, aber doch scheinheiliger Nachfragen, wie es Schielin denn so in der Arbeit ergehe und ob es sonst etwas Neues gäbe, erfuhr er – nichts. Schielin überlegte eine Weile, ob er nicht vielleicht doch etwas erzählen sollte, denn das Leben war ein Geben und Nehmen – und sein Nachbar war ein wandelnder Gotha der Lindauer Familiengeschichten. Aber es war noch zu früh. Die Pressemeldung mit den detaillierten Informationen würde erst am nächsten Tag erscheinen, und außerdem war Schielin zu müde. Aus diesem Grund musste Albin Derdes warten.

Trotzdem wankte er nicht unzufrieden die paar Meter nach Hause, denn Marja hatte ihm jede Menge *Heidis* gegönnt. Von der Reise zu ihrer Familie hatte sie von ihrem Bruder wieder ausreichend Maienbacher Birnenbrand mitgebracht.

Schielin war nach Dienst nicht sofort nach Hause gefahren, sondern hatte die Zeit bis zum Ende der Dämmerung auf der Bank am Pulverturm verbracht. Leider hatte sie keine Lehne. Er konnte beobachten wie es um ihn herum immer dunkler und einsamer wurde. Trotz des sonnenklaren Tages brannten in den Büros der Südfront der ehemaligen Luitpold-Kaserne Lichter, die nun, da der normale Büroalltag sein Ende erfuhr, eines nach dem anderen erlosch. Bald war nur noch vorne an der Bodenseeklinik Licht zu erkennen.

Er ging zurück zur Klinik und sah von dort in Richtung Ufermauer. Außer einer verschlingenden Schwärze war nichts zu erkennen. Lediglich die gelungenen Proportionen des Pulverturms hoben sich vom düsteren Blauschwarz des Himmels ab, an welchem nun auch die blaue Stunde erlosch. Die ersten Sterne leuchteten schon, und alles verschwand im lichtlosen Schatten alter Mauern, bizarr sich reckender Baumäste und dem Klang des Sees. Schlechte Voraussetzungen für brauchbare Zeugenaussagen.

*

Trotz der Fülle an Fragen, die ihn beschäftigten, schlief er in der Nacht tief und fest, und der helle Morgen, der einen sonnig-warmen Frühlingstag verhieß, zog ihn aus unerfindlichem Grund wieder auf die Insel. Er ordnete sich in die Wagenkolonne ein, die ohne Eile über die Seebrücke hin, dem Kreisverkehr zurollte. Die Bäume, gleich am Inselufer, waren auch hier noch unbelaubt und erhoben sich weit über die schmalen Häuser. Hinter dem scheinbar wirren Netz aus Ästen und Zweigen schienen die Türme von St. Stephan und der Stiftskirche durch, und verliehen den an sich unspektakulären Wallanlagen einen Schuss Monumentalität.

Schielin war hier aufgewachsen, mit allem vertraut, und doch war es immer etwas Besonderes, auf die Insel zu fahren. Dieser eigentlich banale Weg über die Seebrücke bedeutete mehr als nur die Bewältigung einer Strecke, die einen von einem Ort zum anderen brachte. Denn entscheidend für das Zurücklegen einer Wegstrecke ist doch immer, welches Ziel, sofern es eines gibt, erreicht werden soll. Und in diesem Fall war das Ziel eine Insel; eine kleine zwar, aber eine Insel. Und so nahe das Festland auch sein mochte, auf der Insel Lindau existierte eine andere Welt und sie genügte sich zudem selbst – es war eine kleine Welt für sich, ein sozialer Mikrokosmos. Hier bestimmte ein anderer Rhythmus den Alltag, zu den Jahreszeiten gesellten sich die Urlaubszeiten, die hier intensiver wirkten – und es gab eigene Geräusche, Gerüche und sogar ein eigenes Klima.

Das alles war dazu angetan, denjenigen, die auf der Insel ihre Heimat fanden, eine eigene Aura zu geben. Und so waren es nicht nur Eitelkeit und der den Menschen eigene Wunsch nach Abgrenzung, wenn es innerhalb Lindaus die feine Unterscheidung zwischen Festländern, Insulaner und gebürtigem Insulaner gab. Wer zu Letzteren zählte, war zwar dafür nicht im öffentlichen Raum bekannt, in Gesprächen, Unterhaltungen und Diskussionen aber konnte die nebenbei eingebrachte Aussage, Insulaner zu sein, das Gewicht seiner Argumentation erhöhen. Auf dem Festland konnte die gleiche Bemerkung das Gegenteil bewirken.

Schielin folgte der Zwanzigerstraße, freute sich schon auf die noch bevorstehende Rosenblüte entlang der Heidenmauer, passierte die Inselhalle und parkte schließlich jenseits der Geleise, vor dem Eingang zur Volkshochschule. Von dort ging er die wenigen Meter bis zum Ufer, ohne sich konkret bewusst zu sein, was er eigentlich hier wollte. Ein Gefühl leitete ihn, das ihm bedeutete, sich näher mit dem Tatort auseinanderzusetzen. Und das war nur möglich, wenn er sich vor Ort begab, mit eigenen Augen sah, die Stimmung aufnahm, Geräusche, Gerüche und Bewegungen erfasste und dies alles zu einem Gesamteindruck verschmolz. Google Earth konnte all das nicht leisten.

Er hatte zuvor noch Robert Funk angerufen und Bescheid gegeben, dass er später kommen würde. Lydia Naber war bereits damit beschäftigt, die Unterlagen durchzuarbeiten, Erich Gommert stand ratlos vor einem piepsenden Laserdrucker, und Kimmel wollte noch am Vormittag eine Besprechung.

Robert Funk war froh, als Schielin endlich auftauchte, denn er saß in seinem Büro-Salon und wollte sich eigentlich einem Antiquitätenkatalog widmen, dessen Schmuckangebot er mit den Abbildungen in einem Kunstfahndungsblatt verglich.

Sicher wäre das auch am Computer gegangen, doch das System war wieder einmal ausgefallen. Daran war man ja inzwischen gewöhnt. Störender aber war die Anwesenheit eines Kuriers aus Kempten, der die Spurenberichte vorbeigebracht hatte, Funks Büro als das bequemste erkannt, und es sich ungefragt im gepolsterten Besuchersessel bequem gemacht hatte.

Zwar erweckte Funk den Eindruck konzentrierter Arbeit, was den Kollegen jedoch nicht davon abhielt, draufloszuplappern. Er berichtete davon, dass sie in Kempten ja nun ein Polizeipräsidium wären und dass man sich gar nicht vorstellen könne, welche zusätzlichen Aufgaben und Verantwortlichkeiten damit einhergingen. Funk sah manchmal skeptisch auf, ließ aber nicht den Eindruck entstehen, als wolle er sich zu dem Thema äußern.

Als er unfreiwillig über alle Umzugsmaßnahmen, Umstrukturierungen und Verwerfungen, auch persönlicher Art, informiert war, hörte er Schielins Stimme im Gang. Ihm war bisher nur klar geworden, dass das alles, was mit dieser Reform zu tun hatte, wahnsinnige Summen verschlang, und bisher konnte ihm niemand erklären, worin für ihre Ermittlungsarbeiten ein Vorteil liegen konnte.

Er legte die Unterlagen zur Seite, ließ sich nach hinten sinken und fragte über den breiten Schreibtisch hinweg: »Kennst du die Geschichte vom Handkäs? ... Nein? ... Dann hör mal zu. Eine Käserei hat jahrzehntelang einen Handkäs verkauft und auf der Packung stand jahrzehntelang *Handkäs*. Irgendwann kam ein Consulting in die Firma und Produktdesigner. Die altmodische Verpackung wurde für verdammt viel Kohle durch eine modernere – angeblich ansprechendere – ersetzt. Das Papier wurde bunter, feiner – und auf der Packung stand nun nicht mehr ordinär *Handkäs*, sondern *fromage à la main, vieille recette*.«

Der Präsidiale sah ihn irritiert an, denn Funk hatte die Au-

genbrauen nach oben gezogen und schien auf eine Entgeg-
nung zu warten. Als die nicht kam, sagte er mit einem granti-
gen Unterton. »Es ist aber so! Wenn man das bunte Papier
des *fromage à la main, vieille recette* öffnet, dann hat man
nach wie vor einen Handkäs vor sich liegen. Alles klar?«

Er stand auf und trat wortlos in den Gang, um Schielin
zu begrüßen, rollte dann mit den Augen und wies mit einer
kaum merklichen Kopfbewegung zu seinem Büro. Schielin
sah den Kollegen im Sessel sitzen und klopfte Funk mitlei-
dig auf die Schulter, bevor er seinem Büro zueilte.

*

Dort saß Lydia am Schreibtisch und las konzentriert die
Spurenberichte. Sie grüßte ihn stumm mit einem kurzen
Blick.

»Und? Was sagt die moderne Spurenanalyse des CSI All-
gäu? Wer wars?«, fragte er schnippisch.

Lydia Naber spielte versonnen mit ihren Lippen, bevor
sie antwortete. »Der Spurenbericht ist leider nicht besonders auskunftsreich. Im näheren Umfeld des Tatorts gab
es nichts, was in irgendeiner Weise auffällig oder unserem
Mord zuordenbar gewesen wäre. Auch die Standards liefern
leider nichts Aufregendes. Also, keine Schleif- oder Abriebspuren. Keine Schuhabdrücke – jedenfalls nicht oben
am Durchgang zur Treppe.

Am Eisengeländer wurden keine Fingerabdrücke gefunden. In der kalten Jahreszeit haben eben viele Handschuhe
an. Zudem verwischt man damit Abdrücke, wenn man sich
am Geländer festhält. Da ist also nichts zu erwarten. Es
schaut also eher traurig aus.

Von der Tatwaffe keine Spur. Vielleicht bringt uns die

Bereitschaftspolizei weiter, die heute noch mit zwei Gruppen aus Königsbrunn kommen wird. Ein Taucher soll auch dabei sein. Ich werde mit denen auf die Insel fahren und die Absuche koordinieren. Du fährst ja nach Memmingen zur Obduktion, oder?«

Somit war auch geklärt, wer diesen Job übernehmen würde. Sie blätterte ohne aufzusehen in ihren Unterlagen und zitierte stockend: »Da wäre für dich Folgendes interessant: Am Toten selbst keine Eiablage feststellbar, kein Verbiss durch Tiere. Aufgrund der Totenflecken und dem Status der Leichenstarre kann davon ausgegangen werden, dass keine Umlagerung nach der Tat stattgefunden hat.

Zum Tatablauf lässt sich aber sagen, dass der Angriff auf Ottmar Kinker direkt auf der oberen Treppenplattform erfolgt sein muss, denn es wurden Abriebspuren seiner Schuhe an der ersten Stufenkante gefunden. Die Abriebe stammen vom Oberleder. Es könnte so gewesen sein, dass der Täter oben hinter dem Durchgang gestanden und Kinker dort abgepasst hat.

Auf der mittleren Plattform gab es Blutspuren und jede Menge Faserabrieb. Solche Spuren aber waren auf den oberen Treppenstufen nicht feststellbar, was darauf hinweist, dass er noch relativ kontrolliert bis zum mittleren Plateau gekommen ist. Erst auf den unteren Stufen waren dann Fasern der Hose und der Jacke feststellbar, was mit den wenigen Schleifspuren an seiner Kleidung zusammenpasst. Er ist also von der zweiten Plattform aus nach unten bis in die Endlage gerutscht.«

Conrad Schielin blätterte durch eine Kopie des Spurenberichts, während er ihr zuhörte. Als sie fertig war, fragte er: »Und diese Verletzung im Gesicht, oder war das nicht an der Schläfe?«

»Das war vermutlich ein Schlag. Es ist aber nicht klar, zu welchem Zeitpunkt der erfolgte – vor der Messerattacke oder danach. Schwierig zu sagen.«

Schielin blätterte auf die letzten Seiten des Berichtes, wo die Zusammenfassung der gesicherten Spuren aufgelistet war. Ein erster Blick sagte ihm, dass das Ergebnis dürftig war. Er überflog die Liste, während er Lydia weiter zuhörte.

»Sicher ist aber, dass es keine Rauferei gab. Es sind keine Spuren vorhanden, die darauf hindeuten würden. Wir können also Handgreiflichkeiten ausschließen und somit auch die Variante, dass es einen Streit gab, der eskaliert ist.

Seine Kleidung war bis auf diese kleinen Abriebe, die mit Sicherheit vom Schleifen über die Stufen herrühren, in Ordnung. An seiner Kleidung sind keine Nähte gerissen oder dergleichen, und an den Händen befanden sich keinerlei Abwehrspuren.

Die Tat selbst lässt sich in etwa so erklären: ein kräftiger Schlag ins Gesicht, dann ein Stich, und der war sehr professionell und zielgerichtet durchgeführt«, sie schnaufte laut aus und schüttelte den Kopf. »Er hatte nicht mal die Chance, sich zu wehren. Das sieht schon sehr nach einem geplanten und eiskalt durchgeführten Mord aus.«

Schielin wiederholte: »Keine Auseinandersetzung, nur ein tödlicher Stich, keine Spuren. Das klingt aber gar nicht gut. Vor allem lässt sich irgendeine Art von Affekthandlung schon ausschließen. Es gab keinen Streit, kein Handgemenge, in dessen Verlauf es dann zu der tödlichen Messerattacke kam. Der Täter muss also auf eine gute Gelegenheit gewartet haben, und als sie sich bot, hat er sie sehr zielstrebig genutzt. Aber was muss das für ein Mensch sein, der derart kaltblütig vorgeht?«

Beide schwiegen einen Augenblick. Dann sagte Schielin:

»Ich bin auf das Obduktionsergebnis sehr gespannt. Insbesondere auf den Verlauf des Stichkanals. So wie das aussieht, befürchte ich, dass derjenige, der das getan hat, nicht zum ersten Mal auf diese Weise gemordet hat. Der Ablauf ist viel zu perfekt. Das muss jemand gewesen sein, der … ja, der das gelernt hat. Jedenfalls halte ich es für ausgeschlossen, dass wir es mit einem Ersttäter zu tun haben. Dazu stellt sich das bis jetzt viel zu abgebrüht dar.«

»Das mag schon alles sein. Aber warum, Conrad? Wer hatte denn einen Grund, diesen Ottmar Kinker umzubringen, oder umbringen zu lassen. Wenn es ein Streit gewesen wäre mit einem sozusagen klassischen Eskalationsverlauf, ein Messer liegt rum oder man hat es zur Hand, gleichwie, ein Stich … und unglücklicherweise gut getroffen. Ergebnis: Mensch tot. Aber hier!? Auch noch auf der Insel. Am Pulverturm, ausgerechnet an einem Ort, wo man immer damit rechnen muss, dass da jemand dahergehatscht kommt. Also professionell finde ich das gerade nicht. Ein Profi sucht sich einen anderen Ort aus. Am Parkplatz drüben auf der Hinteren Insel vielleicht. Überall könnte ich mir das vorstellen, aber doch nicht ausgerechnet da, wo immer Leute auftauchen können, wo ganze Fensterfronten zum Tatort weisen. Das ist doch nicht schlüssig. Nein. Also ich vermute da etwas viel Schlimmeres.«

»Und was?«, fragte Schielin, der auch schon an das gedacht hatte, worauf sie jetzt hinaus wollte.

»Zufallsmord. Ein Mord aus reiner Lust am Töten. Opfer und Täter stehen in keinerlei Bezug zueinander, und es war … Schicksal …, dass sie einander begegnet sind. Pech für Ottmar Kinker und das reinste Glück für einen kranken, brutalen Mörder, der die Situation erhofft und vorgefunden hat.«

Schielin sah seine Kollegin nachdenklich an. »Daran hatte ich auch schon gedacht.«

»Und?«

Er schüttelte den Kopf. »Dieser Schlag passt da nicht rein.«

Lydia Naber schnitt eine Grimasse. »Der Schlag?«

»Ja. Wenn es ein Zufallstäter gewesen wäre, der mit dem Messer tötet, mit nur einem Stich, sozusagen einer, der das, was er tut, als Kunstwerk betrachtet … so einer, der hätte nicht zugeschlagen.«

Lydia überlegte, wog den Kopf und signalisierte, dass sie zwar große Zweifel an Schielins Theorie hatte, sie aber nicht ganz verwerfen wollte.

Er sprach weiter. »Ich gehe davon aus, dass sich diese Tat exakt auf Ottmar Kinker bezogen hat, und wir müssen herausfinden, aus welchem Grund, und ich bin sicher, es gibt einen. Jetzt bin ich – wie gesagt – erst einmal auf das Ergebnis der Obduktion gespannt. Vor allem, ob sich das bestätigt, was wir vermuten. Nicht dass es da doch noch eine Überraschung gibt.

Und noch etwas geht mir durch den Kopf. Dieser Tatort ist schon sehr außergewöhnlich und exponiert. Vielleicht … vielleicht hat auch er eine Bedeutung. Dieser Pulverturm geht mir nicht aus dem Kopf.«

Lydia Naber sah zum Fenster hinaus und dachte nach. Auch ihr war dieser Ort aufgefallen. In der Tat war es eine besondere Stelle auf der Lindauer Insel. Einmal durch die hervorstechende Optik des Pulverturms selbst, aber es war auch ein Ort, an welchem sich imaginäre Linien trafen, Achsen bildeten und teilten. Ein fast magischer Ort, wenn man es richtig bedachte.

Sie nickte stumm und stand auf, denn vom Gang her waren Aktivitäten zu vernehmen. Kimmel bat die anderen in den Besprechungsraum und hatte frischen Kaffee aufgesetzt, dessen aromatischer Duft sich aufdringlich ausbreitete.

»Ach, übrigens Kaffee«, sagte Lydia, »ich habe die Sachen gesichtet, die er bei sich hatte. Den Geldbeutel eben. Neben dem Geld war noch ein Rechnungsbeleg dabei. Der Kassenbon, der angeheftet war, ist vorgestern im Mediamarkt Ravensburg ausgestellt worden. Um sechzehn Uhr siebzehn. Er hat dort wohl so eine moderne Espressomaschine gekauft. Hat zweihundertneunundneunzig Euro gekostet.«

Schielin sah sie verdutzt an. »Wie bitte? Der hat so viel Kohle für eine Espressomaschine ausgegeben?«

»Na, ich bitte dich. Als Mietshausbesitzer kann er sich das sicher leisten.«

Schielin winkte ab. »Ach. Du weißt doch, was ich meine. Die Wohnung! Nicht die Spur von Luxus, und dann so ein modernes Ding. Das passt doch gar nicht zusammen. Aber andere Frage … hast du …«

Lydia Naber unterbrach ihn. »… natürlich habe ich sofort dort angerufen und die Überwachungsaufnahmen sichern lassen. Die waren sehr kooperativ und unkompliziert. Wir bekommen eine DVD mit den Aufnahmen zwischen fünfzehn und siebzehn Uhr. Wenn wir Glück haben, ist er drauf und vielleicht auch nicht alleine.«

»Und was ist mit dem Auto? Haben wir das schon gefunden?«

Sie schüttelte den Kopf. »Noch keine Rückmeldung gekommen.«

Schielin erhob sich stöhnend. »Also gut, ich übernehme

die Obduktion und fahre auf dem Rückweg über Ravensburg. Mal sehen, was ich da alles erledigen kann. Diese DVD abholen, und dann noch die Arbeitsstelle bei diesem Immobilientandler. Die scheinen ihn nicht zu vermissen, oder? Naja. Vielleicht hatte er ja auch Urlaub.«

Er blieb im Büro stehen und deutete auf eine blaue Plastikkiste. »Sind das die sichergestellten Asservate vom Tatort?«

Lydia nickte stumm, ohne sich der Ecke zuzuwenden, in welcher die Kiste stand. »Ja. Die Faserspuren sind nicht dabei. Die machen schon den Abgleich mit Kinkers Kleidung.«

Schielin holte die vier Plastiktüten aus der Kiste und legte sie nebeneinander auf den Schreibtisch. Eine magere Ausbeute im Vergleich zu anderen Tatorten. An den Tüten hefteten Polaroidfotografien, die neben der exakten schriftlichen Beschreibung auf den beiliegenden Berichten nochmals die genaue Lage dokumentierten.

In der ersten Tüte fand sich der abgerissene Halter eines Schlüsselbundes. Er hatte in der Ecke der fünften Stufe gelegen. Dann folgte eine alte Gürtelschnalle, die zwei Stufen tiefer gelegen hatte. Ihr Aussehen legte nahe, dass sie schon das Weihnachtsfest am Pulverturm verbracht hatte. Unten am Ufer, zwischen den Kieselsteinen links der Treppe, hatte man einen Kugelschreiber gefunden, der noch nicht lange da liegen konnte. Die Notiz gab Auskunft darüber, dass drei Fingerabdrücke einer rechten Hand gesichert werden konnten. Na wenigstens etwas, dachte Schielin.

In der letzten Plastiktüte lag ein grau-blau melierter Knopf. Er hatte etwa die Größe eines Ein-Euro-Stücks, war vierlöchrig und am Rand, genau über einem der Löcher, befand sich ein Ausbruch. Ein altmodisches Ding, das schon ewig da oben in der Ecke des Durchgangs liegen konnte. Die Kemptener Kollegen waren da aber andere Meinung, da sie in einer Kante des Bruches zwei Fasern gesichert hatten und bei der Betrachtung unter dem Mikroskop – wie beim Kugelschreiber auch – keine Patina finden konnten, die sich bei längerer Lage hätte finden lassen müssen. Fixe Kerle, dachte Schielin und legte die Asservatentüten wieder zurück in die Kiste.

*

Bald darauf saßen sie im Besprechungszimmer. Die Obduktion sollte erst um ein Uhr stattfinden, also nach dem Mittagstisch, wodurch zum einen kein Termindruck aufkommen konnte – und bei Schielin nicht die Spur eines Hungergefühls. Er hatte am Morgen auf der Insel eine telefonische Bestellung von Funk entgegengenommen und beim Fidelis-Bäck alles bekommen.

Kimmel machte heute einen äußerst herben Eindruck. Er muffelte herum und blaffte Gommert an. »Und dein scheiß Drucker geht schon wieder nicht. In den Computer komme ich nur noch an ungeraden Tagen rein, oder umgekehrt. Was macht ihr eigentlich mit der vielen Kohle, die ihr für eine so elendige EDV kriegt, he!?«

Gommert, der sich unvorsichtigerweise auf die Eckbank gesetzt hatte und Kimmels schon in Friedenszeiten eindringlich körperlicher Präsenz somit fast schutzlos ausgeliefert war, presste sich etwas fester an die Pseudopolsterung der Rückenlehne, wie sie Möbeln aus Mitnahmemärkten eigen ist.

Er winselte. »Es ist doch nicht mein Drucker. Ich muss doch nehmen, was uns von Kempten vorgegeben wird.

Ausschreibung, und so. Und das Computersystem ist vom LKA. Da haben nicht mal die Kemptener was mit zu tun.«

Kimmel beugte sich drohend über den Tisch. »Ich war neulich in Kaufbeuren. Die haben auch andere Drucker, und ich will jetzt auch so ein Ding. Das Geld dafür haben wir doch … da wird jetzt nicht mehr an der falschen Stelle gespart!«

»Was haben die denn für einen?«, traute sich Gommert tatsächlich zu fragen.

»Der kann alles. Drucken, Faxen, Scannen und so. Vor allem druckt der einwandfrei.«

Gommert schwieg.

Lydia war mit dem Ordnen ihrer Unterlagen fertig und begann zu berichten, was sie zuvor mit Schielin besprochen hatte. Sie legte die unterschiedlichen Varianten und die Begründungen dar. Keiner hatte Fragen.

Schielin schwieg zunächst. Dann meinte er in Richtung Kimmel: »Wir brauchen die Streifenberichte von der Trachtentruppe drüben und die von der Fahndung draußen in Ziegelhaus. Wen haben die vom Wochenende an kontrolliert, wer ist ihnen aufgefallen und aus welchem Grund, wo fanden Radarmessungen statt, und wer ist reingerauscht. Die Standards eben. Morgen ist doch Wenzel wieder zurück. Der könnte das doch erledigen?

Und dann wäre da noch der Neffe von Meta Kinker, der wohnt auch irgendwo in Reutin. Um den soll er sich auch mal kümmern. Die üblichen Fragen eben.«

Kimmel stimmte zu.

Adolf Wenzel war im hintersten Büro des langen Ganges der Dienststelle untergebracht. Eigentlich hätte er mit Robert Funk zusammenarbeiten sollen, aber es war beiden in der Vergangenheit nur schwer gelungen, miteinander auszukommen. So hatte es sich wie von selbst gefügt, dass Wenzel sein eigenes Büro und einen eigenen Aufgabenbereich erhielt. Während Robert Funk in die menschlichen und strafrechtlichen Tiefen von Betrugsdelikten und deren Derivate eindrang, kümmerte sich Adolf Wenzel um die gröbere Klientel, diesen Burschen eben, deren geistigen Anlagen nur für Einbrüche und ähnlich grobdumme Delikte ausreichten.

Adolf Wenzel litt unter seinem Vornamen und der Tatsache, dass es nur diesen einen gab, er somit nicht auf einen imaginären zweiten ausweichen konnte. Zum einen lag sein Hader daran, dass seine Eltern ihn mit diesem Vornamen belegten, als das tausendjährige Reich samt Adolf schon über ein Jahrzehnt in Schutt und Asche versunken war und seine Freunde auf Thomas, Helmut, Rudolf oder Peter hörten. Zum anderen ließ ihn dieser Vorname auch älter erscheinen, als er war, was insofern bedauerlich war, als dass Adolf Wenzel seine Existenz auf dieser Welt nicht an *eine* Frau verschenken wollte. Wenigstens hatten seine Kollegen Verständnis für die Schwierigkeiten seinen Vornamen betreffend und nannten ihn ausschließlich bei seinem Nachnamen, Wenzel, ohne dass dies als respektlos hätte empfunden werden können.

Kurz vor Schluss ihrer Zusammenkunft klingelte das Telefon. Eine Streife hatte Ottmar Kinkers Auto gefunden. Es war versperrt auf dem Parkplatz am Europaplatz aufgefunden worden. Von außen war nichts Bemerkenswertes zu erkennen. Lydia machte sich sofort auf den Weg.

Als sie die Dienststelle gerade verlassen wollte, traf sie Robert Funk.

»Du Robert, eine Frage. Diese Antiquitätenhändlerin auf der Insel, taugt die was?«

Robert Funk sah sie verdutzt an. »Die ganze Insel ist voll mit Antiquitätenhändlerinnen.«

Sie zwinkerte ihn an. »Ich meine die schlanke braunhaarige, mit den lockigen Haaren, bei der du immer Informationen einholst ... wenn sie mittags den Laden schließt ... Du weißt schon ...«

Robert Funk richtete seine Fliege und entgegnete trocken: »Kann ich durchaus empfehlen.«

Lydia lächelte. »Ich hätte da einen Auftrag für sie, der etwas umfangreicher, aber hochinteressant ist und vor allem korrekt abgewickelt werden sollte. Wir unterhalten uns da mal.«

Er nickte ihr noch versonnen nach, als sie schon lange aus dem Blickfeld verschwunden war.

Schielin war zu diesem Zeitpunkt schon mit dem alten BMW auf dem Weg nach Memmingen.

Linzer Land

Im Linzer Land lagen mannshohe Nebel über den feuchten Wiesen. Oberinspektor Helmut Mosbichl saß hinter seinem schwarzen Schreibtisch und betrachtete das Telefon. Ihm gegenüber hatte sein Kollege Schachnik Platz genommen, der Mosbichl mit forschender Miene ansah.

Der wirkte zerfahren und begann stockend. »Vor einigen Tagen hatte ich ein Gespräch mit unserem Zinken-Josi, welch selbiges nur sehr bedingt freudevoll verlaufen ist.«

Schachnik schwieg und verzog den Mund gelangweilt, was so viel heißen sollte wie: *Ja, na und*?

Mosbichl rollte die Augen. »Ja nicht so die übliche Tour. Dann hätte ich dich ja auch nicht hierher bestellt. Vielmehr ist es so, dass die alte Zinke zunehmend außer Kontrolle gerät. Du wirst es kaum glauben, aber der hat tatsächlich versucht, mich unter Druck zu setzen. Ich denke, wir müssen uns Gedanken darüber machen, wie wir uns von ihm trennen. Ich glaube fast, der sentimentale Arsch hat sich in dieses russische Vögelchen verschaut, das ihm davongelaufen ist.«

»Ukrainisches Vögelchen. Sie ist Ukrainerin«, verbesserte Schachnik, der immer noch gelangweilt im Drehstuhl lehnte, aber inzwischen sehr aufmerksam zuhörte.

Mosbichl war der Unterschied zwischen Russen und *anderen von da drüben* völlig gleich. Er winkte ab. »Ist doch eh alles ein und dasselbe Gschwerl.«

»Und wie stellst du dir die Trennung vor?«, fragte Schachnik, der die arrogante Art von Mosbichl zwar abstoßend fand, sich aber auf irgendeine Weise damit arrangieren musste.

»Wir versorgen unseren Josi mit den erforderlichen Informationen und lassen ihn einfach machen. Der reitet sich selbst rein, wirst schon sehen. Der ist wie rasend. Ich glaub, das Vögelchen, das ukrainische, hat ihn da gepackt, wo es dem Lodl am ärgsten wehtut, an den Eiern.«

Beiden lachten. Schachniks Lachen war gespielt. Er fragte Mosbichl mit einem Schuss lauernder Besorgnis: »Wenn er aber herausbekommt, dass du dich an ihre Kleine rangemacht hast, wird er dich umbringen, das weißt schon, gell. Das wäre ja nichts Neues für ihn, und wir beide wissen – er ist gefährlich. Die Nummer mit der Mistgabel …«

Mosbichl wurde für einen Augenblick ernst und sagte: »Er muss es ja nicht erfahren, das mit der Kleinen … und umbringen tut er einen auch nicht gleich, wegen einer Schlampn. Ich bitt dich.«

Schachnik sah ihn skeptisch an. »Brauchst mich net bitten, aber du weißt schon von seiner Vergangenheit, von der Sache mit seinem Stiefvater und seiner Schwester.«

Mosbichl winkte desinteressiert ab.

»Neinneinnein mein Freund«, Schachnik wurde ernst und sprach eindringlich, »das solltest du aber schon bedenken. Er war noch keine achtzehn Jahre alt, da hat er seinen Stiefvater erstochen. Ich habe mir mal die Akte angesehen. Vor allem die Bilder vom … Tatort … war echt spannend.«

»Und deswegen war er so lange im Häfn gesessen?«, fragte Mosbichl.

Schachnik verachtete ihn allein wegen dieser Frage, die offenbarte, dass er noch nicht einmal in der Lage war, die Hintergründe seiner Geschäftspartner abzuklären. Hauptsache für Herrn Oberinspektor war immer ein Plätzchen frei – im Separée.

Schachnik blieb sachlich. »Genau, deswegen. Seine Mutter hatte ein sehr, nennen wir es … offenes Verhältnis zu Männern, und ihr Alter hat sich an unsrem Josi seine Schwester rangemacht.

Der Josi und seine Schwester hatten wohl ein sehr enges Verhältnis zueinander, nicht miteinander, wenn du den Unterschied verstehst. Das hat jedenfalls der Psychologe damals geschrieben. Ist ja eh egal jetzt. Aber als unser Josi alt genug war und wohl auch zornig genug, hat er dem Bock ein schnelles Ende bereitet.

Ich habe mir die Fotos genau angesehen, und ich muss sagen, das war ziemlich eindrücklich. Es hatte etwas von Ritual und so. Der Alte hatte sich in das Schlafzimmer geflüchtet. Josi hat die Tür aufgerammt und ihn erlegt, anders kann man es gar nicht ausdrücken. Nur einen Stich hat er gebraucht«, Schachnik deutete auf seine Brust und wies dann mit dem Daumen über seinen Rücken, »vorne rein und hinten raus. Unser Josi hat sich dazu extra den Zinken einer Mistgabel hergerichtet.«

Mosbichl war das Thema sichtlich unangenehm. »Mistgabel?«

»Ja. Das Ding war in der Wohnung versteckt. Jedenfalls hat er den Alten eiskalt abgestochen, ist dann zum Telefon, hat die Polizei angerufen und seelenruhig in der Küche gewartet, und als unsere lieben Kollegen in der Wohnung angekommen waren, hat er umgehend ein vollständiges Geständnis abgelegt. Das hat ihm wohl einige Jahre erspart.«

Mosbichl schwieg.

»Ich möchte ja nur«, fuhr Schachnik eindringlich fort, »dass wir da nicht den Fehler begehen und das Josilein unterschätzen, nur weil wir seit einigen Jahren, sagen wir mal … geschäftliche Beziehungen unterhalten.«

Mosbichl ging darauf nicht ein. »Und die Schwester …
hat die sich nicht umgebracht. Ich habe da mal was gehört?«

»Genau. Das war als er im Zuchthaus gesessen ist. Es
muss ihn ziemlich mitgenommen haben, den Kerl.«

Mosbichl wurde nachdenklich. »Und was meinst jetzt
du damit?«

»Ich meine gar nichts. Ich denke nur, dass es sinnvoll
wäre, ihn nicht weiter zu reizen, denn wenn es stimmt, was
du sagst, und er tatsächlich an der Tschuschn was findet,
dann solltest du etwas vorsichtiger mit ihm umgehen. Wer
weiß, was der in der Hinterhand hat. Sei also lieber vorsichtig.«

Oberinspektor Mosbichl lachte Schachnik böse an. »Was
redest du eigentlich immer von mir. Du hängst da doch
genauso mit drinnen.«

Schachnik beugte sich zu Mosbichl, grinste hinterhältig
und hob den Zeigerfinger seiner rechten Hand vor Mos-
bichls Nase und bewegte ihn langsam und aufdringlich von
rechts nach links. »Ich? Ich hänge überhaupt nirgends. Habe
ich jemals Geld angenommen? War ich jemals in einem
Separée? Hatte ich irgendeinen Kontakt zu Josef Pawlicek?
Nicht, niemals, überhaupt nichts. Also, mein Freund. *Du*
musst aufpassen. Ich gebe dir nur einen gut gemeinten Rat
von Kollege zu Kollege.«

Mosbichl spürte wie ihm der Schweiß aus den Poren
drang.

»Welche Informationen hast du ihm eigentlich gegeben?«,
fragte Schachnik.

»Dass sie im Vorarlberg ist.«

»Mehr nicht?«

»Naja. Ich habe ihn am nächsten Tag noch mal angerufen, da war er schon in Bregenz, und habe ihm gesagt, wo sie gemeldet ist.«

»Und wo ist das?«

»In Lustenau. Sie arbeitet in irgendeinem Büro.«

Schachnik regte die Oberflächlichkeit von Mosbichl zusehends auf und fragte aufgebracht: »In welchem Büro denn?«, doch Mosbichl zuckte nur mit den Schultern.

Schachnik ahnte Böses, als er fragte: »Und woher weißt du, dass sie in Lustenau wohnt und in einem Büro arbeitet?«

»Ermittlungsarbeit. Erst habe ich mir einen Computerauszug vom Melderegister geholt. Die hat sich tatsächlich anständig angemeldet.«

Schachnik verzog den Mund. »Ist ja auch kein Problem, sie hat ja jetzt ihren Pass und ein perfektes Visum. Außerdem ist sie nicht so blöde wie du. Sie war schließlich Lehrerin da drüben.«

Mosbichl ging nicht darauf ein, obwohl er sich fragte, woher Schachnik so viel wusste. »Ich habe dann halt in Bregenz angerufen und die lieben Kollegen dort gebeten, sich nach einer Yulia Kavan zu erkundigen. Die waren absolut hilfsbereit. Ein Walther Lurzer hat sich der Sache angenommen und mir mitgeteilt, wo genau Yulia Kavan wohnt und arbeitet, dass die Kleine in die Schule geht und das seiner Meinung nach einen sehr ordentlichen Eindruck mache.«

»Und dieser freundliche Kollege hat das einfach so gemacht, ohne zu fragen, worum es geht?«

»Natürlich hat er danach gefragt. War doch eh klar. Ich habe ihm eben gesagt, dass wir hier Ermittlungen im Dunstkreis von Prostitution und Menschenschmuggel hätten.«

Schachnik war fassungslos. »Du bist ja wirklich das Kronjuwel der Doofen!«

Mosbichl verstand nicht.

»Was machst du bitte, wenn da drunten am Bodensee was schiefgeht und die Vorarlberger auf die Idee kommen, sich die Akten deiner Superermittlung kommen zu lassen und feststellen, dass es gar keine gibt. Und was bitte kommt raus, wenn man dann nachsieht, welche Computerabfragen, welche Listenausdrucke sich Herr Oberinspektor so hat machen lassen …?«

Mosbichl schüttelte störrisch den Kopf. »Vorarlberger kommen auf keine Ideen.«

Schwabentour

Schielin hatte die Sonne im Rücken als er Lindau nach Norden hin verließ und den Schönbühl hochfuhr. Ein kaltes von keinem Schleier getrübtes Blau leuchtete ihm entgegen. Auf der Autobahn ging es zügig voran an diesem Mittwoch, und auch die Baustellen bei Wangen und Leutkirch waren erträglich zu überwinden. Schielin war die Strecke wohlvertraut. Seit über dreißig Jahren wurde nun an der Autobahn zwischen Lindau und München schon gebaut. Welch ein Projekt!, das sich, was die Bauzeit betraf, auf einer Stufe mit der Cheopspyramide oder dem Château Chambord im Loiretal befand.

In Memmingen erwartete ihn die geschäftige Kühle des rechtsmedizinischen Sektionsbereichs. Ottmar Kinker lag nackt auf dem Stahltisch. Unter seinen Nacken war ein Kunststoffblock geschoben worden, sodass der Kopf frei nach hinten hing. Es sah schmerzhaft aus.

Professor Schapelski war klein und rundlich, und entgegen der landläufigen Meinung, die einem Mann von seiner Figur ein nicht geringes Maß an Gleichmut, Ausgeglichenheit und Gemütlichkeit nachsagte, ein im Übermaß hektischer Mensch.

Schon als er den Raum betrat, musste sich Schielin konzentrieren, um nicht von dieser auf eigenwillige Weise kontrollierten Unruhe erfasst zu werden. Schapelski kam mit schnellen Schritten in den Raum, grüßte Schielin gedankenverloren, stoppte abrupt, fasste sich überlegend mit der rechten Hand an das Kinn, schüttelte den Kopf, drehte sich um, ging ein paar Schritte, immer noch überlegend zurück, um dann, wie von Ferne gesteuert, ebenso hektisch wieder zu wenden und endlich an den Stahltisch heranzutreten. Dann fingerte er aufgeregt am neuen digitalen Diktiergerät herum, was durch die Inkompatibilität zwischen der Finesse moderner Steuerungseinrichtungen und Schapelskis kurzen, dicken Fingern schon rein motorisch zu Schwierigkeiten führte. Schielin kannte das Procedere schon und hütete sich, helfend eingreifen zu wollen.

Endlich waren die Vorbereitungen getroffen. Schapelski wurde für einen Augenblick still, legte die Fingerspitzen beider Hände aufeinander und sagte laut: »Nuuun«, wobei er den Leichnam eingehend inspizierte. Dann legte er los.

Es ging alles fix. Immer wieder sprach er Schielin an, der jedoch nicht antwortete, sondern sich in eine Ecke des Raumes zurückgezogen hatte, an einem Stahltisch lehnte und wartete.

Es waren zwei wesentliche Verletzungen feststellbar. Ein schmaler Einstich unterhalb des Rippenbogens und eine Platzwunde auf der rechten Schädelseite zwischen Ohr und Schläfe. Die sichtbaren Quetschungen des Gewebes und die im Blut verklebten Haare legten nahe, dass es sich um eine Verletzung handeln musste, die von einem Schlag herrührte. Die parallel durchgeführten toxikologischen Untersuchungen ergaben, dass Ottmar Kinker weder Alkohol noch Drogen konsumiert hatte. Medikamente waren ebenso wenig nachweisbar.

Aufgrund der Temperaturbestimmungen, die am Tatort vorgenommen worden waren, legte Schapelski die Todeszeit zwischen neunzehn und zweiundzwanzig Uhr fest.

Genauer ging es leider nicht. Die tödliche Verletzung war Ottmar Kinker mit einem sehr dünnen und scharfen Messer beigebracht worden. Der Einstich war nur elf Millimeter breit, die Einstichtiefe konnte aber auf einer Länge von knapp zwölf Zentimetern nachgewiesen werden. An beiden Seiten des Stichkanals war das Gewebe zerschnitten.

Auch die Kleidung, die von dem Messer durchdrungen wurde, wies keine Faserrisse auf, sondern war exakt zerschnitten. Es handelte sich also um ein sehr scharfes, beidseitig geschliffenes Stichinstrument, dessen Verhältnis von Länge zu Klingenbreite auf ein Stilett hinwies. Mit Sicherheit aber handelte es sich um etwas Verbotenes, das man nicht auf dem freien Markt zu kaufen bekam.

Der Stichkanal verlief in einem Winkel von vierzig Grad vom Rippenbogen nach oben. Die Messerspitze hatte die Herzkammer durchdrungen. Ottmar Kinker musste sofort tot gewesen sein.

Schapelski lief nachdenklich um den silbernen Tisch herum und hantierte eigentümlich mit einem Skalpell. Es sah ungelenk aus. Dann nickte er sich selbst zu.

»Der Täter war Rechtshänder, und ich vermute, er war ein wenig kleiner als sein Opfer. Wären sie gleich groß gewesen, würde der Stichkanal direkt unter dem Rippenbogen seinen Anfang nehmen.«

»Es ist auf einer Treppe passiert«, sagte Schielin.

»Das mag schon sein, aber die Tat selbst fand auf einer Ebene statt. Das Opfer ist die Stufen hinuntergestürzt, wie aus den Verletzungen gut ersichtlich ist. Das Tatgeschehen selbst muss aber hinsichtlich der Standorte von Täter und Opfer auf einer Ebene stattgefunden haben.«

Schapelski ging einen Schritt auf Schielin zu. »Da haben

Sie es mit einem ganz üblen Burschen zu tun, mein lieber Schielin.«

»Wie meinen Sie das?«

»Die Schneide des Tatwerkzeugss ist zwar nur elf Millimeter breit. Es ist aber so, dass sie in zwei Ebenen um vierzig Grad gedreht in den Leib eingedrungen ist. Einmal in der vertikalen Stichrichtung von unten nach oben, und dann verdreht in der horizontalen.«

Schielin versuchte zu verstehen, was der Professor damit sagen wollte. Der erlöste ihn aber sogleich.

»Der Täter hat das von hinten erledigt, mein Lieber. Er ist von hinten an sein Opfer herangetreten und hat das Messer von vorne geführt. Die Messerspitze verließ die führende Faust in Richtung Daumen und nicht in Richtung des kleinen Fingers. Sehr professionell.«

»Oh.«

»Ja. Oh. So etwas passiert nicht im Affekt. Das muss man können.«

»Allerdings«, stimmte Schielin zu und versuchte sich vorzustellen, was da auf der Treppe am Pulverturm passiert ist. »Das bedeutet aber auch …«

Schapelski unterbrach ihn: »… dass wir sehr genau nach Faseranhaftungen und DNS-Spuren suchen werden, aber natürlich, Herr Schielin. So professionell er das auch gemacht hat, rein spurentechnisch ist das eine Tötungsmethode, die nicht mehr auf der Höhe der Zeit ist. Es fehlt die Distanz. Eine sozusagen sehr persönliche Art und Weise, das zu tun. Nun ja, auf alle Fälle wäre es sehr unwahrscheinlich, wenn wir keine Spuren vom Täter finden. Wir werden sehen.«

Schapelski war jetzt ganz ruhig und ganz bei sich. Er lächelte Schielin an und fragte: »Wie geht es eigentlich dem werten Esel. Das mit dem Schreien, besser gesagt, dem Nicht-Schreien, hat sich ja wieder gelegt, wie ich gehört habe. Stimmt doch, oder?«

Schielin winkte ab. »Sicher. Aber das ist doch schon ewig her, Herr Professor.«

»Naja. Sie haben nun auch – Gott sei Dank – nicht so häufig einen Grund, hierherzukommen.«

✻

Mit neuen Informationen und der Frage, warum die Gemütslage seines Esels Ronsard ein Thema in der Rechtsmedizin von Memmingen ist, fuhr Schielin wieder nach Süden. Hinter Wangen verließ er die Autobahn und nahm die Bundesstraße zweiunddreißig über Amtzell und Grünkraut nach Ravensburg. Während er den sanften Schwüngen über bewaldete Hügelketten hinweg und vorbei an Weihern und Bauernhöfen folgte, telefonierte er mit der Kripo in Ravensburg. Er war immerhin in einem anderen Bundesland unterwegs, und die Kollegen dort sollten schließlich über seine Anwesenheit Bescheid wissen. Fast hätte er es vergessen, denn der Wechsel hinüber nach Württemberg war so selbstverständlich und an sich nichts Außergewöhnliches. Sein Weg führte vorbei an einsamen Dörfern, entlegenen Einödhöfen und durch eine derart friedvolle, romantische Landschaft, dass einem das Gefühl erwuchs, hier sicher und frei von Nöten, Sorgen und Problemen leben zu können. Ihm fiel ein Lied von Bette Middler ein, in welchem es lautete: *from a distance, there is harmony*. So war es sicher auch hier. Aus der Ferne betrachtet herrschte Frieden und Harmonie. Man musste nur die Distanz aufrechterhalten.

Die Büros der Aureum-Immobilien befanden sich mitten in der Altstadt, in einem noblen, wunderbar renovierten Bürgerhaus in der Bachstraße. Von hier war es zu Fuß gar nicht weit, über den Marienplatz hinweg, zum Gänsbühl, wo Ottmar Kinker die Kaffeemaschine gekauft hatte. Diese Anschaffung konnte sich Schielin immer noch nicht erklären. Bevor er die Klingel der Aureum-Immobilien betätigte, studierte er die anderen Namens- und Firmenschilder. Neben der Aureum waren noch ein Anwaltsbüro, ein Physiotherapeut und eine Energieberatung in dem Gebäude untergebracht. Zwei Namensschilder, zu denen es kein passendes, schlicht und edel glänzendes Metallschild gab, ordnete Schielin privaten Adressen zu. Nachdem er zweimal kurz hintereinander geklingelt hatte, tönte eine tiefe Frauenstimme aus dem Lautsprecher. Es dauerte einige Sekunden bis der Türöffner summte, nachdem Schielin sich kurz vorgestellt hatte, was wohl erwartet worden war. Nur mit der Nennung seines Namens allein hätte er keinen Einlass gefunden.

Das Treppenhaus war licht, es roch nach frischem Firnis und lebendigem Holz. Eine breite Treppe führte nach oben. Die Schilder, die zum Aufzug wiesen, ignorierte Schielin. Bis in den zweiten Stock würde er es noch schaffen.

Waren Fassade, Eingang und das Treppenhaus noch in zurückhaltender Bürgerlichkeit gehalten, änderte sich das, als eine überaus elegant gekleidete Frau die Tür zu den Aureum-Immobilien öffnete. Sie trug einen schwarzen Hosenanzug mit feinen grauen Streifen. Im gebräunten Dekolleté schwang sanft eine Perlenkette. Sie hatte rote, lockige Haare, intensive grüne Augen und stellte sich freundlich distanziert als Frau Präg vor.

Schielin folgte ihr in einen überaus gediegenen Empfangsraum. Ein wohlgeordneter Glasschreibtisch vermittelte die entsprechende Kühle. Auf dem Dielenboden sorgten tiefrote Läufer und Teppiche für die erforderliche Dämpfung. Ein langer Gang, zu dessen Seiten hin Türen zu den einzelnen Büros abzweigten, führte quer durch das Stockwerk und endete an einer Milchglastür. Die einzige, die etwas natürliches Licht einließ, denn die Türen zu den seitlich abzweigenden Büros waren aus massivem Holz in unterschiedlichen Tönungen gefertigt und geschlossen. Die Wände waren in verwaschenem Ocker und pastelligem Mint gehalten, was eine mediterrane Stimmung vermitteln sollte. Moderne Grafiken wurden von der Halogenkette an der Decke bleckend in Szene gesetzt. Auf den ersten Blick alles sehr schick und sicherlich ungemein teuer – aber auf den zweiten Blick nicht stimmig. Es herrschte keine Klarheit. Wer immer für das Interieur verantwortlich war – er oder sie hatte sich nicht entscheiden können zwischen offensiver Modernität und traditioneller Bürgerlichkeit, und die denkbar schlechteste Kombination beider Richtungen zueinandergebracht.

Frau Präg mit der Perlenkette klopfte an die Glastür, öffnete diese daraufhin vorsichtig und streckte ihren Kopf vor, sodass sie in das Zimmer sehen konnte, Schielin hingegen nicht. Das ärgerte ihn. Offensichtlich erhielt sie ein Okay, denn sie trat zur Seite, öffnete die Tür vollständig – für Schielin das Zeichen, eintreten zu dürfen, was er auch tat. Während er an ihr vorbeiging, sagte sie halblaut und interpretationsfrei: »Dr. Böhle.«

Hinter einem Schreibtisch aus Stein, es konnte Marmor sein, saß Dr. Böhle, ein schlanker, fast schlaksiger Enddreißiger, mit extrem kurzen Haaren, die vom Gel seitlich des kantigen Kopfes eng an den Schädel gedrückt wurden, an dessen Oberseite hingegen, starr wie ein Igelpelz abstanden. Er hatte beide Hände auf dem Monsterschreibtisch liegen und lächelte Schielin entgegen.

Der war von dem leuchtend roten Kunststoffbrillengestell etwas irritiert, weil das so gar nicht zu dem edlen, grauen Anzug passen wollte. Funk fiel ihm ein, der einmal gesagt hatte, dass es so viele verzweifelte Menschen gäbe, und auf Schielins Rückfrage geantwortet hatte, dass ihm zunehmend diese unerträglich grellen und mutierten Brillengestelle auffallen würden, die in für ihn unangenehmer Weise den Blick auf sich und von der Person ablenkten.

Für viele Frauen, denen das Schicksal Töchter geschenkt hatte, war Dr. Böhle sicher der Traum von einem Schwiegersohn. Schielin krümmte sich innerlich bei dem Gedanken, dass Lena oder Laura eines Tages mit so einem Schlunz daherkämen.

Der nette Bub von neulich, der sich hinter einigen Kettchen und grell roten Strähnen in den langen braunen Haaren versteckte, und der ihm mit Laura in der Fischergasse über dem Weg gelaufen war – so dumm ging es manchmal daher – wäre ihm da wirklich lieber. Schielin verdrängte die Gedanken an zukünftige Schwiegersöhne und Funks Brillenbeobachtungen. Dieser Dr. Böhle, der ihm da gegenübersaß, war ihm unsympathisch. Zumal, als er auf seinen Gruß hin sitzen blieb und nur huldvoll nickte. Kurz danach vernahm Schielin eine Fistelstimme, die feststellte »Wie ich hörte, sind Sie von der Polizei.«

Schielin konnte sich den Ansatz eines arroganten Grinsens nicht verkneifen. Jetzt war er es, der nur nickte, einige Sekunden wartete und ein kühles »Ja« entgegnete. Der Beginn war nicht gut.

»Und was führt Sie zu uns?«, krähte Dr. Böhle.

Schielin beschloss, die Sache etwas umständlicher anzugehen. Er deutete einen Blick zum Gang hin an und fragte: »Wo befindet sich hier das Büro von Herrn Ottmar Kinker?«

Dr. Böhle stutzte. »Äh. Weshalb fragen Sie danach?«

»Sie sind also noch nicht informiert?«, sagte Schielin ernst und sah Dr. Böhle dabei noch ernster an. Der musste schlucken, bevor er ein fragendes »Nein« herausbrachte.

Schielin ließ ihn warten. Dr. Böhle war anzusehen, wie unangenehm im die Situation war. Das bisschen Getue hatte die aufgesetzte Ruhe hinweggefegt. Er hielt es selbst für diese knappe halbe Minute nicht aus, einfach ruhig sitzen zu bleiben. Nein, er veränderte seine Sitzposition und führte etwas zu theatralisch seine Hand zum Kinn. Beides Zeichen für Unsicherheit.

»Herr Kinker ist ermordet worden«, sagte Schielin schlicht und fixierte Dr. Böhle.

Der zeigte keine Reaktion. Es war, als fröre er ein, doch es war keine Starre, die ihren Grund im Erschrecken über die Nachricht hatte. Dr. Böhle sah zu Schielin und – überlegte. Während er das tat, ging die Tür hinter Schielin auf und er hörte eine Frauenstimme etwas burschikos sagen: »Wie ich höre haben wir die Polizei im Hause.«

»Kinker ist ermordet worden«, kam es schnell, trocken und sachlich von Dr. Böhle, der bösartig hinzufügte, »deswegen ist er diese Woche also nicht aufgetaucht.«

Schielin ignorierte den Kerl, der soeben in die Schublade *arroganter Kotzbrocken* eingeordnet worden war, und drehte sich um. Er gewahrte eine Frau, deren Alter und Konfektionsgröße sich im Bereich um die vierzig bewegten. Sie hatte dunkle, glatte Haare, trug ein cremefarbenes Kostüm und war von dem, was Böhle soeben von sich gegeben hatte, sichtlich schockiert.

Nach einer Weile reichte sie, immer noch blass, Schielin die Hand und stellte sich als Dr. Christiane Schlorber vor. Schielin wiederholte seine Frage nach Ottmar Kinkers Büro, und sie war es, die ihn hinbrachte. Dr. Böhle blieb scheinbar unberührt hinter seinem Felsen hocken.

Ottmar Kinkers Büro befand sich nicht hinter einer der dunklen Holztüren, sondern man gelangte dahin, indem man einen kurzen Abzweig hinter dem Glasschreibtisch im Empfang nahm.

Schielin brachte die Dinge, denen er sich gegenübersah, nicht zusammen. Alles hier – die Räume, die Ausstattung, die Menschen – passte so wenig zu dem, was Schielin von Ottmar Kinker und seinem Leben bisher wusste, dass es extremer nicht mehr hätte sein können. Welche Wahrnehmung hatte Ottmar Kinker von seinem Leben, und in welch unterschiedlichen Welten bewegte er sich? Vielleicht konnte diese Dr. Schlorber ja weiterhelfen, denn ihr Erschrecken war ehrlich gewesen. Sie stockte ein-, zweimal, als sie den Gang entlangging, so als wollte sie stehen bleiben und für sich selbst überprüfen, dass das, was sie gerade erfahren hatte, auch der Wirklichkeit entsprach.

Ottmar Kinkers Büro war abgeschlossen, und sie musste den Schlüssel aus einem gesicherten Stahlfach holen. Das Büro hatte nichts von der teuren Eleganz der anderen Räume. Der Tür gegenüber ließ ein breites Fenster genügend Licht ein. Seitlich zum Fenster befand sich ein aufgeräumter Schreibtisch – solide Standardware in hellgrau. An der Wand gegenüber standen Aktenregale und breite Schränke. Zwei Rollcontainer gab es auch noch. Auf den ersten Blick ein nüchternes Büro, in welchem ein äußerst ordentlicher Mensch seine Arbeit verrichtete. Alles hatte seinen Platz, es lagen keine offenen Akten oder Schreiben herum, keine gelben Post-its klebten am Bildschirm oder sonst wo. Der Papierkorb war leer. An den freien Flächen der Wände kein Fotokalender. Nicht einmal einer mit unschuldigen Landschaftsaufnahmen. Es war das reinliche Büro eines ordentlichen, vielleicht pedantischen Ange-stellten.

Und doch gab es etwas, das völlig außergewöhnlich war, den Gesamteindruck störte und Schielin sofort irritierte. Der ganze Raum war nüchtern und funktional auf die darin zu verrichtende Tätigkeit ausgerichtet. Doch auf dem Schreibtisch von Ottmar Kinker stand rechts hinten ein silberner Fotorahmen, wie es sie wohl überall auf Schreib-tischen gibt. In dem Rahmen steckte ein Foto. Es war farb-stichig und unscharf, und die Farben wiesen auf eine Repro-duktionstechnik hin, die nicht in Mitteleuropa angewandt wurde. Es war eine Frau zu erkennen, die in einer Wiese stand. Ihre Hände fassten sanft ein Mädchen bei den Schul-tern, das sich an ihre Beine lehnte. Beide sahen etwas skep-tisch, aber fröhlich in die Kamera.

Nichts wirklich Persönliches hatten sie bisher über Kin-ker erfahren und ermitteln können. Sie hatten es mit einem Menschen zu tun, dessen Leben fern von sozialen Kontak-ten stattfand, als würde er sein Leben einfach nur geschehen lassen. Und da passte das ehrliche Gefühl dieser warmen Frauenaugen, die so offen aus dem Bilderrahmen blickten, nicht hinein. Wer war dieser Ottmar Kinker wirklich gewe-sen, und was hatte es mit der Frau und dem Kind auf sich?

Dr. Schlorber hatte die Türe geschlossen und auf dem einzigen Besucherstuhl, der hinter dem Schreibtisch stand, Platz genommen.

Schielin verzichtete auf Geplänkel. »Frau Dr. Schlorber. Alles was ich von Ottmar Kinker weiß, über ihn, sein Leben, seine Kontakte, besser gesagt, über seine nicht vorhandenen Beziehungen zu seiner Umwelt, also, so wie er lebte, wie er sich kleidete – all das sagt mir, dass er eigentlich in ein solches Immobilienunternehmen wie Aureum nicht passte, oder täusche ich mich da?«

Sie ging auf seine Frage nicht ein, fragte stattdessen leise: »Wie ist er denn gestorben?«

»Jemand hat ihn erstochen. Am Pulverturm in Lindau.«

»Mhm.«

»Welche Aufgaben hatte Herr Kinker denn hier, und wie kam er in diese Firma?«

Sie sah auf. »Herr Kinker gehört nicht zu Aureum-Immobilien. Das ist eine etwas komplexe Angelegenheit, und ich weiß nicht so recht, wie ich Ihnen das erklären soll.«

»Versuchen Sie es ganz einfach.«

»Die Aureum-Immobilien ist eine Gesellschaft, die ausschließlich Grundstücke und Liegenschaften der Bundesbahn vermittelt und verwaltet. Wir sind aber eine eigenständig Gesellschaft und gehören nicht zum Firmenkomplex Deutsche Bahn AG. Herr Kinker hingegen ist Beschäftigter des Bahnvermögensamtes. Er ist in der Außenstelle Kempten als Revisor beschäftigt und hatte seit einiger Zeit die Aufgabe, die von uns projektierten Unternehmungen zu prüfen. Dazu hatte er hier sein Büro.«

»Das ist aber eigenartig, oder?«

»Nein, überhaupt nicht. Es hängt vielmehr mit den etwas komplexen und verwirrenden Zuständen zusammen, die vor der endgültigen Privatisierung der Bahn herrschen. Die Anwesenheit von Herrn Kinker hier vereinfacht die Arbeit, es geht schneller, und man erspart sich den Transfer von Akten und Informationen. Er war seit einem Jahr bei uns und wäre in drei Monaten fertig gewesen. Da hätte sein Abschlussbericht vorgelegen.«

»Er war also schon so etwas wie ein Fremdkörper hier in diesem doch sehr noblen Ambiente, oder?«

Sie nickte stumm und nachdenklich.

»Gab es denn irgendwelche Schwierigkeiten mit seiner Arbeit?«

»Nein. Nein. Jedenfalls ist mir davon nichts bekannt.«

»Welche Funktion haben Sie hier?«

»Ich bin Geschäftsführerin, zusammen mit Dr. Böhle.«

Schielin überlegte kurz. Dann sagte er: »Ich müsste mich hier etwas genauer umsehen. Vor allem geht es um persönliche Dinge von Herrn Kinker, verstehen Sie?«

»Ja. Tun Sie das. Sie können sich hier gerne umtun. Von unserer Seite bestehen da keine Einwände.«

»Wie war eigentlich das Verhältnis zwischen Herrn Kinker und den Beschäftigten hier … und wie war es zwischen Ihnen beiden?«

»Zwischen Ihnen beiden …«, wiederholte sie nachdenklich und lachte kurz und traurig auf. »Es gab kein *zwischen Ihnen beiden*. Herr Kinker war ein sehr in sich gekehrter Mensch, wie Sie ja schon angedeutet haben. Er hatte keinen näheren Kontakt, zu keinem der Beschäftigten hier. Über die Begrüßungen und ein paar Floskeln ging das nicht hinaus. Was seine Arbeit anging – unheimlich exakt und genau. Das denke ich kann man schon sagen. Er war ein sehr introvertierter Mann.«

Sie sagte *Mann* und nicht *Mensch*. Dadurch erschien ihre

Beschreibung in einem völlig neuen Kontext. Zuerst beschrieb sie den Menschen, dann den Mann.

Schielin überbrückte seine Gedanken mit einem gedehnten »Mhm.« Dann fragte er: »Wissen Sie etwas über sein Privatleben zu berichten, von seiner Familie, eventuell von Freunden? Ich meine, selbst wenn man kaum in Kontakt zueinander kommt … er war hier immerhin über ein Jahr lang beschäftigt. Da könnte man doch etwas mitbekommen. Zum Beispiel die Frau und das Kind da auf dem Foto. Kennen Sie die? Hat er irgendwann einmal etwas von einer Frau oder einem Kind erwähnt?«

Sie saß zusammengesunken auf dem Stuhl, sah kurz zu dem Foto hinüber und überlegte. »Mitbekommen. Mhm. Ich möchte nicht, dass Sie einen falschen Eindruck erhalten, aber … auch wenn wir ein Jahr lang nebeneinander gearbeitet haben. Ich weiß von ihm nichts. Gar nichts. Und das Bild dort auf dem Schreibtisch sehe ich heute zum ersten Mal. Es tut mir leid.«

»Sein Tod hat Sie getroffen.«

»Ja, natürlich.«

»Sie mochten ihn oder … er war Ihnen sympathisch?«

»Naja. Anfangs dachte ich, er wäre ein komischer Heini«, sie lachte kurz und bitter, bevor sie weitererzählte. »Er war schon eine anachronistische Erscheinung, so wie er daherkam, in diesen altmodischen Kleidern. Er war auf eine sehr höfliche Weise distanziert und wich jeder Situation aus, in der so etwas wie ein weiterreichendes Gespräch hätte entstehen können. Er hatte eine sehr freundliche, aber doch bestimme Art, zu verhindern, ihm näherzukommen. Irgendwann habe ich das dann akzeptiert … ich kann gar nicht verstehen, wer einen solchen Menschen umbringt. Haben Sie denn schon einen Verdacht?«

Schielin schüttelte den Kopf und formulierte seine Frage bewusst sehr allgemein. »Ist Ihnen etwas aufgefallen an ihm, in letzter Zeit?«

Sie musste gar nicht lange überlegen. »Ja, schon. Er hat sich in den letzten drei, vier Monaten schon sehr verändert. Nicht, dass Sie meinen, er wäre offener im Umgang geworden, mir oder den anderen gegenüber. Nein, das nicht. Es betraf vielmehr sein Äußeres. Er kleidete sich anders. Ich war richtig konsterniert, als er eines Morgens hier hereinkam in blauen Jeans, Hemd und Jackett. Sah gut aus, echt.«

»Haben Sie eine Vorstellung was hinter dieser Veränderung stecken könnte? Wir haben Ähnliches schon von anderer Seite gehört.«

Sie lachte laut und herzlich. »Ja, eine Frau natürlich. Was glauben denn Sie. Nichts anderes. Vielleicht die Braunhaarige dort drüben auf dem Foto, das liegt doch nahe.«

Schielin stimmte ihr lächelnd zu. »Könnte ich eine Liste aller Beschäftigten haben. Und noch etwas … dieser Dr. Böhle …« Er ließ den Satz ausklingen, ohne dass er zu einer Frage wurde. Sie verstand, was er meinte, grinste und verdrehte die Augen. Das genügte Schielin vorerst.

Die Fächer des Schreibtisches waren nicht versperrt. Er fand darin nur Bürobedarf. Die Türen eines Schrankes waren jedoch abgeschlossen, ebenso der eine Rollcontainer. Nach einigem Suchen entdeckte Schielin die Schlüssel im Ziehfach des Schreibtisches. Im verschlossenen Schrank fand er eine große Mülltüte, die mit Kleidern gefüllt war. Ein Mantel hing an einem Kleiderhaken, dazu zwei Stoffhosen und ein Hemd.

Die Fächer des Rollcontainers bargen eine Überraschung. Schon auf den ersten Blick, als er alle vier Fächer herausgezogen und sich einen Überblick verschafft hatte, war er sicher, dass sich hier alle privaten Unterlagen von Ottmar Kinker befanden. Er sah Versicherungspolicen, Amtsschreiben, Gehaltsabrechnungen, Kontoauszüge und einen Karton mit alten Familienbildern und Briefen.

Im untersten Fach lag ein Foto. In dezenten Farben lächelte verhalten Ottmar Kinker entgegen. An der ausgewogenen Beleuchtung war zu erkennen, dass das Bild in einem Fotostudio entstanden war. Auf der Rückseite befand sich kein Hinweis. Schielin steckte es in die Brusttasche seines Jacketts. Was den Rest der Schubladen betraf, würde er alles mitnehmen müssen, denn es war unmöglich, die Sachen hier zu sichten. Auf Schielins Bitte hin warf Dr. Schlorber einen oberflächlichen Blick auf die Unterlagen, um sich zu vergewissern, dass keine Firmenkorrespondenz dabei war. In einem Schnellhefter, den sie durchblätterte, waren ellenlange Listen mit Grundstücks- und Gebäudebeschreibungen, nichts Wichtiges also. Desinteressiert warf sie noch einen Blick auf die andern Dinge, die Schielin mitnehmen wollte, und holte dann zwei große, kräftige Tüten, in denen Schielin die ganzen Sachen transportieren konnte.

Die Tüten verstaute er im Auto, dann eilte er zum Gänsbühl. Dort ging es ganz schnell. Eine DVD war bereits für ihn hinterlegt worden. Er schnappte sie und machte sich sofort auf den Weg in die Rudolfstraße, wo die Ravensburger Kripokollegen ihr Unterkommen hatten. Es war ihm wichtig, sich dort blicken zu lassen, und sie nun persönlich über die Sachlage zu informieren. Es wurde ein angenehmes Gespräch, und die Ravensburger Kollegen hatten den eindeutig besseren Kaffee.

Er beeilte sich danach, zurück nach Lindau zu kommen. Der Inhalt der Tüten, die auf der Rückbank in jeder Kurve raschelten, interessierte ihn brennend. So hatte er keinen Blick für den Traum einer Landschaft, durch die ihn die Bundesstraßen dreißig und zweiunddreißig leiteten. Er war gerade mitten in Kressbronn, als das Handy klingelte. Lydia war dran. Es war etwas kryptisch, was sie ihm sagte. Sie hätten zwar nichts gefunden, aber das würde auch etwas sein. Am Telefon wollte sie nicht mehr sagen, da sie wusste, dass Schielin nicht anhalten würde. Sie legte auf.

*

Dr. Böhle saß bleich hinter seinem marmornen Schreib-tisch und dachte nach. Abrupt stand er auf, ging zur Tür und kontrolliere, ob sie geschlossen war. Dann nahm er sein Handy, drückte eine Zielwahl, ging zum Fenster und sprach gepresst gegen die romantischen Fassaden Ravens-burgs. Für ihre Schönheit, ihre historische Sprache, hatte Dr. Böhle keinen Blick. Er stöhnte, als sich am anderen Ende eine hohe Männerstimme meldete.

»Die Polizei war hier.«
…
»Nein, keine Durchsuchung. Ein Polizist aus Lindau. Er hat nur Fragen gestellt.«
…
»Ja, was weiß denn ich! Er war jedenfalls aus Lindau. Hätte ich ihn rausschmeißen sollen, weil er aus Bayern ist!?«
…
»Ja, er hat was mitgenommen, aus Kinkers Büro. Aber da kann nichts dabei sein. Ich habe alle wichtigen Unterlagen herausgenommen. Da sind nur noch die Akten und die

Pläne und Kinkers Versicherungspolicen und privater Mist. Aber von dem Bericht ist nach wie vor nichts zu finden. Auch nicht im Computer. Ich verstehe das nicht. Ich konnte ja auch nicht alles rausholen, oder. Das wäre wohl aufgefallen.«

…

»Gut. Du kümmerst dich um die Polizei. Ich will nicht, dass die noch einmal hier auftauchen.«

…

»Was heißt bitte, ich soll jetzt nicht die Nerven verlieren! Du bist gut. Bei dir tauchen die Bullen ja auch nicht auf, und der Typ, der hier war, machte überhaupt keinen gemütlichen Eindruck. Der will auch nicht seine Ruhe haben. Das ist einer von der Sorte, die man ganz heftig ausbremsen muss. So wie Kinker.«

…

»Schön für dich, dass du am Wochenende in die Berge fährst. Ich kann mich hier um den Mist kümmern.«

*

Aus welchem Grund auch immer. Schielin fuhr in Lindau die Friedrichshafener Straße entlang und bog am Aescacher Kreisverkehr Richtung Insel ab, fuhr auf die hintere Insel, stellte das Auto ab und ging die paar Meter bis zum Pulverturm.

Unschuldig wehte ein laues Lüftchen, plätscherten die Wellen. Die Flatterleinen waren wieder eingerollt worden, und selbst die dunklen Blutflecken auf den Treppenstufen hatte jemand mit Wasser weggespült. Ottmar Kinker war hier schon vergessen. Nur Schielin plagte sich herum. Er durfte diesen eigenartigen Menschen nicht vergessen.

Er war ganz in Gedanken, als er die Treppenstufen wieder nach oben ging, den Durchlass durchschritt und Richtung Bahnhof ging. Von vorne sah er eine Gestalt auf sich zukommen, die er anhand ihres Gehabes, der ausladenden Schritte und dem weiten Schwingen der Arme sofort identifizierte. Der verrückte Josef. Noch so ein verrückter Kerl, dachte Schielin und wartete auf das Zusammentreffen. Der Pulverturm schien eigenwillige Menschen magisch anzuziehen.

Josef blieb in ehrfurchtsvollem Abstand vor ihm stehen, senkte den Kopf zwischen die Schultern, beugte sich nach vorne und begann mit dem Oberkörper zu schwingen. Er grinste dabei.

»Wie geht es dir?«, fragte Schielin.

»Scheiß Mehrwertsteuer«, lautete die Antwort.

Schielin lachte. »Was hast du denn für Probleme mit der Mehrwertsteuer, Josef?«

»Teuer, alles ist teuer.«

»Das ist es auch ohne Mehrwertsteuer so, aber was machst du hier?«

»Spazieren gehen.«

»Und immer hier?«, fragte Schielin.

Josef sah sich um. »Mhm.«

»Hast du schon gehört, was hier passiert ist?«

Sein Gesprächspartner hörte auf, einem unhörbaren Takt folgend mit dem Oberkörper zu schwingen, nickte und ließ ein jammerndes Stöhnen erklingen, sodass es Schielin kurz fröstelte.

Der fragte schnell. »Weißt du vielleicht auch schon mehr?«

Der verrückte Josef schüttelte den Kopf, aber seinem Blick war anzusehen, dass er in erheblicherem Maße informiert war, als er Schielin gegenüber zugeben wollte.

Der ging es diesmal direkt an. »Hast du den Ottmar Kinker gekannt, Josef? Komm sag's schon. Du kennst doch jeden.«

Der Körper löste sich aus der Starre und begann wieder zu wippen. Es folgte ein weiteres Stöhnen, diesmal aber leiser, und es war schwer zu beurteilen, ob es eine Äußerung von Schmerz oder eine Bejahung auf Schielins Frage hin war.

»Hast du den Ottmar Kinker hier schon mal getroffen, wenn du spazieren warst?«

»Nein. Nicht getroffen.«

»Aber du kennst ihn, oder?«

Josef presste die Lippen aufeinander, sah sich vergewissernd zu den Seiten hin um und sagte: »Vogler. Vogler.« Dabei zuckte sein Kopf. Schielin wusste nicht, wie er es deuten sollte. War es eine dieser unkontrollierten Bewegungen, oder sollte es eine Richtungsangabe sein. Den Namen *Vogler* hingegen konnte er schon zuordnen, und er war sich ziemlich sicher, dass es sich dabei um das Café Vogler handeln musste.

Er fragte ganz einfach. »Café Vogler? Meinst du das Café Vogler?«

Josef streckte ihm die rechte Hand hin, die offene Handfläche nach oben. »Euro!«

Schielin sah ihn verdutzt an. »Was soll jetzt das? Willst du vielleicht Geld von mir?«

Josef schüttelte seine Hand und verlieh damit seiner nun eindeutigen Forderung Nachdruck. Schielin holte etwas umständlich die Geldbörse hervor und kramte langsam einen Euro heraus. Er genoss es. Bevor er aber das Geldstück in Josefs Handfläche gab, zog er es kurz zurück und fragte, »Und wofür willst du den Euro? Hast du ihn verdient?«

»Informationsgesellschaft«, murmelte der verrückte Josef, der so verrückt nicht sein konnte, und danach sichtlich froh, von keinem schlechten Gewissen geplagt, weiter in Richtung Pulverturm wackelte. Schielin sah ihr nach, dieser Gestalt in viel zu weiten Cordhosen und dem karierten Wollhemd, das sicher unter dem alten Filzmantel zu finden war, so sicher wie die Hosenträger, denn keine andere Technologie konnte diese schwarzen, schweren Cordhosen derart bezugslos zu ihrem Träger schwingen lassen. Da ging er hin, der verrückte Josef. Ein unartiger, vielfach unerzogener Geist aus einer lang vergangenen, weniger perfekten Zeit. Ein vollkommen Unvollkommener, dessen bloße Existenz ihn trotz aller sichtbaren Mangelhaftigkeiten doch zum Teil eines gelungenen Ganzen werden ließ, eines Ganzen, das ohne diese Unvollkommenheit einen Mangel hätte leiden müssen. Schielin hätte er sehr gefehlt.

Ihm fielen die beiden Fotos ein, die er in der Innentasche mit sich trug. Der Blick auf die Uhr verriet ihm, dass Lydia sicher schon ungeduldig warten würde, aber jetzt wollte er doch noch wissen, ob er richtig lag mit seiner Vermutung. Er eilte zurück zum Auto, fuhr hinüber zum Bahnhof, bog nach links in die Ludwigstraße ein. Er hielt direkt vor dem Teebazar und zeigte Sigi das Foto von Kinker. Ihr war der Mann völlig unbekannt.

Da Schielin nun schon mal in dem kleinen, vertrauten, nach Ruhe und weiter Welt riechenden Lädchen stand, nahm er gleich eine Tüte Lindauer Sommerwiese mit; von den Bodensee Powerkräutern hatte er noch genug. Danach rollte er verbotenerweise weiter bis zum Abzweig der Hinteren Metzgergasse und parkte noch verbotener unter dem wundervollen Holzerker der Hausnummer neunzehn. Im Café ging er nochmals mit dem Foto hausieren.

Es lohnte sich. Die Bedienung wie auch die Chefin selbst erkannten Ottmar Kinker und auch die Frau und das Mädchen. Sie waren in letzter Zeit öfter hier im Café gewesen und hatten einen sehr frohen, gar glücklichen Eindruck gemacht, wie seine beiden Quellen übereinstimmend berichteten. Die Frau habe einen osteuropäischen Akzent gesprochen, sei aber sehr sympathisch gewesen. Volltreffer, dachte Schielin. Aber wo war diese glückliche, sympathische Frau mit ihrem Mädchen jetzt?

Auf der Dienststelle angekommen, begegnete ihm Erich Gommert, der mit einem dicken Packen Prospekte unter dem Arm im Büro von Kimmel verschwand.

Robert Funk lehnte in seinem Sessel und dachte nach. Schielin störte nicht.

Lydia saß angesäuert im Büro, empfing Schielin mit einem theatralischen Blick auf die Uhr und einer seine Verspätung deutlich missbilligenden Miene. Sie ätzte. »Interessantes Weg-Zeit-Verhältnis. Kressbronn – Lindau, rein zeitachsenmäßig gefühlte achtzig Kilometer. Hast du vielleicht ein Mäuschen irgendwo auf der Strecke, von dem ich nichts weiß.«

»Ich habe ermittelt und etwas herausgefunden, und du?«, konterte Schielin, indem er das *ich* besonders betonte.

»Gesucht und nichts gefunden. Der Kerl hat die Tatwaffe mitgenommen, jede Wette. War ganz schön kalt da draußen, wenn man die ganze Zeit so im Wind steht. Anfangs denkt man noch, es ist eine von diesen warmen Brisen, aber mit der Zeit … Boh.« Sie schüttelte sich.

»Und das ist alles? Deswegen habe ich mich derart abgehetzt?«

»Nicht ganz. Wir haben ja das Auto gefunden. War aber nichts Interessantes dran und drin. Die Spurensicherer nehmen sich die Karre noch mal vor, aber da wird wenig bei rumkommen, wenn mich mein Gefühl nicht trügt. Er hatte übrigens tatsächlich kein Handy, dieser Ottmar Kinker. Völlig unvorstellbar, heutzutage. Und – er hatte hier in Lindau kein Konto.«

Schielin sah kurz auf. Mehr war nicht nötig, um sie erklären zu lassen. »Naja. Bankgeheimnis und so. Über Kunden sagen die einem ja manchmal wirklich nichts, aber wenn einer kein Kunde ist, dann dürfen die es einem schon sagen. Mich interessieren die Finanzen jetzt noch viel mehr, denn wenn ein Immobilienbesitzer so heimlich tut und nicht mal seine Konten hier hat, dann steigt mir ein unangenehmes Geschmäckle in die Nase.«

Schielin nickte stumm, während er die Tüten mit Ottmar Kinkers Unterlagen vorsichtig auf den Schreibtisch kippte. Irgendwo mussten da ja die Kontoauszüge dabei sein. Sie sah interessiert zu und sagte: »Meiner Meinung nach fehlt uns übrigens etwas sehr Wichtiges.«

»Und was?«, ließ er nebenbei hören, um sie nicht allzu sehr gegen seine Geschäftigkeit aufzubringen, und ihm wurde bewusst, dass ihr Verhalten und ihre Kommunikation fast schon die natürliche Selbstverständlichkeit hatte, wie es vertrauten Ehepaaren eigen war. Schielin war aber zu sehr mit den Unterlagen befasst, um diesem Gedanken weiter zu folgen.

»Die Kaffeemaschine fehlt, das teure Ding. Sie war nicht im Auto, sie war nicht am See, nicht in der Wohnung, bei Mutti habe ich auch nichts entdecken können, was mich nicht wundert, denn diese Chromdüse würde in diese Gruft auch überhaupt nicht reinpassen. Im Büro war sie wohl auch nicht, oder? Also, wo ist das Ding abgeblieben?«

Schielin zuckte mit der Schulter und sagte keinen Ton. Ihn interessierte im Moment das, was vor ihm auf dem Schreibtisch lag. Der Frage der verschwundenen Kaffeemaschine, so spannend sie auch war, würden sie sich später widmen müssen.

Auch Lydia Naber konnte ihre Neugierde nicht mehr beherrschen. Sie schnappte sich einen großen Stapel Briefe, Papiere und zwei dünnere Aktenordner. Still saß jeder der beiden da und sichtete Ottmar Kinkers Nachlass.

Schielin fand zwischen Heizabrechnungen, Versicherungsschreiben und Steuerunterlagen drei alte Briefe. Zwei waren aufgefaltet und die beiden aufgerissenen Kuverts lagen zusammen mit einem noch ungeöffneten Brief ein paar Versicherungsscheine weiter hinten im Stapel. So wie sie zwischen den anderen Papieren lagen, konnte fast der Eindruck entstehen, Ottmar Kinker hätte sie dort verstecken wollen.

Das Briefpapier hatte ein Wasserzeichen und war vom Licht an den Rändern stark eingetrübt, die Schrift selbst war gut zu lesen, was auch an dem flüssigen, wohlproportionierten Schriftschwung lag. Schielin las die beiden Briefe, setzte ab, sah hinüber zu Lydia, die in ihre Akten vertieft war und seinen Zustand zwischen Erstaunen und Erschütterung nicht wahrnahm. Er begann den ersten Brief noch einmal zu lesen, nahm wieder den zweiten zur Hand und las auch den noch einmal. Dann unterbrach er ihr konzentriertes Arbeiten und sagte: »Hör dir das bitte mal an und sag mir, was du davon hältst.«

Sie sah überrascht auf, und er begann zu lesen:

»*Du wusstest doch, wie sehr wir uns mochten. Wie sehr er mich mochte, und Du wusstest, wie sehr ich ihn mochte, wie wir aneinander hingen, unser ganzes Leben lang. Dass Ihr beide trotz dieser vielen Jahre nie zueinandergefunden habt, war für Euer beider Leben bitter, und es war bitter für die, die es miterleben mussten und keine Wahl hatten, das Unglück zweier Menschen nicht zu sehen. Doch wie, sage mir in der wenigen Zeit, die mir noch bleibt, wie konntest Du das tun. Dir das antun. Von ihm will ich nicht reden, denn er ist jetzt im Guten. Aber ich denke an Dich und an die Kinder, und es treibt mich um, dass ich fälschlicherweise schreibe, wie konntest Du Dir das antun, wo ich die grausame Ahnung habe, dass ich eigentlich schreiben müsste, wie konntet Ihr Euch das nur antun? Du wirst mit dem, was geschehen ist, nicht zufrieden sterben können, und ich befürchte, es wird Dir egal sein. So schreibe ich diese Zeilen denn auch zu einem guten Teil für mich.*«*

Lydia Naber hatte gebannt zugehört und streckte die Hand über den Schreibtisch. »Gib mal her, das ist ja düster.« Sie betrachtete den Brief skeptisch. »Ist ja schon fast zwanzig Jahre alt das Ding. Schöne Schrift. Und keine Anrede, von wegen *Sehr geehrte*, oder *Liebe irgendwas*. Naja, das wäre bei dem Inhalt auch nicht angebracht. Es fehlt auch ein Gruß und der Name.«

Schielin nickte nachdenklich und kramte die drei Kuverts hervor, die er gefunden hatte. Er hielt sie kurz hoch und las den darauf in Druckbuchstaben vermerkten Adressaten vor. Es war Meta Kinker. Als Absender stand auf der Rückseite der Kuverts der Name Martha Ballhaus.

Beide sahen sich fragend an. Dann las Schielin aus dem zweiten Brief vor.

»Heute hat mich Ottmar besucht. Wir haben geschwiegen. Fast die ganze Zeit. Die Ärzte sagen, es würde mir gut gehen. Am schlimmsten ist ein junger Kerl, der immer, wenn ich vor Schmerzen stöhnen muss, zu seiner eigenen Beruhigung sagt: Es wird schon wieder, Frau Ballhaus. Nichts wird jemals wieder und ich werde nichts vermissen. Die Mittel, die sie mir geben, sind nicht so stark, dass ich nicht mehr klar denken könnte. Aber mir fehlt inzwischen die Kraft zum Zorn. So wirst Du sicher sein vor mir— vielleicht. Ottmar wird zugrunde gehen, denn er kommt ganz nach unserem Schlag und hat nichts von Euch mitbekommen. Niemand wird ihm helfen. Ich bedauere das, denn hier ist nun der geeignete Ort und auch die Zeit, Erinnerungen zu wecken, und ich erinnere mich, wie ich ihn bei der Taufe gehalten habe. Es ist alles so schade, aber gleich wie – die Bäume werden wieder herrlich blühen und die Tulpen auf der Mainau. Ein schöner Gedanke.«

Schielin musste schlucken. Lydia Naber schüttelte ungläubig den Kopf. »Was kann da passiert sein? Ottmar! Das ist doch der Ottmar Kinker ... *er wird zugrunde gehen.*«

Schielin legte den Brief auf den Schreibtisch und nahm den noch verschlossenen zur Hand. Auch er war an Meta Kinker gerichtet. Der Absender wiederum Martha Ballhaus. Dem Poststempel nach war es der letzte der drei Briefe. Er war hin und her gerissen. Zum einen wollte er unbedingt wissen, was in diesem Brief stand. Doch einmal war es ein Brief, der nicht an ihn gerichtet war, und selbst Meta Kinker hatte ihn nicht geöffnet.

Lydia Naber spürte den Widerspruch in dem er steckte. »Blöde Sache, gell. Eigentlich geht uns der Brief ja nichts an.«

Er stöhnte. »Ist schon seltsam, oder. Da hören wir massenweise Telefone ab, schneiden E-Mails, SMS und diesen ganzen Kram mit, und was weiß ich, was sonst noch alles so geschieht, von dem wir nichts wissen. Und dann liegt hier ein uralter, verschlossener Brief vor einem, den ein Mensch geschrieben hat, der schon lange unter der Erde liegt, und es wird einem klar, was mit Briefgeheimnis gemeint ist.«

Er legte den Brief wieder weg. »Ottmar Kinkers Taufpatin war wohl tief schockiert von einem Ereignis, das vor etwa zwanzig Jahren geschehen sein muss. Ich will, glaube ich, gar nicht wissen, was in dieser Familie los war.«

»Ich glaube, ich weiß es schon«, sagte Lydia Naber und sah Schielin durchdringend an, »da ist der alte Herr Kinker gestorben, Ottmars Vater.«

Draußen war es inzwischen schon dunkel geworden. Schielin war müde und musste gähnen. Gedanken über die Andeutungen in den Briefen waren ihm zu mühsam. Als er kurz darauf zu Hause in den Hof einfuhr, zeigte ihm ein warmer Lichtschein aus verschiedenen Fenstern an, welche Familiensituation er vorfinden würde.

Er war mit seiner Vermutung nahe an die Wirklichkeit herangekommen. Laura fläzte sich auf dem Sofa im Wohnzimmer und telefonierte. Lena glotzte gebannt in den Fernseher, wo eine dieser Vorabendserien lief. Schielin fragte sich, was daran interessant sein konnte. Es lief die eintausendsiebzigste Folge von ›Sabrina will mit Tobi, der Probleme mit Claudia hat, die in Flori verliebt ist, der ein Interesse an Sabrina hat, aber gerade mit Judith rummacht‹. Es wechselten lediglich die Namen der Akteure, wobei diese Bezeichnung weit übertrieben schien.

Es gab insgesamt drei Empfindungsvarianten: *Entsetzen*:

Tobi hat Tanja verlassen, weil sie mit Anja und/oder Christoph, und so.

Freude: Tobi und Tanja sind jetzt wieder zusammen, respektieren aber die Gefühle des jeweils anderen. Man redet drüber, und ist mittendrin im dritten Gefühlsschema: *Alltag* – in dem keines der beiden anderen vorkommt. Und dafür kassieren die jedes Jahr über sieben Milliarden GEZ-Gebühren, dachte Schielin, der sich ab und an still daneben setzte und dem zwangsgebührenfinanzierten Beziehungswahnsinn zusah: Er unterließ es inzwischen, Kommentare abzugeben, um den Familienfrieden nicht zu gefährden.

Die Begrüßung durch die beiden Mädels hätte herzlicher sein können, aber schließlich war er es, der störte. In der Küche sah es verheerend aus. Er ging nach oben, wo Marja ihr Arbeitszimmer hatte. Da war es gemütlich. Hinter ihrem Schreibtisch stand ein alter, ausgebeulter Sessel, dessen Lehnbezüge aufgeschrubbt waren. Nebenbei lief das Radio, SWR2. Gleich gegenüber war zwar sein kleines Arbeitszimmer mit einer anständigen Stereoanlage. Aber warum sollte er sich jetzt da reinhocken. Für Musik war später Zeit.

Marja hatte nur kurz die Hand gehoben, als er eingetreten war, um zu signalisieren, seine Ankunft wahrgenommen zu haben, gerade aber noch etwas fertig machen musste. Sie übersetzte gerade technische Beschreibung und Einbauanweisung eines Turbinengestänges, das für Kraftwerke bestimmt war. Schielin ließ sich langsam in den Sessel sinken, schloss die Augen und genoss den Frieden. Dann, als sie mit dem, was sie so gebunden hatte, fertig war, bekam er die Begrüßung, die er sich vorgestellt hatte.

»Was war in der Küche los?«, fragte er schließlich.

Sie sah ihn fragend an. »Oh, bis zu den Tagesthemen will ich meine alte Küche wiederhaben, hatte ich ihnen gesagt. Hat sich da noch nichts getan?«

Er schüttelte den Kopf. Sie zuckte mit der Schulter.

Sie genossen beide für einige Zeit den friedlichen Moment in der Dachkammer, bevor sie nach unten gingen und den pubertären Frieden störten. Schielin hatte eigentlich keinen Hunger, machte eine halbe Seele warm, schenkte ein Glas Wein ein und blätterte die Lindauer Zeitung durch. Danach ging er zur Weide.

Ronsards schwarzes Fell hob sich dunkel von der Nachtschwärze ab, die Friesen schnaubten. Ronsard stand starr und unbeweglich am Birnbaum, hob nur leicht den Kopf. Die Wärme hatte einen ersten würzigen Duft entwickeln können, der nun den Abend füllte. Die Nächte zuvor waren einfach nur kühl gewesen. Jetzt war das Frühjahr schon beinahe zu riechen.

Ronsard trabte ein paar Schritte auf Schielin zu. Den linken Huf zog er dabei ein wenig nach. Schielin sah sich die Sache gleich näher an und leuchtete mit der Taschenlampe den Fuß ab. Oberhalb des Hufansatzes war eine offene entzündete Stelle. Die Hufe selbst mussten sowieso wieder einmal ausgeschnitten werden. Sofern das möglich war, sollte es noch in dieser Woche geschehen. Ob er Zeit dafür haben würde, mitten in den Ermittlungen?

Er trat nahe an Ronsard heran, lehnte sich an den vorderen Oberschenkel und rieb und tätschelte ihn. Er dachte an seine beiden Mädchen drüben im Haus und an Helmtraud Kinker. Was würde aus seinen beiden einmal werden? Doch niemals eine Helmtraud Kinker. Was musste geschehen, dass man so wurde, sich isolierte, aus dem Leben zurückzog, in eine Wohnung voll Ablehnung und kalter Zweckmäßigkeit?

Er rieb Ronsard hinter den Ohren. »Mein Freund, wenn du einmal gehen musst, werde ich heulen, ich verspreche es dir. Du wirst mir fehlen. Weiß du, so seltsam es klingt, aber es ist ein gutes Gefühl, zu wissen, man würde jemandem fehlen. Es zeigt einem, dass man vielleicht nicht alles richtig, aber auch nicht alles falsch gemacht hat. Glaubst du, es gibt jemanden, der Ottmar Kinker so vermissen wird, wie ich dich vermissen würde. Vielleicht diese Frau mit dem Kind? Es wäre aber auch möglich, dass sie ihn ausgenommen hat wie eine Weihnachtsgans, und dann ….

Aber jetzt ist er tot, und so betrachtet, wäre es in letzterem Fall doch eine schöne Illusion für ihn gewesen, mit dem vermeintlichen Wissen zu sterben, von jemandem geliebt worden zu sein, oder etwa nicht?«

Als er zurück ins Haus ging, sah er drüben im Hof die Glut einer Zigarette aufglimmen. Albin Derdes rauchte die letzte Overstolz für diesen Tag. Im warmen Widerschein der alten Küchenlampe sah er dessen Frau Emma, die Geschirr in die Schränke räumte.

Schielin beendete den Abend mit einem Glas Rotwein und Mozarts Klavierkonzert Nummer zweiundzwanzig. Mitsuko Uchida interpretierte so, dass noch Raum für Gedanken blieb, ohne an den Klängen vorbeizudenken.

Eine der Fragen, die ihn beschäftigten, lautete: Was steht im dritten Brief? Und – konnte er ihn öffnen? Er war zu sehr davon beherrscht, zu einem für ihn angenehmen, seine kriminalistische Neugier befriedigenden Ergebnis zu kommen, als dass er die Fragestellungen in der gebotenen Objektivität hätte betrachten können. So blieb nur, die Sache mit Marja zu besprechen, weil es weniger ein juristisches als vielmehr ein persönliches und ethisches Problem war, das ihn drückte. Der Kommissar Schielin wusste, was er tun wollte, doch der Mensch Conrad Schielin hatte Zweifel. Und Fragen solcher Art erörterte er grundsätzlich mit seiner Frau.

Das Testament

Als es am See bereits hell war, die Sonne hingegen noch hinter Berghängen verharrte, nahm der neue Tag für ihn seinen Anfang. Schielin wusste, was er wollte. Er war zielstrebig ins Büro gefahren, diesmal ohne Umweg über die Insel, und bereitete den Arbeitstag vor. Er legte die drei Briefe zurecht. Lydia recherchierte im PC. Ganz früh am Morgen ging das Ding am besten. Die Aufträge für den Tag waren schnell verteilt. Robert Funk sollte über Aureum-Immobilien das Ermittlungslicht einschalten, Lydia wertete Kinkers Unterlagen aus, und Schielin hatte vor, Meta Kinker einen Besuch abzustatten. Er wartete nur noch auf das Fax der Staatsanwaltschaft, dass die Leiche freigegeben war. Dann hatte er einen weniger aufdringlichen Grund, bei den beiden vorbeizusehen.

Erich Gommert tauchte im Türrahmen auf. Mit schlafwandlerischer Sicherheit im denkbar ungünstigsten Augenblick. Keiner der beiden schenkte ihm mehr als einen kurzen Blick, dem jegliche Aufforderung abging, eine Konversation beginnen zu wollen. Begrüßt hatten sie sich ja schon bei der Ankunft, so wie dies gute Sitte war, und vom Reden würde sich Gommert sowieso nicht abhalten lassen.

Immerhin hatte er Respekt vor der Privatsphäre des Büros und blieb, wie er es mochte, im Türrahmen lehnen. »Dees isch furchtbar«, begann er, zog das *u* und *a* dabei in die Länge und unterschlug das *r*. »I mog ja scho gar net emol mehr an Sää nunter gange. Allbott a Leich! Dersäuft, derschtoche. Des isch doch furchtbar, mhm? Unsere Zeit halt, des isch unsere Zeit. Die ist so, unsere Zeit. Oder net, wos moinet ihr zwoi?«

Schweigen.

Erich Gommert ignorierte die Ignoranz seiner Kollegen und fuhr fort, seinem Jammer Ausdruck zu verleihen. »Am Pulverturm au no! Jemand so niederschteche … umbringe«, er schüttelte entrüstet den Kopf, »gut, im Zech draus vielleicht, oder in der Bregenzer Stroß, vielleicht au scho no eher. Aber grod da am Pulverturm! Da traut sich doch kein Tourist mehr her, oder?«

»Oder draußen in Bodolz«, warf ihm Lydia Naber kurz hin.

Vom Gang her waren die Schritte von Funk zu hören.

»Was ist jetzt eigentlich mit dem Drucker los, Gommi«, fragte Lydia, um ihn vom Thema abzubringen.

»Ist schon bestellt. Ein richtiges Profigerät. Apropos Profi. Habt ihr eigentlich schon mal drüber nochdenkt, dass das ein Profi gewesen sein könnt? Ein Killer! So wie im letschte Sommer der Russ do drausse bei dr Galgeninsel …«

Schielin atmete genervt aus. Lydia sah kurz und abweisend von ihren Unterlagen auf.

»I moin bloß … nur so … wär des denn eigentlich net so was für eine … offensive Fallanalytik?«

Schielin sah weiter auf die Papiere vor sich und sagte. »Operativ, Erich, das heißt operative Fallanalyse.«

»Ha no, so Profiling halt.« Er sprach Profiling aus, wie man es schrieb.

»Immerhin«, dachte Schielin.

Funk tauchte hinter Gommert auf und sah suchend ins Büro. Schielin fragte: »Robert. Du bist doch unser Hobby-Historiker. Was hat es eigentlich mit dem Pulverturm auf sich?«

Funk zuckte mit den Schultern. »Nichts Besonderes eigentlich. Ist eben ein schöner Turm.«

»Na komm. Ein paar Fakten wirst du schon draufhaben.«

»Gebaut hat man ihn 1508, jedenfalls die erste Fassung. Ein paar Jahre zuvor hat es ja Krieg mit den Schweizern gegeben, und man war als Frontstadt wohl zur Ansicht gelangt, dass eine Befestigung nicht von Schaden wäre.«

Gommert war fassungslos. »Lindau … Frontstadt …Jesus … und wir waren im Krieg mit den Schweizern?«

»Sicher. Lindau gehörte als Freie Reichsstadt zum Schwäbischen Bund, Gommi, und der war mit den österreichischen Habsburgern verbündet, die mit den Eidgenossen im Krieg lagen. So funktioniert Bündnispolitik.«

»Und wer hat gwonne?«, wollte Gommert wissen.

»Die Schweizer. Aber es hat ihnen nicht viel gebracht.«

Schielin kam Gommert zuvor. »Wir waren beim Pulverturm.«

»Ahja. Am Ende des Dreißigjährigen Krieges wurde der Turm umgebaut. Sie haben das Dach zwei Meter niedriger gemacht, damit er nicht so ein perfektes Ziel hergibt – für die Schweden, die Lindau belagert hatten. Dann war lange Ruhe. Erst nach den napoleonischen Kriegen …«, er sah Gommert gehässig an, »wann war das Gommi …?«

Der schnaufte aus. »Ha …jooh … Napoleon halt … Franzos …«

»… also erst danach wurde der Turm zur Lagerung des Pulvers und der Waffen der Lindauer Bürgerwehr genutzt. Der letzte Umbau erfolgte dann von Professor Thiersch gegen Ende des neunzehnten Jahrhunderts. Jetzt steht er unter der Verwaltung der Stadtwerke Lindau.«

»Thiersch … ist des der von der Thierschbrücke?«

Funk nickte. »Der hat auch das Kurhaus Wiesbaden und den Justizpalast in München erbaut.«

»Ich habe mal gehört, die Schlaraffen hätten ihre Treffen im Pulverturm abgehalten«, fragte Lydia Naber.

»Sicher«, bestätigte Funk.

»Schlaraffen …«, wiederholte Gommert entgeistert und sah verwundert in die Runde, »Ja was es net alles gibt … Schlaraffen.«

»Schlaraffia muss es richtig heißen, Gommi«, klärte Funk ihn auf, »das ist eine Vereinigung von Männern in gesicherter Position …«

»Also der Deutsche Beamtenbund«, ätzte Lydia, der zu viel von Männern die Rede war.

»So ähnlich. Wurde jedenfalls 1859 in Prag gegründet mit dem Ziel, Freundschaft, Kunst und Humor zu pflegen. Gustl Bayrhammer war ein Mitglied, Franz Lehar und dieser ehemalige Wetterprophet … der mit der Fliege … Wesp, Wesp heißt er.«

Schielin war von Funks Wissen bezüglich dieser Schlaraffia beeindruckt. »Woher kennst du dich eigentlich mit diesen Schlaraffen so gut aus?«

Funk ging nicht darauf ein. »Die Schlaraffen treffen sich auf der Nordhalbkugel zwischen Oktober und April einmal wöchentlich in einem angemessenen Raum. Und in Lindau war dies für einige Zeit der Pulverturm. Das Interieur ist ja sehr historisierend, nicht jedermanns Geschmack. Für uuh … also für die Schlaraffen kommt er aber der Vorstellung eines Rittersaals sehr nahe.«

Lydia Naber grinste. »Dieser nette Dr. Wesp vom ZDF, der hat doch auch immer Fliege getragen, so wie du? Ist das bei euch Schlaraffen so eine Art Uniform?«

Funk winkte ab und ging, ohne noch zu wissen, weshalb

er eigentlich zum Büro von Schielin und Lydia Naber gekommen war.

Gommert blieb ungeniert stehen und sah den beiden zu.

Lydias Telefon klingelte. Sie nahm ab und meldete sich mit »Naabrch.«

Schielin musste grinsen. Gommert blieb im Türrahmen stehen und schwieg, weil er neugierig war, wer da aus welchem Grund anrief.

»Ja«, sagte sie und sah mit großen Augen zu Schielin hinüber, »ja, genau. Ottmar Kinker. Genau, so heißt der Tote. Mhm. Ja, das geht schon. Ich komme so schnell wie möglich bei Ihnen vorbei. Wie viele hatten den Brief denn schon in der Hand, ich meine nicht das Kuvert, sondern das Schreiben selbst.« Sie nickte den Äußerungen ihres Gegenübers noch stumm zu und legte dann auf.

»Das war das Nachlassgericht. Sie haben einen Brief in ihrer Post gefunden. Darin lag Ottmar Kinkers Testament, notariell beglaubigt.«

Gommert bekam lange Ohren. Schielin fragte nach. »Wie, in der Post gefunden? Er hat sein Testament bei denen hinterlegt, oder was?«

»Nein. Das Kuvert war in der Tagespost. Es ist aber nicht per Post abgeschickt worden, hatte auch keine Briefmarke. Es ist wohl direkt am Briefkasten des Amtsgerichts eingeschmissen worden.«

»Aber von wem denn? Ottmar Kinker kann es wohl ja schlecht gewesen sein?«

Lydia schüttelte den Kopf. »Sie sagen, krankheitsbedingt sei die Post der letzten Tage liegen geblieben. Es wäre also schon möglich, dass er es selbst eingeworfen hat. Deswegen habe ich ja gleich gefragt, wer das Ding in der Hand hatte. Das sollten wir uns schon genauer ansehen. Ist ja schon seltsam, dass ausgerechnet jetzt das Testament auftaucht.«

»Jo, und was steht drin?«, wollte Gommert wissen, dessen Neugierde ungehemmt galoppierte.

»Erich, bitte verschone uns jetzt. Hol lieber den neuen Drucker. Wir werden das Ding brauchen, und zwar bald.«

Gommert verschwand unzufrieden. Die Sache mit dem Testament war so ganz nach seinem Geschmack. Lydia packte einen großen Sicherungsbeutel ein und machte sich auch auf den Weg zum Stiftsplatz.

*

Schielin blieb bei seinem Vorhaben und fuhr nach Reutin. Helmtraud Kinker öffnete die Tür und grüßte ihn mit einem undefinierbaren Laut und skeptischen Blicken, die vor allem der braunen Ledertasche galten, die Schielin diesmal dabeihatte. Ohne dass er dazu aufgefordert worden wäre, ging er den Gang nach hinten zu dem einsamen Zimmer mit Tisch. Wie er richtig vermutet hatte, saß dort Meta Kinker schweigend am Tisch und sah ausdruckslos aus dem Fenster. Sie rührte sich nicht, als er sie grüßte. Er setzte sich ihr gegenüber und öffnete langsam die Tasche. Helmtraud Kinker nahm zögernd an der Kopfseite des Tisches Platz.

Zuerst holte er das Foto hervor, das er von Ottmar Kinkers Schreibtisch mitgenommen hatte. Er schob den silbernen Rahmen über den Tisch und fragte Meta Kinker, ob sie die Frau oder das Mädchen kenne, die darauf abgebildet waren. Meta Kinker widmete der Fotografie nur einen kurzen Blick, schüttelte den Kopf und wandte sich wieder dem Fenster zu. Schielin drehte das Bild ihrer Tochter zu, die etwas länger bei den Abgebildeten verharrte, aber keinerlei

Regung zeigte. Dass das Unwissen über die Identität der Frau und des Mädchens echt war, entnahm Schielin dem halb entrüsteten, halb genervten Klang ihrer Stimme, als sie fragte, was das mit dem Foto bedeuten solle.

»Es stand auf dem Schreibtisch Ihres Bruders«, antwortete er kühl.

Dieser schlichte Satz schockierte Helmtraud Kinker sichtlich. Und auch die Aufmerksamkeit der Mutter gewann er wieder, die sich ihm nun mit einer schnellen, wendigen Bewegung zudrehte. Das stand im Gegensatz zu ihrer sphinxhaften Starre und offenbarte, dass sie durchaus anwesend war. Sie war also keineswegs zu unterschätzen. Und in seiner Tasche wartete ja noch eine weitere Überraschung. Meta Kinker griff nach dem Bilderrahmen, hob ihn vor ihr Gesicht und prüfte das Foto diesmal mit durchdringendem Blick.

»Was soll das?«, fragte sie ungehalten und schob das Foto wirsch zurück.

»Sie kennen die Frau und das Kind also nicht«, konstatierte Schielin sachlich.

»Die hatten doch mit Ottmar nichts zu schaffen«, schnarrte Helmtraud Kinker aufgeregt.

Schielin antwortete boshaft: »Vielleicht wissen Sie nur nichts davon. Wir haben Zeugen gefunden, die die beiden auf dem Foto zusammen mit Ihrem Sohn öfter gesehen haben, auf der Insel, beim Spazierengehen, im Café.«

Er machte eine wegwerfende Handbewegung, holte dann das Fax der Staatsanwaltschaft aus der Tasche und sagte mit lauernder Belanglosigkeit: »Ist ja vielleicht auch nicht so wichtig.« Während seiner letzten Sätze froren die Mienen der beiden zusehends ein. Da er sich keiner der beiden direkt zuwenden wollte, erklärte er in den Raum hinein, dass ein beauftragtes Bestattungsunternehmen die Leiche in Memmingen abholen könnte und den Vorbereitungen für die Bestattung, vonseiten der Ermittlungen her, nichts mehr entgegenstünde. Das nun wurde von beiden ohne sichtbare Regung aufgenommen.

Er war ratlos und schwankte zwischen Zorn und Mitleid. Mit den eigentümlichen Gefühlsregungen dieses seltsamen Gespanns konnte er nichts anfangen. Die Kälte und Teilnahmslosigkeit stießen ihn ab. Trostlosigkeit steckte in jedem Winkel dieser Wohnung. Er wollte sehen, ob dieser Zustand beim nächsten Griff in die Tasche unverändert bleiben würde. Zuvor setzte er intuitiv einen ersten kleinen Stich. Mal sehen, wer quieken würde. Die Wirkung war mehr als zufriedenstellend. Während er also umständlich in der Tasche kramte, sagte er wie nebenbei: »Waren Sie eigentlich gemeinsam beim Notar, um das Testament aufzusetzen?«

Helmtraud Kinker quietschte, nachdem sie das Wort *Testament* noch einmal für sich wiederholte hatte, ein hysterisches »Welches Testament?«, während ihre Mutter ihre beiden Hände, die bisher in ihrem Schoß geruht hatten, an die Tischplatte legte. Ganz so, als wolle sie den Tisch in Richtung Schielin schieben. Der machte unbeeindruckt weiter.

»Naja. Ottmar Kinker hat beim Amtsgericht Lindau, also genauer gesagt beim Nachlassgericht, ein Testament hinterlegt. Wussten Sie gar nichts davon? Soweit ich informiert bin, hat er das von einem Notar aufsetzen lassen. Ist doch eine sinnvolle Sache, wenn man seinen Nachlass in Ordnung geregelt haben möchte.«

»Der Nachlass ist geregelt«, keifte Helmtraud Kinker, noch völlig fassungslos und erntete einen strafenden Blick ihrer Mutter, die ihre Hände wieder unter Kontrolle hatte.

»Woher wissen Sie von diesem Testament?«

»Wir haben es mit einem Mordfall zu tun«, sagte Schielin verschleiernd und unterschlug die besonderen Umstände. Er holte die Briefe hervor, die er gefunden hatte, und reichte sie Meta Kinker. Den ungeöffneten behielt er zurück.

»Die haben wir unter den persönlichen Sachen Ihres Sohnes gefunden.«

Er bemerkte das feine Zittern der Hand, als sie die Briefe entgegennahm. Er ließ ihr keine Zeit zu überlegen.

»Den ungeöffneten Brief hier wollte ich nicht ohne Ihr Einverständnis und Ihr Beisein öffnen.«

Meta Kinker nickte verdutzt. Er schnitt mit dem bereitgehaltenen Schweizer Offiziersmesser das Kuvert auf, entnahm den Brief, faltete ihn auf und las den einen Satz, der darauf stand. Ohne dass eine der beiden Frauen etwas zu dem Vorgang hätten sagen können, schob er das Blatt über den Tisch. Er überlegte. Was konnte dieser kryptische Satz nun wieder bedeuten?

Die Zeit ist die Entdeckerin der Wahrheit.

Es war zweifelsfrei die gleiche Schrift, wie auf den beiden anderen Briefen. Meta Kinker nahm das Blatt zu Hand, las den Satz und legte das Papier auf die von ihrer Tochter abgewandten Seite und sprach mit ihrer rauen, tiefen Stimme: »Meine Schwägerin war schwer krank und beeinträchtigt in ihren letzten Lebensjahren. Körperlich wie geistig. Sie hatte Krebs, und war auch in der Nervenanstalt. Mein Mann war ihr Lieblingsbruder und sie hat seinen Tod nicht verwunden. Die ganze Verwandtschaft hat sie mit ihren Vorwürfen terrorisiert. Sie haben hier nur drei Briefe. Ich habe ein Dutzend davon, und irgendwann habe ich sie nicht mehr geöffnet.«

Schade, dachte Schielin. Das, was sie gesagt hatte, war plausibel. Es konnte der Wahrheit entsprechen, oder aber einfach nur abgebrüht sein. Zumindest waren es die Briefe, die die Alte in Aufregung versetzt hatten. Angst aber, Angst hatte sie nicht gezeigt. Auch nicht, als er das Testament zur Sprache brachte.

*

Nach dem Besuch fuhr er in Richtung See, um sich den Muff der Begegnung aus den Kleidern und dem Sinn wehen zu lassen. Er fuhr die Bregenzer Straße bis kurz vor den ehemaligen Grenzübergang Ziegelhaus, bog vor dem Kreisverkehr nach rechts ab und parkte sein Auto schließlich auf der Schotterfläche vor den Schrebergärten. Keine Wolke war am Himmel zu sehen, die Sonne war voller Kraft und ein zartes Lüftchen ließ die bayerischen Flaggen, die über einigen der Gartenbuden hingen, müde und voller Frieden schwingen.

Schielin blieb einen Augenblick stehen und schloss die Augen, lauschte in die vermeintliche Stille. Von der Bregenzer Straße drangen Motorengeräusche bis hierher, konnten das aufgeregte Vogelgezwitscher jedoch nicht übertönen. Aus einigen Gärten waren Arbeitsgeräusche zu hören. Ganz vorne wurde gehämmert, davon ein Stück entfernt knirschte in gleichmäßigem Rhythmus das metallene Blatt einer Schaufel und nahm feinen Kies auf. Einzig das Hundegebell vom Tierheim, das drüben hinter den Bäumen und zarten Resten des Morgennebels versteckt lag, vermittelte einen Anflug von Unruhe.

Schielin ging den schmalen Fußweg am Gartenspalier vorbei bis zum Zecher Kieshafen. Die Teerwege dort waren gesäumt von Trailern, auf denen die Boote überwintert hatten und nun auf den See warteten. Wie kahle Bäume ragten die Masten in den blauen Frühjahrshimmel. Niemand war zu sehen.

Er überquerte die Wiese und setzte sich am Ufer auf einen großen Stein. Rechts lag der Campingplatz, noch völlig vereinsamt, und vor ihm die Insel in einer ihrer schönsten Ansichten.

Schielin verfolgte die Uferlinie, bis hin zur Seebrücke und den Dächern der Insel. Er sann darüber nach, was es war, das ihn jedes Mal frösteln ließ, wenn er nur an diese triste Wohnung und Meta Kinker dachte. Es war ja nicht so, dass er dort außergewöhnlichen Anfeindungen oder Unfreundlichkeiten ausgesetzt gewesen wäre. Es war etwas anderes, das dieses Gefühl von Trostlosigkeit und Verlorenheit erzeugte. Während er den verzerrten Spiegelungen der Türme von St. Stephan und der Stiftskirche folgte, wurde ihm klarer, was ihm so bedrohlich erschien. Meta Kinker, in ihrer starren Pose am Tisch sitzend, den Blick aus dem Fenster gerichtet, vernichtete die Zeit, die ihr gegeben war. Sie saß da, entschlossen, grimmig, von nichts und niemandem an ihrem Tun zu hindern, die Zeit vorüberstreichen zu lassen. Vielleicht war es das, was sie bei ihrem immer gleichen Blick aus dem Fenster verfolgte.

*

Einige Zeit später saß er zusammen mit Funk in dessen Büro und verfolgte die Aufzeichnung der Überwachungs-DVD. Sie hatten Aufnahmen von allen Abteilungen des

Quadratmetermonsters, den Kassen, dem Eingang und eine Dauerübersicht der Einfahrt zum Parkbereich. Auf dem Bildschirm sahen sei auf lange Reihen Wasserkocher und Rasierapparate. Eine Frau führte in einer der Regalreihen einen Staubsauger vor, ein Pärchen stand mäßig interessiert daneben, und in der Reihe dahinter protzte eine Armada zeitgeistiger Kaffeemaschinen.

»Da! Da!«, rief Schielin aufgeregt, als er Ottmar Kinker ins Bild laufen sah. Er wunderte sich, wie ihn diese Aufnahmen in Aufregung versetzten. Es war ein eigenartiges Gefühl, einen Menschen bei der Erledigung so banaler Tätigkeiten zu beobachten, im Wissen, dass sein Leben kurze Zeit darauf ein gewaltsames Ende gefunden hatte.

Auch Funk war nach vorne gegangen, als er Kinker entdeckt hatte. Sie verfolgten, wie Ottmar Kinker zielstrebig zum Regal mit den Kaffeemaschinen lief, in der Mitte des Ganges verharrte und eines der Modelle in Augenschein nahm, jedoch mehr in der Art, dadurch eine schon getroffene Wahl letztlich zu bestätigen. Schielin beugte sich bei dieser Szene noch weiter nach vorne, denn etwas war ihm aufgefallen. Aber was? Er verfolgte, wie Kinker einen Karton aus dem Regal nahm und zur Kasse ging, ohne sich von Rasierapparaten oder Wasserkochern ablenken zu lassen. Schielin kam die stockende und doch entschlossene Art und Weise, wie Kinker sich den Karton griff, eigentümlich vor. So als wolle er es tun, gleichzeitig aber auch wieder nicht; als koste es ihn Überwindung und verschaffte Befriedigung zugleich.

Schielin merkte sich die Uhrzeit der Überwachungsaufzeichnungen, spulte im Track der Kassenüberwachung zum entsprechenden Zeitstempel und sah, wie Ottmar Kinker bar bezahlte. Schein für Schein legte er auf den Kassentisch, und die Ernsthaftigkeit seines Tuns vermittelte den Eindruck, er vollzöge eine rituelle Handlung. Als der Vorgang des Bezahlens erledigt war, ging Kinker ohne Umstände zum Ausgang. Schielin lehnte sich zurück und überlegte. Was hatten sie gerade gesehen, und was konnten sie damit anfangen. Robert Funk wollte gerade zum letzten Track springen, der Ausfahrt. Es wäre ja interessant, festzustellen, ob Ottmar Kinker wirklich alleine in seinem Auto sitzen würde.

»Geh noch mal zurück zu dem Regal mit den Kaffeemaschinen«, bat Schielin.

Sie sahen sich die Sequenz, in welcher Ottmar Kinker vor dem Regal stand und die Kaffeemaschine betrachtete, mehrfach an. Schielin musste schlucken und fragte Robert Funk. »Siehst du es auch?«

»Was soll ich sehen?«

»Spul das noch mal zurück.«

»Da spult nichts mehr«, sagte Funk trocken und grinste hintergründig.

Schielin schnitt eine Grimasse und folgte der Wiederholung.

Er fragte, »Und?«

Funk zuckte mit den Schultern und fragte, während er etwas verlegen seine Fliege geradezog. »Was siehst du bitte, das ich nicht sehe?«

Schielin leitete Funk, der mit der Fernbedienung hantierte, bis zu einer bestimmten Stelle, wo er auf Standbild stellen musste. Schielin ging zum Bildschirm und deutete auf einen Mann, der zwei Regalreihen weiter hinten stand. »Jetzt geh noch mal zum Anfang zurück und beobachte diesen Typen und Kinker«

Robert Funk tat wie geheißen und verfolgte, wie ein elegant gekleideter Mittvierziger die Regalreihen entlangging, jedoch ohne einem der Produkte seine Aufmerksamkeit zu schenken. Die Richtung seiner finsteren Blicke galt ausschließlich einem Ziel: Ottmar Kinker. Er bewegte sich im Kreis um diesen herum, immer ein, zwei Regalreihen entfernt, und für jemanden, der dem sachlichen Blick der Kamera folgen konnte, erschien es kaum verdeckt, und die Aufdringlichkeit seiner Blicke war derart intensiv, dass man sich fragen musste, ob Ottmar Kinker diese nicht bemerkt haben müsste. Doch der schien ganz auf die Kaffeemaschine konzentriert zu sein.

»Der hat ihn oberserviert, aber so was von einwandfrei observiert«, bestätigte Funk und sprang weiter zur Parkplatzüberwachung. Sie sahen wie Ottmar Kinker mit seinem Auto den Parkplatz verließ. Er saß alleine im Wagen.

Funk wandte sich zu Schielin und ließ das Band weiter laufen. »Ich lasse Prints von dem Typen raus. Der kommt bockelscharf rüber. Hat übrigens eine nette Rolex am Armgelenk. Komische Type, findest du nicht auch? Dieser schwarze, edle Anzug, die etwas zu protzige Uhr, die Haare einen Tick zu lang. Ist irgendwie keine schlüssige Figur, finde ich, geht eher so in Richtung Milieu. Aber was hat dieser komische Kerl bloß mit dem Kinker …«

»Stopp! Stopp!«, rief Schielin aufgebracht, der Funk zwar zugehört, aber weiterhin der monotonen Szenerie des Überwachungsfilms gefolgt war. Autos kamen, Autos fuhren.

Robert Funk erschrak, stoppte die Aufzeichnung und spulte zurück. Schielin beugte sich nach vorne, als ob er dadurch noch besser sehen konnte, wie ein Jaguar Souvereign den Parkplatz verließ. Der Fahrer war wegen der getönten Scheiben nicht zu erkennen, doch Schielin wusste, dass er eine nette Rolex am Arm tragen – und dass die Farbe des Wagens bordeauxrot sein würde.

Ohne den Blick von dem Standbild zu wenden, auf dem das Luxusfahrzeug in flimmernden Grautönen zu sehen war, sagte er zu Funk. »Ich brauche den Halter von dieser Kiste aus dem Linzer Land. Wir geben sofort eine Fahndung raus. Allerdings kein Herantreten an die Person, sondern nur Feststellung und dann Verständigung an uns.«

Er stand auf und klopfte Funk auf die Schulter. »Jetzt haben wir ihn, das Eselchen.«

Sein Kollege blickte ihm mit einer etwas verständnislosen Miene nach und fragte: »Wo gehst du hin, Conrad?«

Conrad Schielin sprach im Gehen, ohne sich umzudrehen: »Ich fahre rüber nach Bregenz und rede mit Walther Lurzer. Vielleicht brauchen wir die Bregenzer noch. Außerdem mache ich mir inzwischen Sorgen um die Frau und das Mädchen auf dem Foto. Irgendwo müssen die doch sein, oder. Kümmere du dich um die Fahndung nach dem Jaguar-Spezl. Der Wagen ist übrigens bordeauxrot. Falls er hier bei uns unterwegs ist, dürften wir ihn schnell kriegen.«

*

Lydia Naber war in Sachen Nachlassgericht auf die Insel gefahren und hatte den Dienstwagen auf dem Parkplatz zwischen Amtsgericht und Stiftskirche abgestellt. Die Aktenberge im Büro der Rechtspflegerin des Nachlassgerichtes waren beeindruckend. Das war sicher auch ein interessanter Job, dachte Lydia, und ließ einen Blick über die verschnürten, versiegelten und gebündelten Erbfälle streifen, denen immer ein Tod vorausgehen musste.

Die Rechtspflegerin war eine untersetzte, aufgeweckte

Person in hellbraunem Hosenanzug und mit kurzen Haaren. Sie schielte über ihre Lesebrille hinweg und deutete mit dem Kopf zu einem Aktenbock am Fenster. Dort lag ein großes weißes Kuvert. Daneben ein beachtlicher Stapel Briefpapier. Lydia Naber ging hinüber und warf einen Blick auf das Deckblatt.

Ottmar Kinker war also nicht bei einem Lindauer Notar gewesen, sondern hatte einen Dr. Beer in Wangen aufgesucht. Der verwendete für seine Schreiben mattweißes, griffiges Papier mit deutlich sichtbarem Wasserzeichen. Sehr edel. Aber was bitte hatte Ottmar auf diesem vielen Papier als seinen letzten Willen verfügt? Stand da seine Lebensgeschichte. Gerne hätte sie ihrer Neugier zuliebe schnell quergelesen. Doch sie blieb stark und holte eine Sicherstellungsbescheinigung heraus und begann die erforderlichen Felder mit der Hand auszufüllen. Danach zog sie die weißen Seidenhandschuhe an, die sie einmal von Robert Funk geschenkt bekommen hatte. Das machte gewaltig Eindruck. Vorsichtig nahm sie das Testament und bugsierte es in die Plastikfolie. Das Kuvert kam in eine eigene Tüte.

»Wir haben Fotokopien davon gefertigt.«

Lydia Naber sah auf.

»Keine Sorge. Sehr vorsichtig und auch mit Handschuhen. Allerdings nicht mit so edlen Dingern, sondern mit diesen Plastikschwitzern aus dem Verbandskasten.«

Lydia war zufrieden.

»Und was wird jetzt?«, fragte die Rechtspflegerin.

»Wir schauen einfach mal, was so an Fingerabdrücken vorhanden ist. Da es nicht mit der Post abgeschickt worden ist, sondern direkt hier im Briefkasten landete, stehen die Chancen ja nicht schlecht, dass die Fingerabdrücke von Ottmar Kinker darauf zu finden sind.«

»Und wenn das so ist?«

»Dann wissen wir, dass er es in der Hand gehabt hat. Das ist schon mal nicht wenig.«

»Der arme Kerl.«

»Kannten Sie ihn denn?«

»Ja, natürlich. Wir sind zusammen konfirmiert worden. In Reutin«

»Mhm. Interessant. Hatten Sie vielleicht Kontakt zu ihm?«

Die Rechtspflegerin winkte ab. »Nein. Nicht mehr. Früher schon, also damals … aber dann war er … es war, als wäre er gar nicht mehr da. Das war so ein netter Kerl. Ich verstehe das überhaupt nicht. Wir haben uns zwar immer wieder mal getroffen, damals … auf Festen, oder so. Sie wissen schon, Kinderfest und so, aber irgendwann ist er völlig verschwunden gewesen. Ich dachte nicht einmal, dass er noch in Lindau wohnt. Und dann das jetzt. Es ist schon ein komisches Gefühl, wenn einer, den man mal kannte, so grausig ermordet wird.«

Lydia nickte verständnisvoll und packte ihre Sachen ein.

»Ich wusste auch gar nicht, dass er verheiratet war. Normalerweise bekommt man so was ja schon mit, aber …«

Lydia Naber stutzte. »Wie … verheiratet?«

Die Rechtspflegerin sah sie überrascht an und deutete auf die Tasche, in der sich das Testament befand. »Ja, seine Frau und die Tochter erben doch alles.«

»Sicher. Das stimmt«, entgegnete Lydia nach einem kurzen Augenblick, in welchem sie ihre Überraschung verarbeiten musste. Sie bereute es nun sehr, ihrer weiblichen Intuition nicht doch gefolgt zu sein und einen groben Blick auf das geworfen zu haben, was in dem Testament stand. Jetzt musste sie eben noch warten, bis sie zurück auf der

Dienststelle war. Und da würden dann all die anderen beim Geheimnislüften um sie herumstehen und alles vorgelesen bekommen wollen. Nein, so würde das nicht laufen. Sie würde das alleine erledigen. Zum Schluss hockte ihr vielleicht noch Gommert im Nacken. Ausgerechnet der, der sonst immer einen großen Bogen machte, wenn irgendwo Chemikalien versprüht wurden.

Eigentlich hatte sie noch etwas für die Mittagspause besorgen wollen, doch die Ungeduld, endlich zu erfahren, was in dem Testament stand, trieb sie zurück nach Aeschach. Ottmar Kinker war also verheiratet und hatte eine Tochter, ging es ihr ungläubig durch den Sinn, während sie langsam die Fischergasse entlangfuhr.

Wie sie geahnt hatte und es der Teufel wollte, eierte Gommert im Gang rum. Das war ätzend, denn er hatte das Telefonat mitbekommen, und wenn es auf der Dienststelle eine neugierige Seele gab, dann war es Erich Gommert. Zumal, wenn ein Testament im Spiel war.

Lydia tat betont gelangweilt, grüßte ihn beiläufig und ging Richtung Büro, obwohl sie vorgehabt hatte, gleich den ED-Raum im Keller aufzusuchen. Etwas ungünstig im Moment.

»Und!? Wer erbt von dere Mischpoke?«, krähte Gommert ihr nach. Sie ignorierte ihn und verschwand im Büro. Schielin war nicht da. Nach zwei, drei Minuten, der Gang war sauber, schnappte sie das Kuvert und machte sich auf in den Keller.

Gommert wartete schon unten und empfing sie mit einem selbstsicheren. »I hab scho denkt, des wird heit nimmer.«

Lydia schluckte ihren Grimm hinunter. Hatte dieser hinterhältige Kerl sie doch glatt auflaufen lassen. Oh, sie war sauer. Aber auch sie hatte einen Plan B, und wenn Kollegen voneinander etwas wissen, dann sind es die jeweiligen Schwächen des andern. Und Erich Gommert lieferte da ein ganzes Arsenal an Kontermöglichkeiten.

Sie ging zielstrebig und koordiniert vor. Mit stillem Groll öffnete sie die Stahltür zum Erkennungsdienstraum, holte ohne viel Aufhebens die Sprühflasche mit der roten Aufschrift Ninhydrin aus dem Giftschrank, schüttelte kräftig, hielt das verstaubte Ding gegen die Neonröhre, schnitt eine Grimasse, richtete dann den Zerstäuber in Richtung Erich Gommert und drückte zweimalmal kräftig ab. Dabei sagte sie gespielt erschrocken. »Huch. Heieiei. Ist ja tatsächlich noch was drin von dem elend giftigen Zeugs.«

Gommert erstarrte kurz, hielt die Luft an und machte, dass er rauskam. So groß seine Neugierde auch war. Noch größer war seine Angst, mit giftigen Substanzen in Kontakt zu kommen. Im Sozialraum mussten sie sogar das Spülmittel wechseln, weil er von dem bis dato verwendeten und zu Frauenhänden anerkannt guten Schleim angeblich Ausschlag bekam.

»Alte Zecke«, maulte Lydia Naber ihm nach und schmiss die alte Sprühdose mit der Kochsalzlösung in den Abfall. Dann verschloss sie die Tür. Schließlich war es hier ja gefährlich. In aller Ruhe setzte sie sich an den alten Holztisch, knipste die giftgrüne Schreibtischleuchte aus den Siebzigerjahren an. Mit den Handschuhen holte sie das Testament samt Kuvert aus den Sicherungsumschlägen und las.

Schon nach den ersten Zeilen schüttelte sie den Kopf, und begann noch einmal zu lesen. Es lagen einige Dokumente in russischer Sprache bei, samt beglaubigter deutscher Übersetzung. Sie brauchte einige Zeit bis sie alles gelesen hatte, und sie benötigte noch einiges länger, um die Zusammenhänge zu erfassen. Als das geschehen war, musste die Sache mit den Fingerabdrücken warten, und sie ließ die Papiere liegen, wie sie waren. Eine ungute Ahnung breitete sich in ihr aus, und sie eilte sich, um Schielin aufzutreiben. Sie mussten jetzt schnell sein.

※

Walther Lurzer war tatsächlich im Büro. Schielin fuhr schon die Ladestraße entlang, als er ihn am Telefon hatte und kurz erklärte, dass er seine Hilfe benötigen würde. Vor den alten Laderampen der ehemaligen Bahnlager rangierte umständlich ein Lastzug. Die prachtvollen Linden, Ahorne, Pappeln und Ulmen, die den Uferweg säumten, waren noch kahl. Nur an den Astspitzen waren die ersten zaghaften Blattknospen als dunkle Punkte auszumachen. Noch drei, vier Tage Sonne, und die grüne Explosion würde sich über Nacht vollziehen. Die Magnolien auf der Insel hatten vor einiger Zeit bereits vorgeführt, wie das aussehen konnte. Schielin war eigens dort gewesen, und jedes Mal wieder meinte er, es sei schöner und klarer als jemals zuvor.

Er fuhr bedächtig die Eichwaldstraße in Richtung Zech, wechselte über die Bahnlinie und schließlich auf die Bregenzer Straße. Von der alten Grenze war nichts geblieben. In den Gebäuden befanden sich zwar die Büros der Kollegen von der Fahndung, aber außer einem Schild wies nichts mehr auf die Grenze hin. Für Schielin gab es diese Grenze im Sinne dessen, was formal trennte, sowieso nicht mehr, und eigentlich hatte es sie für ihn nie gegeben. Was existierte und was er als Bereicherung empfand, war der unsichtbare Eintritt in eine Welt, in der Deutsch anders gesprochen wurde und in der eine wohltuend andere Herangehensweise zu vielen Dingen bestand. Für Schielin wie für Walther Lurzer gab es, was ihre Tätigkeit betraf, keine geografische Grenze. Sie halfen sich, wo es ging, und sie verband eine langjährige Freundschaft.

Der Fall der Grenzen hatte ein neues Bewusstsein für Regionen geschaffen, und der Blick zurück zwang zur Frage, aus welchem Grund es überhaupt jemals eine solche Grenze hatte geben müssen. Während er dem Ufer des Sees folgte dachte er über die vielen Umbrüche der letzten Jahre nach und kam im Blick auf das Leben seiner Eltern und Großeltern zu dem Ergebnis, dass es ein großes Glück war, sein Leben in einer Epoche des Friedens, des Wohlstands und der fallenden Grenzen verbringen zu dürfen.

Die Büros der Sicherheitsdirektion in der Bahnhofstraße waren zweckmäßig. Walther Lurzer empfing ihn mit frischem Kaffee und herzlicher Begrüßung. Wie nebenbei, als sie den Stand der familiären Verhältnisse – wozu auch der Gemüts- und Gesundheitszustand Ronsards gehörte – erörterten, schob Schielin das Autokennzeichen des Jaguars über den Schreibtisch, und Walther Lurzer tippte auf der Tastatur, ohne seinen Erzählfluss zu unterbrechen. Wie nebenbei schob der Drucker kurz darauf einige Blätter heraus. Walther Lurzer stand auf, nahm den Stoß und reichte ihn, ohne auch nur einen Blick darauf zu werfen, an Conrad Schielin weiter. Er war gerade bei den sportlichen Leistungen seines jüngsten Sohnes angekommen, er fuhr Ski im A-Kader, und da gab es viel zu berichten Schielin legte die Blätter unbesehen zur Seite und folgte den mit reichhaltiger

Gestik unterlegten Ausführungen seines Kollegen. Als der zu Ende war und auch noch sein Telefon klingelte, war Zeit, die Ausdrucke zu studieren.

Auf dem ersten Blatt fanden sich die Fahrzeugdaten eines bordeauxroten Jaguar Souvereign. Darunter folgte der Name des Halters und weitere auf ihn zugelassene Fahrzeuge. Dazu gehörten ein Ford Mustang und ein Mercedes SL. Geld schien keine Rolle zu spielen bei diesem Josef Reginald Pawlicek, dachte Schielin.

Auf den folgenden Blättern fand sich eine Auflistung der Kriminalaktenbestände dieses Pawlicek. Conrad Schielin spürte, wie er aufgeregter wurde, während er die Liste überflog. Reihenweise waren Einträge mit Förderung der Prostitution vorhanden, dazwischen immer wieder Unterschlagung, Hausfriedensbruch und die eine oder andere Körperverletzung. Eine stattliche Liste. Der letzte Eintrag jedoch elektrisierte Schielin. Mord, war da zu lesen, Mord. Er legte die Papiere zu Seite und wartete bis Walther Lurzer das Telefonat beendet hatte. Eines schien klar zu sein: Dieser Josef Reginald Pawlicek war ihr Mann.

Walther Lurzer nahm die Ausdrucke nun entgegen und überflog sie. Er sah über die Blätter hinweg fragend zu Schielin. Der nickte. »Sicher ist das unser Mann. Rotlichtmilieu, gewalttätig und die Karriere mit Mord begonnen. Ein Zuhälter, oder?«

»Zweifelsfrei. Aber dann ist ja auch klar, dass man dieser Liste da nicht so eine Bedeutung beimessen kann. In diesem Milieu sammelt man Anzeigen wie andere Briefmarken.«

»Stimmt schon. Aber dieser Mord gleich am Anfang ist schon starker Tobak. Und auf der Liste stehen ja nur die

Delikte, die bekannt geworden sind. Wer weiß, was da sonst noch lauert.«

»Mhm. Stimmt schon. Ist allerdings auch schon lange her, das mit dem Mord. Dreiundzwanzig Jahre. Die Delikte sind übrigens chronologisch geordnet, und das ergibt ein interessantes Bild.

Dieser Pawlicek beginnt sein kriminelles Leben vor fast einem Vierteljahrhundert mit einem Mord. Dann folgt die Haft, ich schätze mal acht Jahre Jugendzuchthaus, und als er wieder raus ist, geht es flott weiter mit Prostitutionsdelikten und Körperverletzungen, et cetera, fast im Wochenrhythmus. Aber dann ist plötzlich Schluss. In den ganzen letzten Jahren war überhaupt nichts mehr.«

»Er ist also ein anständiger Bürger geworden, der pünktlich seine reichhaltigen Steuern zahlt, samstags seine Autos wäscht und froh ist, wenn die Gendarmen in der Straße vor seiner Villa öfter mal nach dem Rechten sehen.«

Lurzer lachte. »Das könnte sein. Aber es ist da noch etwas anderes. Ist irgendwie komisch.«

Schielin wartete, denn sein Kollege unterbrach und dachte nach.

»Es muss ja nicht sein, dass da ein Zusammenhang besteht, aber vor etwa zwei Wochen habe ich einen Anruf bekommen. Ein Kollege aus Linz hat sich hier gemeldet und bat um Unterstützung. Es ging um ein Ermittlungsverfahren im Prostitutionsmilieu. Und dieser Pawlicek, der stammt doch aus der Linzer Gegend.«

»Die Linzer haben den Namen Pawlicek also nicht ins Spiel gebracht«, fragte Schielin.

Walther Lurzer schüttelte nachdenklich den Kopf. »Nein. Überhaupt nicht. Es war etwas völlig anderes. Ich sollte den Wohnort einer Frau überprüfen.«

Schielin zuckte mit der Schulter. »Mhm. Und warum?«

»Der wollte nur wissen, ob diese … Yulia Kavan … hieß sie … tatsächlich unter der Meldeadresse wohnhaft ist. Mehr nicht. Ich habe das überprüft, und die Kollegen waren damit zufrieden.«

Schielins Handy klingelte. Auf dem Display leuchtete *Lydia*. Schielin drückte das Gespräch weg, weil ihn das hier im Moment mehr interessierte. »Und was ist so seltsam daran?«

»Naja. Ich war halt dort, weißt du. Diese Yulia Kavan ist Ukrainerin und wohnt in Lustenau. Sie arbeitet in einem Büro. Da sind sie froh, jemanden zu haben, der gut russisch sprechen kann. Jedenfalls war das eine ganz angenehme Frau. Die passt überhaupt nicht in diesen Rotlichtsums. Sie hat eine ganz nette, aufgeweckte Tochter.«

Schielin beugte sich langsam nach vorne und fragte. »Eine Tochter?«

»Ja. So um die zehn Jahre alt.«

»… mit glatten, schwarzen Haaren?«

»Ja.«

Schielin stand auf. »Verdammt. Jetzt habe ich das Bild nicht dabei.«

»Welches Bild?«

Schielin erklärte ihm, woran er gerade dachte. Dann beschrieb er die Frau auf dem Bild so gut er konnte.

»Ja. Das passt alles. Das könnte sie durchaus sein.«

Sie überlegten beide, wie sie weiter vorgehen wollten.

Walther Lurzer begann als Erster zu sprechen. »Also ich fordere die Freigabe der Ermittlungsunterlagen bei den Linzer Kollegen an. Das ist ja kein Problem, da wir schon in das Verfahren eingebunden sind. Diese Mordakte vom Pawlicek lasse ich auch kommen. Das ist für deinen Fall sicher interessant. Den formellen Kram erledigen wir, wenn absehbar ist, dass du das Material verwenden wirst.«

»Gut. Und ich besorge mir die Bildabzüge vom *Josef R-Punkt*. Die aus dem Elektromarkt. Es wäre mir recht, wenn du mit den Dingern zu dieser Yulia fahren könntest. Außerdem stelle ich umgehend ein offizielles Ermittlungsersuchen. Schadet sicher nicht.«

✳

Auf dem Rückweg hatte er kaum Augen für den fantastischen Blick über die Bregenzer Bucht, hinüber nach Lindau. Lydia fiel ihm wieder ein. Er wählte ihre Nummer und entschuldigte sich, bevor sie einen Ton sagen konnte.

»Ich habe interessante Neuigkeiten«, sagte er.

»Und ich erst«, lautete ihre Antwort.

»Wer zuerst?«, fragte Schielin

»Du«.

»Also gut. Ich habe vermutlich die Frau und das Kind auf dem Bild gefunden. Sie heißt Yulia Kavan und wohnt in Lustenau«

Am anderen Ende der Leitung herrschte Stille.

»Hey, was ist. Jetzt bist du dran«, forderte Schielin.

Er hörte wie Lydia aufgeregt ausatmete und sagte: »Yulia Kavan ist seine Frau.«

»Welche Frau?«

»Yulia Kavan ist die Ehefrau von Ottmar Kinker. Sie hat ihren Namen behalten. Und Ottmar Kinker hat Yulias Tochter Nadja adoptiert. Unser Ottmar Kinker hatte eine Familie.«

Conrad Schielin wäre gerne stehen geblieben, was aber gerade nicht möglich war. Er nahm kurz beide Hände ans

Lenkrad, konzentrierte sich auf den Verkehr, las das Firmenemblem *Rupp Käsle* am Gebäude rechts der Straße. Das war alles sehr überraschend. Lydias Stimme war aus dem Handylautsprecher zu hören.

Er sagte nur: »In einer Viertelstunde bin ich auf der Dienststelle. Große Besprechung. Fahndung nach dem Jaguar eine Nummer höher hängen.«

Sie sagte: »Wir müssen dringend mit dieser Yulia Kavan sprechen. Sie und ihre Tochter sind im Testament als Alleinerben aufgeführt. Du weißt. was das bedeutet.«

Schielin wusste sehr genau, was das für die Ermittlungen bedeutete. Es gab kaum ein besseres Motiv für einen Mord. Noch dazu, wenn das Erbe so voluminös war, wie er vermutete. Während er die Kurvenkombination am alten Grenzübergang in Ziegelhaus nahm und die Bregenzer Straße stadteinwärts fuhr, waren seine Gedanken etwas geordneter. Es war möglich, dass Ottmar Kinker in die Falle einer schwarzen Witwe geraten war. Wenn das aber nicht der Fall war, dann befanden sich Yulia Kavan und ihre Tochter unter Umständen selbst in Gefahr. Sie mussten diesen Linzer Lodl erwischen.

*

Vor dem Eingang zur Kripo Lindau rangierte ein Kleintransporter. Schielin stellte sein Auto auf dem Besucherparkplatz der Polizeiinspektion ab, die im gleichen Hof gegenüber lag. Im Eingang zur Kripodienststelle standen Kimmel und Gommert. Lydias blonder Schopf war dahinter zu erkennen. Gommert war sehr aufgeregt, was an seinem hektischen Gehüpfe zu erkennen war. Außerdem schwieg er. Immer wenn er aufgeregt war, brachte er kaum einen Ton heraus. An der Aufschrift, die an dem riesigen Karton prangte, die zwei Männer in die Dienststelle schleppten, wurde deutlich, dass der neue Drucker geliefert wurde. Schielin wartete ab, bis der Eingang frei war, und ging dann schnurstracks zum Büro. Lydia wartete schon. »In einer halben Stunde ist große Runde mit allen.«

Er nickte, holte das Foto hervor und betrachtete die Gesichter von Yulia und Nadja Kavan. Lydia schob ihm einen ganzen Stapel Kopien herüber, das Testament, beglaubigte standesamtliche Urkunden ukrainischer Behörden, die Heirat und vor allem die Adoption betreffend. Schielin überflog das Testament. Ottmar Kinker nutzte sein Reichtum jetzt nichts mehr.

»Sie haben in Lustenau geheiratet«, stellte der nüchtern fest.

»Ja. Vor vierzehn Tagen. Die Unterlagen waren noch auf dem Dienstweg. Daher hatte unser Standesamt noch keine Informationen.«

»Mhm. Was ist mit dieser Adoption. Soweit ich weiß, dauert das doch immer eine halbe Ewigkeit.«

»Bei uns schon. Aber in der Ukraine geht das offensichtlich innerhalb weniger Tage.«

Im Gang waren laute Gespräche zu hören. Robert Funk und Adolf Wenzel gaben Gommert gute Ratschläge. Kartons wurden zerrissen.

Schielin deutete auf die Kopien. »Das ändert natürlich die Sachlage. Ich meine … sie erbt alle Wohnungen, das gesamte Barvermögen … und das sind ja nur die Werte, die uns respektive dem Finanzamt bekannt sind. Ich denke mal, da existiert in irgendeinem schlichten Bankgebäude noch ein hübsches kleines Schließfach mit einer soliden Grundausstattung – Bargeld, Gold, vielleicht ein, zwei Diamanten.«

»Da könntest du durchaus recht haben. Das Testament ändert aber auch die Sicht auf die Familie. Ich weiß nicht so recht, wie das bei denen geregelt ist, aber nur mal angenommen, die haben irgendwie von dem, was da drinnen steht, Wind bekommen. Also, was ist, wenn diese Helmtraud und Meta Kinker von diesem Testament wussten? So wie die beiden drauf sind … na, aber hallo.«

Schielin nickte. »Ich frage mich, was die beiden mehr schockiert: dass er geheiratet und ein Kind adoptiert hat oder dass, was im Testament steht. Sicher ist, dass es zwischen ihm und den beiden zu einem Bruch gekommen sein muss. Diese Bekanntschaft und Heirat mit Yulia Kavan hat die Dinge, hat sein Leben verändert. Hast du eigentlich schon mit diesem Notar gesprochen?«

»Ja. Dr. Beer aus Wangen. Der war völlig entsetzt. Er kannte Kinker schon viele Jahre. Das ist so weit in Ordnung.«

»Bin mal gespannt, wie Frau Kavan reagieren wird.«

»Ich habe die Daten dieser Yulia Kavan übrigens schon zur Fahndung rausgegeben. Das kann ja nie schaden. Und noch was. Ich habe die Kontoauszüge durchgesehen. Ein völlig unvertrautes Bild war das – so viel Haben. Die Mieten plätschern da wie ein warmer Wasserfall herein. Was mich wundert: Es gibt eine hohe Barauszahlung an jedem Monatsende von zweitausend Euro, neben normalen Abhebungen, immer so ein paar hundert Euro. Ich kann mir gar nicht vorstellen, was die mit dem Geld, also den zweitausend Euros gemacht haben.«

Schielin sah sie nachdenklich an. Auch er hatte keine Antwort auf die Frage.

*

Es dauerte eine Weile, bis im Gang draußen endlich Ruhe einkehrte. Als Schielin sich in Richtung Besprechungsraum aufmachte, war von Kartons und sonstiger Verpackung nichts mehr zu sehen. An der Stelle im Gang aber, an welcher bislang ein wackeliger Aktenbock gestanden hatte, verstrahlte ein Hightech-Monster in samtgrau digitale Eleganz. Gommert stand davor und las in einer Bedienungsanleitung. Als Schielin an der neuen Kiste vorbeiging, hörte er ihn leise das wiederholen, was er gerade las.

Im Besprechungsraum kümmerte sich Adolf Wenzel derweil um den Kaffee. Das neue technische Wunderwerk draußen im Gang und die andächtige Auseinandersetzung Gommerts mit seiner Indienstsetzung entfaltete seine Wirkung auf der gesamten Dienststelle. Selbst Wenzel, dessen Stil als eher robust zu bezeichnen war, bemühte sich, nicht herumzuscheppern. Es wurde still.

Einige Zeit später saßen alle beisammen. Schielin und Lydia berichteten über den Stand der Ermittlungen. Robert Funk führte auf einem Notebook die entscheidenden Ausschnitte der DVD vor. Ausdrucke gingen reihum, die Josef Pawlicek gestochen scharf zeigten. Schielin berichtete von seinem Besuch in Bregenz, und Lydia fasste zusammen, was sich aus dem Inhalt des Testaments und den beiliegenden Dokumenten ergeben konnte. Die Originale hingen unten im Keller, waren mit Ninhydrin besprüht, und in Kürze sollten die auf dem Papier hinterlassenen Fingerabdrücke sichtbar werden und Auskunft darüber geben, ob noch andere Personen außer Ottmar Kinker die Dokumente in der Hand gehalten hatten.

Schielin erläuterte in kurzen Worten, dass die bisherigen

Erkenntnisse in recht eindeutiger Weise auf eine Verbindung zwischen Ottmar Kinker und diesem Josef Pawlicek hinwiesen. Allerdings war davon auszugehen, dass die beiden sich nicht persönlich kannten, denn den Überwachungsaufnahmen war zu entnehmen, dass Ottmar Kinker diesen Pawlicek zwar im Blickfeld hatte, seine Reaktionen aber nahelegten, dass die beiden sich unbekannt waren. Der enge zeitliche Zusammenhang zwischen Zusammentreffen der beiden und dem Todeszeitpunkt begründete zumindest einen Anfangsverdacht gegen Pawlicek.

Überraschend war für ihn die Existenz des Testaments und vor allem dessen Inhalt. Niemand in Ottmar Kinkers Umfeld wusste bisher etwas von dieser ukrainischen Frau namens Yulia Kavan. Es konnte auch noch nicht lange her sein, dass die beiden sich kennengelernt hatten, denn eine solche Beziehung lässt sich nicht über längere Zeit geheim halten. In besonderem Licht standen daher die zeitliche Nähe von Heirat, Adoption, Abfassung des Testaments und der unmittelbar darauf folgenden Ermordung Ottmar Kinkers.

Keiner seiner Kollegen hatte seinen Ausführungen Einwände entgegenzubringen. Conrad Schielin ging nochmals auf die Erkenntnisse ein, die er bei dem Besuch in Bregenz erhalten hatte. Demnach konnte es sein, dass Yulia Kavan, die ein eher unauffälliges und zurückgezogenes Leben in Lustenau führte, in kriminelle Machenschaften des Rotlichtmilieus aus der Linzer Gegend verstrickt war. Eine Ermittlungsanfrage der dortigen Kollegen legte das nahe.

Dass Josef Pawlicek einer der Protagonisten der Linzer Szene war, schuf eine Verbindung zwischen den beiden.

Die beachtliche kriminelle Vergangenheit von Pawlicek war besonders zu berücksichtigen. Es konnte also demnach so sein, dass Yulia Kavan sich gezielt an Ottmar Kinker, einem einsamen, aber enorm vermögenden Junggesellen herangemacht hatte. Und offensichtlich war sie schnell zum Ziel gelangt. Nach der Verheiratung folgte die Adoption des Kindes, dann die Abfassung des Testamentes, und als dies geschafft war, erledigte Josef Pawlicek den Rest, indem er Ottmar Kinker erstach.

Schielin wies darauf hin, dass es gerade die sehr zügige Adoption des Kindes war, die seinen Verdacht begründete, denn nur durch diese Adoption konnte die frischgebackene Ehefrau in den Genuss des gesamten Erbes kommen, und die im anderen Falle erbberechtigten Verwandten der direkten Linie, also Mutter und Schwester, vom Erbe ausschließen.

Nachdem er mit seinen Ausführungen zu Ende war, herrschte für einige Zeit Schweigen. Nicht einmal Gommert war zu einer Äußerung fähig. Die Ausführungen Schielins klangen schlüssig und waren nachvollziehbar. Sie schilderten ein kaltblütiges, perfides Vorgehen. Auch Kimmel war von dem, was er soeben gehört hatte, in gleichem Maße beeindruckt wie erschrocken. Er fragte schließlich: »Und was habt ihr jetzt vor?«

»Wir fahnden weiter nach Pawlicek, nun allerdings landesweit. Für mich ist er Tatverdächtiger.«

Funk schaute skeptisch drein. »Alles, was du gesagt hast, war nachvollziehbar und richtig. Aber rein von den Spuren her haben wir nicht viel in der Rückhand, oder? Wenn wir ihn festnehmen, läuft es darauf hinaus, ihn so weit zu kriegen, dass er ein Geständnis ablegt, und da sehe ich bei so einem Profi große Schwierigkeiten. Der hockt sich hin, lächelt freundlich, telefoniert mit seinem Rechtsanwalt und bestellt dann eine Portion Hummer mit Champagner.«

Lydia sah zu Schielin. Genau darüber hatten sie zuvor auch schon gesprochen. Sie meinte:»Das könnte sicher das Problem sein. Aber erst einmal müssen wir den Kerl kriegen. Dann sehen wir schon weiter. Vielleicht taucht die eine oder andere objektive Spur ja auch noch auf. Aus Memmingen ist noch nichts gekommen, aber es dauert ja auch eine Weile, bis eventuelle Fremdspuren abgeglichen sind. Ich denke schon, dass wir bis morgen ein Ergebnis vorliegen haben.«

»Wissen die von drüben eigentlich irgendwas?«, richtete Kimmel seine Frage an Adolf Wenzel und meinte damit die Kollegen vom Streifendienst.

Wenzel hatte die ganze Zeit mit verschränkten Armen und dem üblichen, Unbehagen ausstrahlenden Gesichtsausdruck dagesessen. Er begann seinen Bericht mit rollenden Augen und einem gestöhnten »Mei, mei, mei.«

Dann erzählte er gewohnt theatralisch und holprig. »War ich drüben bei den Trachtlern und schaue auf den Dienstplan. Als ich gelesen habe, wer da im Dienst war, wollt ich gleich schon wieder gehen.« Er deutete plötzlich auf Kimmel. »Du gibst mir Auftrag nach Wahrnehmungen zu fragen, und so, und wer hat da Dienst …?«

Kimmel zuckte mit den Schultern, obwohl Wenzel seine Formulierung in keiner Weise als Frage verstanden hatte, auf die er eine Antwort gewollte hatte.

»Viagra-Emil hat Dienst gehabt.«

Alle grinsten. Lydia musste leise lachen. »Viagra-Emil?«

Wenzel blieb bei seiner Linie. »Da können wir nur froh sein, dass immer zwei ausrücken und nicht wie bei den

Amis, einer allein mit 'ner Videokamera durch die Nacht rauscht.«

Er richtete sich mit ausgebreiteten Armen an die Umsitzenden. »Hätte ich vielleicht Emil nach Wahrnehmung fragen sollen? Der hatte seine letzte Wahrnehmung sicher vor Jahrzehnten; wahrscheinlich ist er froh, dass er merkt, wenn er aufs Klo muss …«

Keiner widersprach. Gommert war von Wenzels derber Schilderung entsetzt, und Kimmel schritt nun ein. »Jetzt aber, Wenzel! Zum Punkt nun!«

Der war unbeeindruckt, sprach aber versöhnlicher weiter. »Gott sei Dank hat er die kleine Schwarze dabeigehabt. Ihr wisst schon, die Fixe, wo im März gekommen ist. Bin ich halt zu der gegangen.«

Er holte umständlich seinen Kripokalender hervor, hob den Kopf und kniff die Augen zusammen. Schielin bezweifelte, dass es dadurch leichter wurde, zu lesen, aber die Show war einfach gut.

Wenzel las vor: »Roter Jaguar XJ6 Souvereign 4,2 Serie III war am Parkplatz am Hotel Bad Schachen. Am Sonntag bei der Frühschicht und Nachtschicht. Das hat sie sich notiert, die Kleine. Echt fix drauf. Aber gegen Fahrzeug und Halter war ja nichts vorgelegen, fahndungsmäßig.«

»Und wieso hat sie … wie heißt die eigentlich … ihn dann notiert?«, fragte Funk.

»Jasmin«, sagte Kimmel.

»Jasmiiin … des klingt aber scho auch net schlecht«, blökte Gommert und erntete einen strafenden Blick von Kimmel.

Wenzel erklärte: »Das hab ich sie auch gefragt, und woher sie sich mit Autos so auskennt. Sie hat mir erzählt, dass die rote Züchterkiste am Sonntagmorgen am Stiftsplatz geparkt hat und dass sie gesehen hat, wie eine geschleckte Zuhälterfigur mit Geleebirne in Kirche geht. Schaute aus wie italienischer Fußballspieler, fährt aber englischen Klimakiller mit Ösi-Zulassung. Da hat sie mächtig Verdacht gekriegt und gleich observiert, mit Viagra-Emil als Belastung. Sie ist dann beim Hotel draußen rausgekommen, Bad Schachen. Das Auto war am Sonntagabend noch dort gestanden. Hat sie im Nachtdienst gleich noch nachgesehen. Fix, wirklich fix.«

»Wir fahren raus und prüfen das. Vielleicht ist er noch da«, sagte Schielin und dachte daran, dass er Ronsards Termin beim Hufschmied würde absagen müssen.

»Und wenn er da ist?«, frage Kimmel.

»Dann haben wir ihn.«

»Aber dann kommen Wenzel und Funk zur Sicherheit mit«, ordnete Kimmel an und wandte sich Gommert zu. »Und du schaust, dass das teure Ding da draußen bis morgen funktionsfähig ist, klar.«

Erich Gommert nickte selbstsicher.

Kimmel erledigte Schriftkram, und Gommert schaffte die alten Drucker weg. Der neue war nicht nur teuer, sondern auch sehr, sehr schnell. Er würde als zentraler Dienststellendrucker fungieren. Die neuen Zeiten waren eben nicht aufzuhalten. Als die anderen sich auf den Weg zum Hotel Bad Schachen machten, wartete Gommert einen günstigen Augenblick ab und schnappte sich Funk.

»Du sog emole. Wieso heißt der Emil auf amole Viagra-Emil. Hob ich des denn vorhin recht gehört, war da was?«

»Ja, weil er halt immer nur rumsteht, der Emil«

Schielin und die anderen fuhren zum Hotel Bad Schachen. Erst inspizierten sie den Parkplatz. Der rote Jaguar war nicht zu entdecken. Ein freundlicher Herr am Empfangsschalter gab ihnen dann die Information, dass Herr Josef Pawlicek am heutigen Vormittag ausgecheckt hatte. Mehr war nicht zu erfahren.

Sie fuhren frustriert zurück. Als er sich verabschiedete, rief ihn Wenzel nochmal zurück.

»Du, bevor ich vergesse. Ich habe zwar schon Notizzettel geschrieben, aber vielleicht ist es wichtig. Zwei Anrufe für dich heute. Eine Frau Präg und dann noch ein Doktor … Dähge, oder so einer.«

»Deeke«, sagte Schielin und betonte die beiden *e.* »Das war der Busendoktor, der den Kinker gefunden hat. Vielleicht ist dem noch was eingefallen.«

»Gut«, meinte Wenzel zufrieden, »und Präg sagt dir auch was?«

»Das ist die Sekretärin von Aureum-Immobilien in Ravensburg.«

»Also, sozusagen deren Gommert.«

Beide lachten.

»Ach ja, und noch was. Ich habe versucht, den Neffen von Meta Kinker zu erreichen. Der heißt Waldemar Kunze und wohnt in der Kemptener Straße. Zweimal war ich schon dort, aber der war nicht zu Hause. Habe erfahren, dass er keine Arbeitsstelle hat … lebt aber in geordneten Verhältnissen. Ist so ein Armeefreak, weißt schon, Uniformen und so … ist bei den Fallschirmspringern gewesen.«

Schielin machte eine wegwerfende Handbewegung. »Das hat Zeit. Im Moment sind wir ja dick mit anderem beschäftigt. Probier's einfach irgendwann noch einmal. Ich hoffe nur, dass wir diesen Pawlicek bald haben.«

Wenzel stimmte ihm zu, und Schielin ging. Er war froh, dem Hufschmied noch nicht abgesagt zu haben.

Zu Hause war von den Mädchen nichts zu sehen. Marja übersetzte schon wieder, so zog er einige Scheiben Käse ab, nahm ein paar Lagen Schinken, wusch Tomaten, hackte etwas Basilikum mit Schalotten und verzog sich mit dem Tablett in ihr Arbeitszimmer. Hinter dem Regal mit Fachbüchern stand noch eine halbe Flasche Beaujolais Villages. Auf ihre Frage, ob er denn trinken dürfe, weil er noch fahren müsse, ging er nicht ein. Ein Achtel Rotwein sollte das Problem nicht sein.

Sie sprachen kurz die wichtigen Dinge durch. An der Pubertätsfront herrschte derzeit beunruhigenderweise Frieden. Er fragte, ob sie von diesem Burschen mit dem wilden Aussehen wisse. Sie lächelte nur und meinte, er müsse sich keine Sorgen machen, es sei eigentlich ein ganz Braver. Er frage nicht nach, was unter *eigentlich* zu verstehen war.

✻

Nachdem er geduscht hatte, machte er sich auf zur Weide. Es war wie eine Befreiung. Kaum hatte er den Tag von sich abgewaschen und die alten, nach Pferdemist, Salzsteinen und Heu duftenden Klamotten angezogen, fühlte er den anderen Menschen in sich. Die Belastung aus der Beschäftigung mit den Abgründen im Leben anderer, die immer kreisenden Gedanken, dazu der Druck, nichts zu übersehen, nichts zu vergessen – all das war hier verschwunden. Was ihm blieb und Bedeutung hatte, war ein altersschwaches Haus mit Fenstern, die schon lange erneuert gehörten, ein von den Töchtern bemängelter, viel zu langsamer Internetanschluss, eine marode Ölheizung, der Duft von Holz, Tieren, Wiesen, selbst gekochtem Essen – und Marja.

Albin Derdes musste ihn gesehen haben, denn kaum hatte er den Hänger am Auto, kam er anmarschiert und begrüßte ihn mit Handschlag.

»Mensch, der Kinker, he!«, lautete die Aufforderung an Schielin etwas über den Fall zu erzählen.

Der hatte aber gar keine Lust, machte ein ernstes Gesicht und legte einige Lederriemen zurecht, die er beim Hufschmied brauchen würde. Von hinten war Ronsard zu hören, der zweimal kräftig schrie.

Albin Derdes rieb mit beiden Handflächen über das ausgeblichene Blau seines Mäntelchens. »Wie hat ein Mensch nur so was verdient. Des hat doch mit Gerechtigkeit nichts mehr zum tun, nichts mehr.«

Schielin bejahte.

»Ich hab ja seinen Vater gut gekannt.«

Das war interessant. Schielin unterbrach sein unnützes Zusammenlegen der Lederriemen und sah Derdes auffordernd an.

»Ja«, bestätigte der, »wir waren oft zusammen. Bis zu seinem Ende. Mei, des war traurig.«

Schielin holte die Sprühdose mit dem Desinfektionsmittel und fragte: »Wieso traurig?«

»Ja, weil des so plötzlich ging. Der Mann war doch im besten Alter, noch keine sechzig Jahre.«

Schielin war beruhigt. Er hatte also noch einiges vor sich, wenn Gott es zuließ. Er fragte. »Wie ist er denn gestorben?«

Derdes machte ein schmerzverzerrtes Gesicht. »Ich weiß

es noch, als wenn es gestern gewesen wäre. Wir waren beim Maibaumsetzen, unten am alten Reutiner Rathaus, vom Liederhort aus … da singen wir doch immer.«

»Mhm. Lieder … da bist du doch Gründungsmitglied, im Liederhort 1869, e, vau«, warf Schielin zwinkernd ein.

Derdes überging die Frotzelei. »Ja no, und da wird ja bis heute immer noch gesungen. Also des fehlt mir scho, aber was soll so ein alter Säckel wie ich da noch rumkrähen. Es war schon immer schön. Die Maibaumfeste, des Weinfest oder des Christbaumsingen.«

»Und beim Maibaumsingen ist der alte Kinker gestorben?«, fragte Schielin.

»Nein. Den ganzen Tag war ihm schon nicht wohl, und nach dem Singen ist es ihm ganz schlecht gewesen. Er ist dann umgefallen. Der Doktor war ja gleich dabei. Der Schlag hat ihn troffen. Schlaganfall. Er hat nicht mehr reden können, die ganze linke Seite war gelähmt. Damals hat man ja noch nicht gewusst, wie man das am besten behandelt. Er ist dann halt zu Hause gelegen und gar nicht mehr rausgekommen. Dann war da, glaube ich, noch ein Schlägle ein paar Wochen später, und kurz drauf war er dann tot. Des alles hat kein Jahr gedauert.«

Schielin war fast ein wenig enttäuscht, denn es ließ wenig bis keinen Raum für Spekulationen.

»Kennst du die Familie?«

Derdes drehte sich weg. »Ja hör mir bloß auf. Dem seine Holdigkeit, ja hot die Haar auf de Zähn ghabt. Jesus Maria. Also der arme Mensch hat sich ja um jede Stunde gefreut, die er von zu Hause weg war. Und sein Bub auch.«

»Wie, sein Bub? Der Ottmar Kinker?«

»Ja sicher. Der Ottmar war ja auch im Liederhort, und beim Musikverein Reutin hat der Trompete gespielt. Der hat das Musikalische vom Vater geerbt. Das war ganz ein musikalischer Mensch. Ein Tenor, unglaublich. Und ein lustiger Mensch. Ein ganz lustiger und … lebendiger Mensch. So wie die ganze Familie, also die von der Vaterseite her. Die von der Mutterseite woiß ich gar net … des sind ja keine Lindauer net gewesen. Des waren, glaube ich, Flüchtlinge, von nach dem Krieg.«

»Von der Lustigkeit ist beim Ottmar Kinker aber nicht viel übrig geblieben.«

»Der Tod von seinem Vater hat ihn vielleicht so arg mitgenommen. So was gibt es doch. Jedenfalls hat er mit der Musik aufgehört, und ich hab ihn dann auch gar nicht mehr gesehen. Auch net beim Kinderfest, droben im Bierzelt auf der Steig, oder anderswo. Der war wie verschollen. Erst als ich in der Lindauer gelesen hab, dass der Tote ein Ottmar K. aus Lindau war, bin ich auf den Namen kommen, und beim Schafkopfen drunten in der Weinstube war des ja dann schon bekannt.«

Der letzte Satz klang etwas beleidigt und war auf Schielin gemünzt, der seinem Nachbarn schließlich einen im Wirtshaus gut zu vermarktenden Informationsvorsprung hätte verschaffen können.

Schielin überging den unausgesprochenen Tadel. »Seit wann gehst du in die Weinstube. Ich denke, ihr seid im Köchlin?«

Derdes wurde etwas verlegen. »Ich gehe jetzt dreimal zum Karteln. Zweimal ins Köchlin, und die neue Runde läuft in der Weinstube. Hab ja so viel Zeit, und die anderen freuen sich, wenn was zusammen geht.«

»Mhm. Was ist denn eigentlich mit der Frau vom Kinker. Ich frage nur noch mal, weil du vorhin so komisch reagiert hast.«

»Was heißt da, *ich* habe komisch reagiert. Die ist komisch. Die ist ja nirgends mit hingegangen … immer nur dahoim rumgehockt. Ich hab die, glaub ich wenigstens, nur drei- oder viermal so richtig gesehen. Und ihre Tochter ist ja auch so eine. Die hat ihre Lehre draußen im Büro beim Dornier gemacht. Die haben drei Kreuze geschlagen, wie die endlich fort war. Da gab's doch nur Streit, mit der.«

»Und woher weißt du das nun wieder?«

»Von meiner Cousine die Schwägerin, deren Schwiegertochter ihr Bruder, hat einen Freund der mit ihr da gelernt hat, und so weiß ich das eben.«

Schielin verzichtete darauf, den Weg virtuell visuell nachzuvollziehen.

»Und du sagst, der Ottmar Kinker war ein lustiger Kerl, bis der Vater gestorben ist.«

»Das sag ich nicht, das war so. Aber das ist schon lange, lange her. Und jetzt liegt er unter der Erde.«

»Noch nicht«, antwortete Schielin.

Jetzt zwinkerte er mit dem Auge, stieß Derdes an und fragte: »Wie lustig und lebendig war er denn, der alte Kinker, he?«

Derdes lachte. »Naja. Er hat sich nicht viel entgehen lassen. So schön, wie der gesungen hat. Des hat schon auch seine Wirkung gehabt.«

Schielin glaubte zu wissen, was Derdes meinte.

✻

Er eilte sich, noch zur rechten Zeit den Hufschmied zu erreichen. Es dämmerte schon, als er ohne großen Respekt vor Geschwindigkeitsbeschränkungen Richtung Tettnang fuhr. Ronsard schien vom autoritären Fahrstil sehr beeindruckt zu sein, denn er machte keinerlei Zicken, als es darum ging, aus dem Anhänger zu steigen.

Erst jetzt, hier vor dem großen Stadel, dessen Schwungtore offen standen, im Licht zweier Halogenstrahler und im Wirkungsbereich der ruhigen Arbeitsweise des Hufschmieds, merkte er, wie aufgekratzt, wie unruhig und unter Druck er war. Stumm folgte er den Anweisungen des Hufschmieds, schabte die Hufe aus, kratzte zwei Steine heraus, hielt Ronsards Bein, wenn gehobelt und gefeilt wurde, und lehnte sich, wenn es möglich erschien, am warmen, schweren Körper Ronsards an. Das entspannte zusehends. Meta und Helmtraud Kinker, Überwachungsaufnahmen, Testamente und bordeauxrote Jaguare hatten nicht mehr Herrschaft über ihn, und bald war er ganz wieder er selbst.

So gestaltete sich die Rückfahrt für ihn, Ronsard und die anderen, die unterwegs waren, wesentlich gemütlicher, als es bei der Anfahrt zugegangen war. Dies blieb so, bis er Nonnenhorn hinter sich gelassen hatte und kurz davor war, Wasserburg zu passieren. Da klingelte das Handy.

Gommert war dran. Schielin erkannte ihn nicht etwa, weil Gommert sich meldete, wie man das hätte erwarten können, sondern weil er dessen aufgeregtes Schnaufen sofort identifizierte. Es musste etwas geschehen sein. Erich Gommert kam nicht dazu, es ihm zu erzählen, denn Lydia hatte sich nach einigen Schnaufern das Telefon geschnappt. Er sah die Szene vor sich.

»Wo bist du?!«, fragte sie.

»Ach. Heute nichts mehr mit Schatzi, he?«

»Sag schon.«

»Auf dem Weg nach Hause, kurz vor Wasserburg.«

»Supch. Komme direkt zur Dienststelle, wir warten dann auf dich.«

»Warum bitte!?«

»Wir haben ihn.«

»Wen?«

»Josef Pawlicek.«

»Festgenommen!?«

»Nein. Das ja eben nicht. Eine Streife von der Fahndung hat ihn bei Leutkirch entdeckt. Sie hängen dran. Er kommt die A7 aus Richtung Wangen runter und war gerade auf Höhe Maierhalden, Schwarzenbach. Ist eh gut, wenn du kommst, wir haben nämlich kein Auto.«

»Wie, kein Auto?«

»Mensch, jetzt frag nicht rum und komm!«

»Mach ich ja schon, aber ich habe den Anhänger dran, und Ronsard ist drin.«

»Ach du Schsch...!«

Auf Knopfdruck war das Adrenalin da. Schielin gab Gas. Die Ampel an der Einmündung zur Schönauer Straße war kritisch rot, doch die von links Kommenden wollten sich mit dem Gespann nicht ernsthaft anlegen. Die Friedrichshafener Straße ließ sich flott fahren, jedenfalls bis zu den Verkehrshindernissen, die den Namen Kreisverkehr trugen. Ronsard legte sich mit in die Kurve, und kurz dachte Schielin, der Anhänger eiere auf nur einem Rad durch den Kreisverkehr.

Lydia wartete bereits an der Einfahrt zur Dienststelle. Hinter ihr stand wie eine Salzsäule Gommert, dem sie schusssichere Westen, Funkgeräte und eine Einsatztaschenlampe umgehängt hatte. Als Schielin zum Stehen gekommen war, öffnete sie die hintere Beifahrertür, nahm Gommert das Zeug ab und schmiss es auf die Rückbank. Dann herrschte sie Gommert an, endlich einzusteigen, und setzte sich neben Schielin.

»Ab die Post!«

Schielin fuhr an und fragte, trotzdem es zu spät war. »Soll Erich etwa mit?«

Sie schwieg. Erich Gommert praktizierte kontrollierte Atmung. Er hasste Einsätze, vor allem polizeiliche Einsätze. Eine zugegeben schwierige Sache, wenn man Polizist war. Nun hatte es ihn also erwischt. Und schuld daran war dieser elende Drucker. Schon längst hätte er zu Hause sein können und das gute Essen seiner Frau genießen.

»Wohin?«, frage Schielin und rauschte in den Kreisverkehr an der Reutiner Straße. Keine Chance, die Rechts-Links-Kombination zu schaffen, so hielt er weiter links und glitt geschmeidig in die Ludwig-Kick-Straße. Hinten donnerte Ronsard gegen die Seitenwand. Gommerts Atmung wurde lauter, und zu allem Unglück hatte Lydia die Funkgeräte eingeschalten. Das brachte richtig Stimmung in die Kiste.

Stress, dünner Schweiß und gepresste Atmung bekamen einen Klang. Ein ruheloses Rauschen und Knistern, das jede Durchsage überlagerte und nachhallte. Neben den routinemäßigen Rückfragen und Meldungen füllten die Standortmeldungen den roten Jaguar betreffend die Funkpausen. Jeder, der mithörte, vollzog in Gedanken die Fahrt des unbekannten Fahrzeugs durch die Nacht mit; sah ihn vor sich, wie er langsam auf Lindau zurollte. Pawliceks roter Jaguar fuhr in die Ausfahrt Wildberg, blieb rechter Hand, zog bis zur Kreuzung vor und rollte gemächlich durch Rothkreuz. Scheinbar völlig ahnungslos, der unsichtbaren Umzingelung gegenüber, die ihn kontrollierte.

Insgesamt waren nun zwei zivile Wagen der Fahndung an ihm direkt dran, zwei uniformierte hielten sich in weiterem Abstand zur Unterstützung bereit, während Schielins

Tiertransport sich auf direktem Kollisionskurs befand. Er drosselte das Tempo und hielt vor der grünen Ampel zur Kemptener Straße. Die Fahrer der Autos hinter ihm waren fassungslos.

Schielin, Lydia und Gommert verfolgten angespannt den Funk und sahen nach links. Von dort oben musste der Jaguar den Schönbühl herunterkommen. Lydia machte den Fehler, in Richtung Gommert zu fragen: »Hast du eigentlich deine Knarre dabei?«

Ein kurzes, wimmerndes Stöhnen war zu hören. Seine beiden Kollegen schenkten ihm kein Mitleid. Obwohl Erich Gommert wusste, dass er weder Knarre noch Handschellen dabei hatte – er benutzte so etwas nicht – fasste er sich verzweifelt abtastend an den Oberkörper und an die Hüfte. Lydia wandte sich kopfschüttelnd ab.

»Noi«, winselte er schließlich entschuldigend.

»Gott sei Dank! Dann kann uns ja schon mal nichts mehr passieren«, ätzte Schielin, ohne den Blick von der Straße zu wenden.

Da kam er auch schon an. Die Ampelphasen bescherten ein perfektes Timing. Kaum war der Jaguar vorbei, gefolgt vom ersten Verfolgungsfahrzeug, klemmte sich Schielin dahinter. Es ging die Kemptener Straße hinunter.

»Wie machen wir's?«, fragte Lydia.

»Die zwei Streifen sollen eine Verkehrskontrolle einrichten. Eine Streife und ein Fahrzeug von der Fahndung raus in die Bregenzer Straße und die zweite Streife Richtung Friedrichshafen. Auf alle Fälle müssen wir den Weg nach Österreich dicht machen. Nicht, dass er uns noch nach drüben abhaut. Irgendwo kriegen wir ihn schon. Hauptsache er schafft es nicht über die Grenze. Also Ziegelhaus und Kreisverkehr bei der Zecher Tankstelle.«

Lydia gab die Anweisungen über Funk durch. Der Fahrer des Jaguars hielt sich in vorbildlicher Weise an die Verkehrsregeln. Es fuhr gemächlich die Kemptener Straße in Richtung Berliner Platz, bog in den Kreisverkehr ein, drehte eine Runde, fuhr wieder in die Kemptener Straße ein und fuhr nach Norden.

»Was macht denn der Heini!?«, schimpfte Lydia.

»Der hat vielleicht was geschnallt und schüttelt mal kräftig das Bäumchen in der Hoffnung, was rausfallen zu sehen«, meinte Schielin, fuhr am entgegenkommenden Jaguar vorbei, drehte ebenfalls eine Runde am Berliner Platz und folgte den roten Rückleuchten, die nach einer Kurve verschwanden. Die Ampel am Köchlin leuchtete rot, und dort trafen sie ihn wieder. Er blinkte rechts.

»Wo will denn der hin?«, sagte Lydia.

»No, vielleicht hoim, zum Conrad«, meckerte Gommert fröhlich, der seine Fassung wiedergefunden hatte. Schreck und Schock hatten hochdosiert Adrenalin in seinen Körper gepumpt. Und jetzt war er nicht mehr zu halten.

»Halt die Klappe, Gommi!«, sagte Lydia trocken. Es machte ihm aber entgegen seinen sonstigen Empfindlichkeiten überhaupt nichts aus.

Sie bogen nach rechts in die Reutiner Straße ein, folgten bis in die Köchlinstraße. Schielin war wirklich gespannt, ob der Jaguar in der Rechtskurve vielleicht doch nach links, in den Motzacher Weg einbiegen würde. Er tat das nicht und fuhr weiter in Richtung Steigstraße. Links stand Lindaus schönstes Bauernhaus, wie Schielin fand. Kurz danach passierten sie das Alte Reutiner Rathaus. Schielin dachte an die Auftritte des Liederhortes und der Reutiner Blasmusik.

»Was will der bloß hier. Gibt's hier vielleicht 'nen Puff?«, fragte Lydia.

»Jo, woher soll i denn des wisse«, pfurrte Gommert von hinten, denn die Frage hatte Lydia eindeutig an ihn gerichtet.

Schielin grinste hämisch und bog am Rickenbacher Weg nach rechts ab, während der Mitsubishi der Fahndung dem Jaguar nach links folgte. In der von Romantik freien Umgebung der Robert-Bosch-Straße traf man sich wieder. Gommert sah nach links und rechts aus dem Fenster. »So, wäret mer do nun auch emole wieder gwäse.«

Lydia bezweifelte den Erfolg ihrer Aktion. »Das geht nicht mehr lange gut. Der muss doch gemerkt haben, dass wir an ihm dranhängen. Mit dem Anhänger hinten dran. Wenn das nicht auffällt, was dann?«

Nach einem weiteren Haken landete der Jaguar wieder in der Bregenzer Straße und fuhr Richtung Österreich. Das Ziel schien klar, und er saß in der Falle. Am ehemaligen Grenzübergang Ziegelhaus wartete die Fahndung, und vor der Autobahnausfahrt lauerte bereits eine Streife.

Dann tat Josef Pawlicek allen einen Gefallen, indem er den Blinker rechts setzte und in die Tankstelle einfuhr. Schielin folgte, stellte sein Gefährt abseits der Tanksäulen ab und stieg zusammen mit Lydia aus. Sie wiesen Gommert in klaren Worten an, sich zurückzuhalten. Am liebsten wäre es ihnen gewesen, wenn er im Auto sitzen geblieben wäre.

Es war beachtlich, festzustellen, wie viele Liter Benzin in den Tanks eines Jaguars verschwinden konnten. Als das erste schwarze Loch gefüllt war, ging Josef Pawlicek auf die andere Seite seines Wagens, öffnete den zweiten chromblinkenden Tankdeckel, der oben auf dem hinteren Kotflügel angebracht war, und ließ noch einmal fünfundsiebzig

Liter Super-Super einlaufen. Schielin und Lydia waren fair und warteten, bis er gezahlt hatte. Die Kollegen von der Fahndung waren inzwischen mit dabei.

Josef Pawlicek lächelte Schielin freundlich an und nickte, als der ihm entgegentrat und ernst fragte. »Herr Pawlicek?«

Von Schielins Wagen her war plötzlich das Schreien von Ronsard zu hören.

Gommert hatte sich außerhalb des Sichtfelds seiner Kollegen hinter dem Eselkarren postiert. Er telefonierte gerade mit seiner Frau. »Nein, Mausili … nein, wirklich, tut mir leid, ich konnte nicht eher anrufen. Ich musste noch jemanden festnehmen: den Mörder, vom Pulverturm … du weißt schon.«

Josef Pawlicek verhielt sich ruhig und besonnen. Etwas irritiert war er jedoch, als er feststellte, dass die beiden Polizisten, die ihn festgenommen hatten, in jenes Auto einstiegen, aus dessen Anhänger ein Esel schrie. Dieses Deutschland war schon irgendwie anders. Er wusste von Polizeihunden und von Pferden. Aber im Deutschen gab es wohl auch Esel bei der Polizei.

Schielin verständigte Kimmel, danach die Staatsanwaltschaft, dann erledigten er und Lydia den Schriftkram. Gommert räumte auf, was aufzuräumen war, und draußen vor der Dienststelle dröhnte Ronsard durch die Nacht.

Josef Pawlicek verbrachte diese in der Zelle der Polizeiinspektion Lindau. Er spürte weder Furcht, noch beängstigte ihn die Situation. Er war diese Umstände gewohnt. Den Geruch sterilisierter Kunststoffmatratzen, den Muff alter Wolldecken, die Kälte glatter Böden und gefliester Wände.

Als er sich endlich auf das gemauerte Bett setzte und in Gedanken versank, fühlte er eher Ruhe und Erleichterung. Er blieb, was ihn anlangte, gelassen und schlief viel besser, als die Nächte zuvor im viel teureren Hotelbett.

Sorgen aber, Sorgen machte er sich schon.

Schielin kam spät in der Nacht nach Hause. Es hatte lange gedauert, bis ein Abschleppunternehmer gefunden war, der den Jaguar auf den Polizeihof verfrachtete. Dort sollte er am nächsten Tag auf Spuren untersucht werden.

Er hatte Marja kurz angerufen. Zu seiner Überraschung waren alle noch auf, als er ins Haus kam. Marja döste auf dem Sofa im Wohnzimmer. Laura und Lena lagen daneben und schliefen tief und fest. Es wunderte ihn, dass Albin Derdes nicht irgendwo in der Ecke saß, mit einer Flasche Birnenbrand.

Sie hatten sich also Sorgen gemacht. Dabei hatte er völlig ohne Aufregung berichtet, dass er länger unterwegs sein werde, da sie wohl kurz vor einer Festnahme stünden. Aber die Tatsache, dass er mit seinem geliebten alten Passat und dem noch geliebteren Ronsard auf Verbrecherjagd ging, ließ sie eine dramatische Dimension erahnen, die es so nicht gegeben hatte. Dieser Pawlicek war sehr umgänglich, ja geradezu freundlich gewesen.

Eine Heirat

Als er am nächsten Tag in den Hof der Lindauer Kripo einfuhr, sah er schon zwei in weiße Overalls gekleidete Gestalten, die sich am Fahrzeug von Pawlicek zu schaffen machten. Sie mussten sehr früh in Kempten losgefahren sein. Fast zeitgleich mit ihm kamen Kimmel, Funk und Gommert an. Lydia Naber war schon im Büro und unterhielt sich mit Wenzel, dem sie von den Ereignissen der letzten Nacht berichtete.

Im Gebäude gegenüber saß Josef Pawlicek in seiner Zelle und frühstückte. Danach sollte er vernommen werden. So jedenfalls hatte man es ihm gesagt. Es gab frischen Kaffee im Pappbecher. Sie hatten ein paar Servietten dazugegeben, weil die Pappe zwar die Flüssigkeit, nicht jedoch die Hitze abhalten konnte. Die Croissants wie auch die Butterbrezn waren auf hohem, fast österreichischem Niveau, wie er fand. Die höfliche Behandlung überraschte ihn, und die Situation war ihm in keiner Weise unangenehm.

Er hatte allerdings auch dazugelernt. Vor Jahren noch hätte er sich fürchterlich aufgeführt, wäre keiner Auseinandersetzung mit den Polizisten aus dem Wege gegangen und hätte provoziert, wo immer es ging, um seinem Ruf gerecht zu werden. Aber diese Zeiten waren vorbei. Die Kurse in Bad Aibling und Salzburg hatten ihm geholfen, sich sicherer außerhalb seines Milieus zu bewegen. Er zog sich danach anders an, vermied gewisse Worte und wusste über gutes Essen, Wein und Musik Bescheid.

Er war gespannt, wie es weitergehen würde. Er tunkte das Croissant vorsichtig ein. Diese blonde Polizistin und ihr dunkelhaariger Kollege schienen zu wissen, was sie taten. Bisher war alles sehr koordiniert verlaufen, und er hätte gerne gewusst, was sie bereits wussten. Er würde schweigen, erst einmal abwarten und versuchen, zu erfahren, auf welchem Stand sie waren. Dann würde er Heinrich und Jelena anrufen.

*

Der Duft von frischem Kaffee durchzog auch die Dienststelle der Kripo, und die Polizistendroge zog alle wie magisch in die Seelenstube der Dienststelle. Heute roch es besonders aromatisch und kräftig, was daran lag, dass Lydia Naber dem Wasser ein, zwei Löffel mehr von dem schwarzen Pulver gönnte, was Gommerts schwäbische Genügsamkeit sonst nicht zuließ. Manchmal schob sie oder Wenzel heimlich noch ein, zwei Löffel nach, wenn er es nicht mitbekam.

Schielin und Lydia berichteten von der vergangenen Nacht. Die anderen hörten gespannt zu.

Funk fragte: »Es deutet ja alles ziemlich eindeutig auf diesen Pawlicek hin. Die Überwachungsaufnahme, seine Anwesenheit hier in Lindau zur Tatzeit und das, was Walther in Bregenz herausgefunden hat. Sollen wir überhaupt noch einen anderen Weg verfolgen, oder setzen wir voll auf Pawlicek?«

Schielin wollte schon erwidern, dass Pawlicek ihr Mann sei. Doch Funk hatte die Formulierung *Weg* gewählt. Ihm fiel seine Wanderung mit Ronsard wieder ein. Da war er auch Spuren gefolgt, die scheinbar den rechten Weg wiesen, und war schließlich in einer Sackgasse gelandet. So hielt er kurz inne und überlegte.

»Lydia und ich nehmen uns den Pawlicek vor. Ihr macht mit euren Spuren weiter wie bisher. Wir fahren weiterhin mehrgleisig.«

Funk nickte zufrieden. Kimmel war etwas irritiert, sagte aber nichts. Er hätte alles auf Pawlicek angesetzt.

Nach beendeter Morgenbesprechung versammelten sich alle im Gang, um von Gommert in das neue digitale Druckerwunderwerk eingewiesen zu werden. Es war beeindruckend, in welcher Geschwindigkeit und mit wie wenig Lärm das neue Teil die Seiten herausschmiss.

Gommert war glücklich. Er zeigte die schier unendlichen Einstellungsmöglichkeiten, die so ein Gerät des einundzwanzigsten Jahrhunderts bot. Wenzel war völlig begeistert von dem Ding. Schielin und Funk nahmen es ohne Euphorie zur Kenntnis, Lydia blieb aus Höflichkeit dabei, und Kimmel war froh, endlich auch so ein Ding zu haben.

Gommerts Finger hüpften über den Konfigurationsbildschirm, der sich touchen ließ. Man konnte zoomen, beschneiden, scannen, drucken, vervielfältigen, sogar Vorder- und Rückseiten bedrucken lassen, was wirklich sinnvoll war, da es ja Papier sparte.

Und das Ding war polyglott. Es kannte fast alle Sprachen dieser Welt. Gommert zeigte die Auswahl, und alle waren von der Vielfalt beeindruckt. Deutsch, Englisch, Französisch, Spanisch, Russisch, Serbokroatisch und … Japanisch und Chinesisch. Wenzel glaubte es gar nicht und fragte: »Der kann wirklich Chinesisch?«

»Ha jo«, antwortete Gommert stolz und touchte *Chine-*

sisch auf dem wunderbaren Konfigurationsbildschirm an. Alle sahen gebannt zu, wie sich die Darstellung der lateinischen Buchstaben augenblicklich veränderte und sich wunderbare chinesische Schriftzeichen über dem Display ausbreiteten. Es war faszinierend!

Gommert hüpfte von einem Punkt zum anderen, und es war eine Freude, zu sehen, wie sich die grafischen Impressionen änderten. Das war fast schon eine Performance. Beeindruckend!

Nach einer Weile des Spiels löste Kimmel die Runde auf, indem er sich verabschiedete. Zeichen für die anderen, nun wieder ihrer Arbeit nachzugehen.

Gommert blieb alleine zurück, am neuen Drucker, noch ganz im Endorphinbad der gelungenen Präsentation. Das änderte sich schnell, als er versuchte, dem Drucker wieder Deutsch beizubringen. So schön chinesische Schriftzeichen auch waren, für jemanden, der nicht Chinesisch lesen konnte, blieb der Informationsgehalt von Hütchen, Strichchen, Kästchen und Pünktchen auf grauenvolle Weise verborgen.

Es wäre nicht so schlimm gewesen, hätte Erich Gommert nicht während seines furiosen Spiels mit chinesischen Konfigurationseinstellungen dem Drucker das Drucken verleidet.

Wenzel war der Erste, der es zu spüren bekam. Sein Ermittlungsbericht wurde zwar gedruckt. Allerdings verwendete das Hightechgerät für die DIN-A4-Seite lediglich ein Sechzehntel des Blattes. Es war in der Tat sehr, sehr klein.

Gommert – draußen im Gang – schwitzte bereits heftig. Er schaltete das Ding mehrfach aus und wieder ein, doch es wollte vom Chinesischen nicht mehr lassen.

Es kam der Zeitpunkt, wo sich das Problem nicht mehr geheim halten ließ und bis zu Kimmel durchdrang. In Abständen bildeten sich kleine Gruppen vor dem Drucker, allesamt im ernsten Bemühen, den fremden Schriftzeichen eine erkennbare Bedeutung abzuringen. Es half alles nichts.

Es war schließlich Wenzel, der eine realistische und umsetzbare Strategie entwickelte. Ein Chinese oder eine Chinesin musste her, so schnell wie möglich und gleich wie. Die chinesischen Restaurants der Stadt waren telefonisch nicht erreichbar, so wurde ein anderer, viel verwegenerer Weg beschritten. Die Streifen, die im Stadtgebiet unterwegs waren, wunderten sich zwar über den seltsamen Auftrag ihrer Kollegen von der Kripo, setzten diesen aber nach bestem Wissen und Gewissen um.

So kam es, dass an diesem Freitagvormittag vier Japaner, drei Koreaner, ein Vietnamese, ein thailändisches Ehepaar und zwei Inder chinesischen Aussehens vor den Drucker der Kripo Lindau verschleppte wurden. Es waren sehr freundliche Menschen, die auf sehr freundliche Polizisten trafen. Sie zeigen sich alle sehr erfreut über den noch riechbar sehr neuen Drucker und lächelten höflich. Keiner sprach oder verstand Chinesisch.

Gommert war nach außen hin still und wirkte in sich gekehrt. Allein, er war zu keinem vernünftigen Gedanken mehr fähig. Die anderen entzogen sich zusehends jeglicher Verantwortung, schließlich waren sie in schweren Ermittlungen gebunden.

Das Auto von diesem Österreicher war durchsucht worden, und man hatte tatsächlich etwas gefunden. Kimmel war ganz aufgeregt mit der Nachricht in Schielins Büro ge-

eilt und erwischte ihn noch, bevor der im Vernehmungszimmer verschwand, wo der Österreicher vernommen
werden sollte.

Funk telefonierte ständig mit irgendwelchen Leuten. Es
ging um eine Firma, Häuser, Grundstücke und Wohnungen, wie Gommert wie von weit entfernt mitbekam, so, als
sei er von allem Geschehen um ihn herum durch eine graue
Nebelwand getrennt. Die Tür zu Kimmels Büro war geschlossen. Ein schlechtes Zeichen zwar, wenn auch im
Moment kein großer Nachteil.

Es war wieder Wenzel, dem Gommert leidtat und der
seine Geheimwaffe hinzuzog. Die Neue von der Polizeiinspektion drüben, diese Jasmin, war ganz eine Fixe, wie er
wusste. Sie musste ran.

In Gommerts Reich, dem Geschäftszimmer der Kripo,
las sie ruhig und konzentriert die Bedienungsanleitung des
Druckers, fand das kleine Knöpfchen namens *Werksein-
stellungen* auf der Rückseite des Gehäuses versteckt,
drückte es mit der Spitze einer Sicherheitsnadel ein, und der
Drucker sprach wieder Deutsch.

Wenzel war stolz, und Jasmin Gangbacher musste sich
um Förderung und Wohlwollen keine Gedanken mehr machen. Ihr durften fortan Fehler unterlaufen, und es würde
heißen: Kann jedem mal passieren. Und wenn ihr Dinge gut
gelangen, würde es heißen: Qualitätsarbeit. Wichtiger aber
war, dass ihr Gommert auf ewig dankbar sein würde. Und
das war viel wert.

*

Josef Pawlicek sah in den Metallspiegel und kontrollierte sein Erscheinungsbild. Dann brachten ihn zwei Uniformierte hinaus auf den Hof. Es war warm, sonnig und zartes Grün leuchtete von überall. Sein Auto stand neben einem Anhänger. Sie hatten es also hierher gebracht. An der Beifahrertür sah er weißen Staub. Er zuckte kurz, denn der Anblick störte ihn, und er hätte den Fleck gerne weggewischt.

Seine ausgeglichene Haltung änderte sich, als er in den Raum gebracht wurde, an dessen Türschild *Vernehmungsraum I* stand. Kahle Wände, ein vergittertes Fenster. In der Mitte des Raums ein alter Tisch, dessen Furnier an den Ecken vollständig abgerissen war. Ein Mikrofon stand auf der schmucklosen Tischplatte. Drei Stühle. Die Blonde und ihr Kollege warteten schon. Es war kühl im Raum und dies lag nicht alleine an den Temperaturen.

»Guten Morgen Herr Pawlicek. Wie haben Sie geschlafen?«, begann Schielin, und blätterte dabei in Unterlagen.

»Gut.«

Keiner der beiden entgegnete etwas. Conrad Schielin holte ein Formular hervor, auf dem alle persönlichen Daten von Josef Pawlicek notiert waren, und las jeden einzelnen Punkt vor. Pawlicek bestätigte die Daten zunächst mit einem Ja, dann nur noch mit einem Nicken. So ging es über den Namen zum Wohnort, den Geburtsdaten, den Daten des Fahrzeugs bis zum Beruf.

Schielin fragte in Richtung Lydia Naber. »Beruf?« Dann wendete er sich überrascht Pawlicek zu und fragte. »Was sind sie von Beruf?«

Das irritierte ihn leicht. Er hatte es noch nicht verinnerlicht, einen Beruf zu haben, den man so frei nennen konnte.

Da half auch das häufige Vergewissern auf der Visitenkarte nichts.

»Steht auf meiner Visitenkarte«, entgegnete er höflich, ohne sich seine Verunsicherung anmerken zu lassen.

»Kaufmann«, las Lydia Naber laut, ohne jeden Unterton.

Conrad Schielin öffnete eine rote Pappakte. Fotos waren auf der oberen Seite zu erkennen. Josef Pawlicek musste gar nicht angestrengt über den Tisch sehen, um zu erkennen, worum es sich handelte. Die charakteristische Erscheinung des Turms, der auf den Bildern zu erkennen war, sagte ihm, worum es ging.

Schielin sagte etwas von Belehrung, dass er sich nicht zu äußern bräuchte, zu dem was geschehen sei, nur zu seinen Personalien, und dass er das Recht hätte, einen Rechtsanwalt hinzuzuziehen. Pawlicek sah diesen wunderschönen Turm vor sich und hörte Schielin gar nicht zu. Er sagte nur. »Nein. Keinen Rechtsanwalt, vorerst.«

Lydia wusste, dass diese Aussage auf Band war, und ließ keine Sekunde verstreichen. »Woher kannten Sie Ottmar Kinker?«

Er wollte fast grinsen. Beherrschte sich aber, und fragte. »Wen, bitte?«

»Ottmar Kinker.«

»Nie gehört.«

Sie hielt eine Fotografie hoch. Es war ein vergrößerter Videoprint der Überwachungsaufnahme.

»Das hier ist Ottmar Kinker. Haben Sie ihn schon einmal gesehen?«

Pawlicek stöhnte gespielt und betrachtete die Fotografie.

Dann schüttelte er den Kopf. »Nein. Ich kann mich zumindest nicht daran erinnern, diesen Mann schon einmal gesehen zu haben.«

»Zumindest«, sage sie und sah ihn fragend an.

Bisher hatte er seine Hände zusammengefaltet im Schoß liegen. Er wusste, dass Polizisten darauf achteten, wie man sich bewegte. Jetzt aber musste er sich ans Kinn fassen. Er konnte irgendwie gar nichts dagegen machen. Die Blonde lächelte.

»Wo waren Sie am letzten Montag zwischen achtzehn und einundzwanzig Uhr.«

Pawlicek sah nachdenklich zur Decke. »Sie sagten zwischen sechs und neun Uhr, oder?«

»Ja. Abends. Wo waren Sie da.«

»Ich war wohl spazieren.«

»Und wo?«

»Am Seeufer, irgendwo. Es ist ja so schön hier bei Ihnen. Ich weiß gar nicht, ob Ihnen bewusst ist, in welchem Paradies Sie hier leben.«

»Bedauerlicherweise ist in diesem Paradies ein Mann erstochen worden, am Montag zwischen achtzehn und einundzwanzig Uhr, Herr Pawlicek, und wir möchten von Ihnen wissen, wo Sie zu diesem Zeitpunkt waren, was Sie gemacht haben, und wer das unter Umständen bezeugen kann. Überlegen Sie also genau. Zeit haben wir genug.«

»So ein Mord ist eine schlimme Sache. Ich habe von diesem schrecklichen Ereignis in der Zeitung gelesen. Furchtbar. Ich verstehe auch, dass Sie Ihre Arbeit tun müssen. Aber aus welchem Grund verdächtigen Sie bitte mich. Das hat mir bisher noch niemand erklären können.«

»Vielleicht wird das im Laufe unseres Gespräches deutlicher. Wir waren beim Montagabend.«

»Soweit ich mich erinnere, habe ich einen ausgedehnten Spaziergang am See unternommen. Danach war ich wieder in meinem Hotelzimmer.«

»Und wo waren Sie spazieren?«

»Ich bitte Sie. Es ist das erste Mal, dass ich hier am Bodensee bin. Ich war im Hotel Bad Schachen, das können Sie überprüfen, und habe von dort aus Ausflüge gemacht. Die jeweiligen Ortsnamen sind mir nicht geläufig, und ich könnte da durchaus etwas durcheinanderbringen. Langenargen, Kressbronn, Wasserburg, Nonnenhorn … alles wunderschön, ruhig. Einfach fantastisch. Aber das Ufer sieht für einen Fremden an allen Orten irgendwie gleich aus. Bezaubernd. Aber ich kann Ihnen leider nichts Genaues sagen. Es tut mir wirklich leid.«

Die letzten Worte hatten etwas zu überheblich geklungen, wie er fand. Aber das ließ sich wieder korrigieren.

»Kennen Sie die Insel Lindau. «

»Sicher.«

»Die unterscheidet sich ja auch einigermaßen von anderen Orten am Bodenseeufer. Wann waren Sie während Ihres Aufenthalts auf der Insel Lindau?«

»Sicher mehr als einmal.«

»Schön. Waren Sie am Montagabend zwischen achtzehn und einundzwanzig Uhr auf der Insel?«

»Ich kann mich nicht erinnern.«

Conrad Schielin schaltete sich jetzt erstmals ein. Er holte eine Plastikfolie hervor, in der ein schmaler weißer Zettel gut sichtbar war.

»Diesen Zettel hier haben wir in Ihrem Jaguar gefunden. Er befand sich in einer Lederbrieftasche in Ihrem Ablagefach. Auf dieser Quittung werden wir Ihre Fingerabdrücke nachweisen.«

Josef Pawlicek versuchte, zu erkennen, was auf diesem Zettelchen geschrieben stand. Es war aber zu matt gedruckt. Außerdem spiegelte die Plastikfolie.

Schielin fuhr fort: »Es ist eine Quittung für den Parkplatz auf der hinteren Insel. Die Parkzeit begann zu laufen am Montag um siebzehn Uhr vier und endete um zwanzig Uhr achtundzwanzig. Langer Spaziergang.«

Josef Pawlicek hob die Hände. Sagen wollte er im Moment überhaupt nichts.

Die Blonde sprach weiter: »Wir haben die vollständigen Maßnahmen der Spurensicherung Ihres Wagens dokumentiert. Sie können sich das bei Gelegenheit gerne einmal ansehen. Die Quittung war nicht einfach in die Brieftasche eingelegt, sondern befand sich zusammen mit anderen Belegen in einem Plastikfach. Also der Wind hat Ihnen das Ding ganz sicher nicht ins Auto geweht.«

»Wo waren Sie denn sonst noch hier am Bodensee, Herr Pawlicek. Waren Sie auch mal woanders unterwegs. Im Hinterland vielleicht? Tettnang, Ravensburg, Markdorf, oder so? Das sind sozusagen uferlose Städte, die sollten leicht zu unterscheiden sein.«

»Ich habe Ausflüge gemacht. Das kann schon sein, dass ich da durch diese Orte gekommen bin.«

Conrad Schielin holte ein Notebook und stellte es auf den Tisch. »Ich möchte, dass Sie sich folgende Aufzeichnung ansehen.«

Josef Pawlicek verfolgte die etwas zuckenden Aufnahmen auf dem Bildschirm. Er erkannte sich wieder.

»Also in Ravensburg waren Sie ja ganz sicher. Allerdings schaut das hier überhaupt nicht nach Urlaub aus, sondern nach einer Observation. Schauen Sie, es ist so – wenn wir dem Richter diese Aufnahmen zeigen, ihm erklären, dass

Sie sieben Minuten nach sechzehn Uhr das Parkhaus in Ravensburg verlassen haben, dass Sie Ottmar Kinker nach Lindau bis auf die Insel gefolgt sind, dort nachweislich auf der Hinteren Insel kurz nach siebzehn Uhr Ihr Auto abgestellt haben, dass Ottmar Kinker zwischen neunzehn und einundzwanzig Uhr am Pulverturm ermordet wurde, Sie den Parkplatz kurz vor halb neun verlassen haben – was glauben Sie, wird der Richter denken. Ganz zu schweigen von der Art und Weise, wie Sie Ottmar Kinker im Elektromarkt angesehen haben. Ihnen steht der Hass ja ins Gesicht geschrieben. Wie wäre es, wenn Sie Ihr Gedächtnis etwas bemühen würden.«

Josef Pawlicek blieb ruhig. Innerlich wie äußerlich. Und er brauchte nicht zu überlegen. »Sie sagten doch vorhin etwas von einem Anwalt. Ich sehe mich derzeit außerstande, Ihre Fragen ohne Hinzuziehung meines Anwaltes zu beantworten. Ich möchte Sie daher bitten, mich in Kontakt mit meinem Anwalt treten zu lassen.«

Lydia Naber stand auf. »Ich kann ihn gerne anrufen …«

»Nein, nein. Bringen Sie mir doch bitte mein Handy hierher. Ich möchte nicht von einem Ihrer Telefone das Gespräch führen. Da habe ich kein Vertrauen.«

Schielin lachte bitter. »So schade, dass es kein Vertrauen mehr in der Welt gibt. Aber okay. Sie bekommen Ihr Handy.«

Sie ließen Josef Pawlicek alleine im Vernehmungsraum zurück. Akten, Aufzeichnungsgerät und Notebook waren unproblematisch mitzunehmen. Pawlicek wartete einige Sekunden, nachdem sich die Tür geschlossen hatte. Er nahm sein Handy vom Tisch und holte den Akku heraus. Die feinen Silikonfäden, die er im Gehäuseinneren angebracht hatte, waren unverletzt. Niemand hatte also manipuliert. Er zog seinen rechten Schuh aus, drückte und schob ein wenig am Absatz und zauberte aus einem kleinen, verborgenen Schlitz eine SIM-Karte hervor, die in Plastik verschweißt war. Er legte sie ein und wartete, bis das Telefonbuch zur Verfügung stand. Er hätte es nicht gebraucht, denn es waren nur zwei Telefonnummern, die angezeigt wurden, und die hätte er auch noch auswendig eingeben können.

Er drückte die Wahlbestätigung und wartete die Ruftöne ab. Er musste es achtmal klingeln lassen, bis abgenommen wurde.

*

»Bachory«, meldete sich eine männliche Stimme, in deren Unterton Beschwernis lag und die die Vokale weit geschwungen sprach. Dem sonoren Klang war jegliche Form von Strenge, Geschwindigkeit und Hektik fremd. Josef Pawlicek fühlte Wärme und Vertrauen.

»Ich bins, der Josi«, sagte er betont ruhig.

Nach einer Pause die nicht notwendig gewesen wäre, um nachzudenken, wer der Anrufer wohl war, antwortete Bachory etwas traurig. »Ach, Josi.«

Nach einer weiteren kurzen Unterbrechung, in welcher nur sein Atmen zu hören war, fuhr er fort: »Schön, dass du dich wieder einmal meldest. Habe jetzt lange nichts mehr von dir gehört. Ich weiß, ich hätte mich ja auch einmal melden können bei dir, aber es war so viel zu bedenken. Und dein Weihnachtsgeschenk … naja, aber was soll's, wir müssen uns wirklich einmal wieder sehen und reden. Wie geht es dir denn?«

»Lass nur. Wie geht es denn dir. Du klingst …«

»Die Hüfte. Weißt du, die Hüfte. Und so schön das Haus hier ist, mit dem großen Garten … die Treppen werden nun etwas beschwerlich. Dabei bin ich gar kein alter Mann, du weißt, aber das mit der Hüfte werde ich wohl machen lassen müssen. Habe mich lange genug dagegen gewehrt.«

»Weißt du schon wo?«

»Ja. Ich habe mich sogar schon vorgestellt bei den Herren Doktoren. Wirklich nette Leute, da in Augsburg. Es ist ja von München gar nicht weit entfernt, und die haben einen guten, sehr guten Ruf. Hessing Klinik heißt das, nur falls du mich mal besuchen kommen möchtest, aber das dauert ja nur ein paar Tage, so ein Eingriff. Die sagten mir, nach einer Woche könnte ich wieder nach Hause. Nach Hause, sagen sie, aber was wissen Fremde schon über das Zuhause von Fremden. Seit Emma gestorben ist, ist mir das Haus so fremd geworden, und wenn ich in den Garten gehe, habe ich keine Freude mehr an den Blumen. Den Buchs wirst du nicht wiedererkennen, alles verwachsen. Alles verwachsen.«

»Wann wirst du denn operiert?«

»Ach, in ein paar Wochen wird es wohl so weit sein. Ich habe halt all die Jahre über die andere Seite gesehen. All die Gutachten von verpfuschten Gallenoperationen, versägten Knochen, unbehandelt gebliebenen Krankheiten. Da leidet das Vertrauen schon drunter, mit der Zeit, und ich muss mir genau ansehen, zu welchem Arzt ich da gehe. Nicht, dass ich den schon mal vor Gericht gezerrt habe, du verstehst.«

Pawlicek saß auf dem unbequemen Holzstuhl im Vernehmungszimmer und hatte alles, was ihn umgab, ausgeblendet. Im Geiste saß er Dr. Heinrich Bachory gegenüber, am großen runden Tisch im Wohnzimmer, sah durch die breite Fensterfront hinaus in den Garten und hörte ihm zu, wie er es immer getan hatte, damals, während der Gerichtsverhandlung in langen, ermüdenden Gesprächen. Auch noch danach, als er im Zuchthaus einsaß, und dieser ihm doch eigentlich fremde Dr. Heinrich Bachory es war, der ihn immer wieder aufsuchte.

Der sagte. »Apropos Zeit. Dein Weihnachtsgeschenk hat mich erreicht, und mich plagt seither das Gewissen, weil ich dir noch nicht dafür gedankt habe. Aber etwas anderes liegt mir am Herzen, dir zu sagen. Es ist nicht so, dass mir diese kunstvolle Uhr nicht gefallen hätte, weißt du. Sie hat dich sicher auch unmoralisch viel Geld gekostet. Ich möchte dir nur sagen, ich trage sie nicht. Ein Mann in meinem Alter, und ich möchte hinzufügen mit meiner Erfahrung, lässt sein Leben nicht mehr von Uhren bestimmen, und Schmuck hat man als Besitzer von grauen Schläfen auch nicht mehr nötig.«

»Macht doch nichts«, entgegnete Pawlicek.

»Was sagst du, *macht doch nichts,* Josi«, klang es versöhnlich und doch kritisierend aus dem Handy, »es macht mir schon etwas. Du hast mir ein sehr teures Geschenk zukommen lassen, und mein Problem damit ist derart, dass ich zwar weiß, was du damit ausdrücken willst, und darüber freue ich mich sehr. Mit dieser … Rolex … diesem in Gold glänzendem mechanischen Wunderwerk habe ich aber schon ein Problem – ich kann damit nichts anfangen. Ich besitze doch schon zwei Armbanduhren, und keine von beiden lege ich mehr an. Weißt du, man braucht keine Uhr, um zu wissen, dass die Zeit vorübergeht, und im schlimmsten Fall an einem vorbeigeht.«

Pawlicek sagte erschrocken. »Was sagst du denn da!? Muss ich mir Sorgen machen?«

»Nein, verstehe mich nicht falsch. Ich weiß ja, wie sehr du solche Dinge schätzt. Wie deine schönen Automobile auch. Ich wusste nur nichts mit der Uhr anzufangen, und das tut mir leid – dir gegenüber. Und jetzt ist es gut, weil ich es dir gesagt habe. Wenn du mir eine Freude machen möchtest, dann komme mich einfach besuchen, bleibe ein paar Tage, trinke Wein mit mir, wir hören Musik ... und können reden. Weißt du, es fehlt mir so, das Reden mit Menschen. Ich gehe nicht mehr unter Menschen, seit ich alleine bin. Das ist schon seltsam, oder. Man würde doch erwarten, dass man gerade dann unter Menschen ginge. Aber es ist anders. Ich fürchte mich.«

Pawlicek schwieg. Nichts täte er lieber. Er war nicht böse oder beleidigt über die Offenheit, mit der ihm Bachory gegenübertrat. Während er versonnen in den Hörer lauschte und seinen Gedanken nachhing, hörte er Heinrich Bachorys kurzes Lachen. Es hatte Kraft und hintergrundigen Witz. So ganz schien er also doch noch nicht in seiner Trauerdepression versunken zu sein. »Mit deinem anderen Geschenk ist es mir übrigens ähnlich ergangen«, sagte Bachory schmunzelnd.

»Welches andere Geschenk?«

»Na, mit dem, das an meiner Tür geklingelt hat im letzten November, mir schöne Grüße von dir bestellte und sagte, sie solle sich um mich kümmern.«

»Jelena. Ach ja, genau, Jelena. Ich erinnere mich. War sie nicht gut zu dir.«

»Oh. Ganz im Gegenteil. Es war sehr schön in den Tagen, als sie hier war. Es war Leben im Haus, und sie ist eine wunderschöne, faszinierende Frau. Ich bitte dich nur. Schicke mir keine von deinen Frauen mehr. Du weißt, wie ich dazu stehe.«

»Ich dachte nur, dass du sicher einsam wärst, und Jelena ist nicht irgendeine …«

Bachory unterbrach. »Ich weiß, ich weiß. Sie ist etwas Besonderes, deine Geschäftsführerin, und so wie ich es einschätze, führt sie das Etablissement zielstrebiger und erfolgreicher als du selbst. Sei mir nicht böse.«

»Was war denn das Problem?«, fragte Pawlicek.

»Ich habe mich geschämt«, sagte Bachory ohne Emotion.

»Du musst dich doch nicht schämen, weil Jelena bei dir war. Sie schämt sich auch nicht …«

»Das meine ich nicht. Dass sie sich schämen könnte, auf diesen Gedanken wäre ich auch nicht gekommen. Wir haben, wie gesagt, angenehme Tage miteinander verbracht. Sie ist sehr frei und natürlich. Aber, ich habe in meinem Bett geschlafen und sie drüben im großen Gartenzimmer. Diese Tage … es hat ihr und mir sehr gut gefallen. Wusstest du eigentlich, dass sie Literatur- und Kunstgeschichte studiert hat, dass sie sogar promoviert hat.«

»Ich weiß, dass sie etwas gelernt hat, von dem man nicht leben kann, und dass es ihr jetzt, mit dem was sie tut, gut geht.«

»Das meine ich doch nicht. Sie ist eine sehr starke Frau und hat mit dem, was in ihrem jetzigen Beruf verlangt wird, offensichtliche keine großen Probleme. Was mich aber beschämt hat, war die Tatsache, dass es nur ein paar hundert Kilometer von uns entfernt tüchtige, intelligente Menschen gibt, denen ihre Fähigkeiten, ihr Wissen, ihre Motivation und ihre Intelligenz nicht ausreichen, um das blanke Überleben zu sichern. Die darauf angewiesen sind – sei mir nicht böse, aber es ist so – die darauf angewiesen sind, sich mit Haut und Haaren zu verkaufen und auszuliefern.«

»Bei Jelena ist das ist nicht so.«

»Das ist wahr. Aber bei den Tausenden anderen, da ist es so. Und das war beschämend für mich, falls du verstehst was ich meine. Ich habe ihr übrigens zum Abschied die Uhr geschenkt ... Du weißt.«

Pawlicek war das einerlei. »Ihr seid aber gut miteinander ausgekommen?«

»Ja, wie ich dir sage. Sehr gut. Wir hatten lange Gespräche.«

»Worüber?«

Bachory überlegte kurz. »Über Dostojewski zum Beispiel.«

»Was macht der?«

»Das war ein Russe, der Bücher geschrieben hat. Eines trägt den Titel *Schuld und Sühne*. Ich habe mich lange mit Jelena darüber unterhalten.«

»Jesusmaria! Als ich sie dir schickte, wollte ich, dass du dich entspannst – mit ihr.«

»Hab ich doch! Aber was reden wir die ganze Zeit über dieses Zeug. Jetzt erzähle mir von dir. Wo bist du, was machst du, wie geht es dir?«

»Im Moment geht es nicht ganz so gut.«, sagte Josef Pawlicek nach kurzem Zögern.

»Hast du Schwierigkeiten? Ich habe dir immer gesagt, lass es sein, dich mit Leuten wie diesem Mosenbicher, oder wie der heißt, abzugeben. Das ist nicht gut. Das sind schlechte Menschen.«

»Mosbichl und Schachnik sind im Moment weniger das Problem«, sagte Pawlicek.

»Josi, du hast dich überhaupt nicht geändert. Immer muss man nachbohren und nachfragen, bis man in etwa weiß, was los ist. Also, was ist nun das Problem.«

»Ich sitze im Polizeigefängnis.«

»Aha. Interessant. Und wo?«, fragte Bachory ruhig.

»In Lindau.«

»Oh, in Lindau. Das ist schön!«, rief er begeistert.

»Das ist nicht schön«, entgegnete Pawlicek nüchtern.

»Und weswegen sitzt du da, wenn ich fragen darf?«

»Sie werfen mir einen Mord vor.«

»Heiliger! Nicht schon wieder!«

»Es ist aber so.«

»Und? Hast du was mit der Sache zu tun?«, fragte Bachory.

»Ja.«, antwortete Josi kurz und trocken.

Als das Telefonat mit Rechtsanwalt Dr. Heinrich Bachory beendet war, wählte Pawlicek die zweite gespeicherte Nummer. Jelena war sofort dran. Wie es klang, war sie gerade mit dem Auto unterwegs. Sie unterbrach ihn nicht, sie stellte keine Fragen. Er hatte aber den Eindruck, dass sie beruhigt klang, als er ihr erzählte, dass Bachory jemanden schicken würde. Er selbst sah sich nicht in der Lage, die Angelegenheit angemessen zu vertreten, wie er sich ausgedrückt hatte. Jelena sagte nur: »Hier gibt es auch Neuigkeiten, aber ich komme trotzdem sofort zu dir.«

»Welche Neuigkeiten?«

»Mosbichl und Schachnik haben uns durchsucht.«

»Wie.«

»Sie haben uns durchsucht. Übrigens weiß ich inzwischen, dass dieser Mosbichl sich an Nadja rangemacht hat. Das ist auch der Grund, weswegen Yulia weggegangen ist.«

Pawlicek war bleich vor Zorn. Nach einer Weile fragte er: »Er weiß nichts von den Bändern und den Unterlagen, oder?«

»Kannst du frei reden?«, wollte sie wissen.

»Ja.«

»Die Sachen haben wir doch doppelt, und außerdem sie sind im Bankschließfach.«

»Nicht mehr lange, denke ich.«

»Was sollte das … mit der Durchsuchung?«

»Die wollen uns loswerden.«

»Wo ist Mosbichl jetzt?«

»Zur Jagd. Er ist in die Jagdhütte gefahren. In unsere Jagdhütte.«

Pawlicek nickte böse. »Na dann Weidmannsheil, Herr Inspektor.«

Nachdem er aufgelegt hatte, wechselte er die SIM-Karte aus, steckte die benutzte wieder in ihr Versteck und klopfte an die Tür. Er fühlte sich trotz des fressenden Zorns nun viel wohler.

✳

Wenzel hatte die Wache vor der Tür übernommen. Schielin und Lydia waren zurück ins Büro gegangen. Lydia nahm den Notizzettel von Schielin entgegen und telefonierte.

Ruth Präg meldete sich. Lydia Naber stellte sich vor und fragte, was der Grund für ihren Anruf bei ihrem Kollegen Schielin gewesen sei, der im Moment leider verhindert wäre. Sie schnitt eine Grimasse Richtung Telefonhörer, und Schielin sah verwundert über den Schreibtisch. Er versuchte gerade, Walther Lurzer zu erreichen. Es tutete im Hörer. Lydia legte auf. Durch eine Kopfbewegung bedeutete er ihr, ihm zu sagen was da los war.

»Madam will nur mit Kommissar Schielin reden«, äffte sie respektlos über den Schreibtisch.

Schielin zuckte mit den Schultern und hörte dem Klingelzeichen zu.

»Wie sieht sie denn aus, diese Frau Präg, klingt noch jung, die Stimme?«, wollte Lydia wissen.

»Absolute Superfrau«, entgegnete Schielin übertrieben, und wollte gerade auflegen, als Walther Lurzer doch noch den Hörer abnahm.

Schielin kam erst gar nicht dazu, von Pawlicek zu erzählen. Lurzer kam ihm zuvor. »Gut, dass du anrufst. Ich komme gerade von Lustenau zurück. Sie ist weg.«

»Wer ist weg?«

»Yulia Kavan ist weg, mitsamt ihrer Tochter.«

»Mist.«

»Allerdings. Und noch was. Du solltest sobald es dir möglich ist, zu mir herüberkommen, dann geht es schneller.«

»Was geht dann schneller?«

»Ich habe die Akte Pawlicek kommen lassen. Ist hochinteressant, wirklich hochinteressant. Du musst sie hier bei mir durchgehen. Anders kriegst du sie nicht zu sehen. Und sie ist wichtig für deine Ermittlungen, das kannst du mir glauben.«

»Mhm. Mache ich gerne. Übrigens – der Pawlicek sitzt seit gestern Abend hier in der Zelle.«

Walther Lurzer pfiff. »Sauber. War er doch noch bei euch unterwegs, das Bürscherl.«

» Ist recht brav bis jetzt.«

»Wir haben noch ein Problem«, sagte Lurzer ernst.

»Welches?«

»Diese Anfrage aus Linz ... da ist was faul. Es gibt dort überhaupt kein Ermittlungsverfahren.«

Jetzt pfiff Schielin. »Weshalb haben die dann nach Yulia Kavan gefragt?«

»Ich sage doch. Wir haben vermutlich ein Problem. Könnte unschön werden.«

»Naja. Es ist ja eher dein Problem. Ich will schauen, so schnell wie möglich zu dir rüberzukommen. Aber es kann etwas dauern, du weißt. Wir haben diese Yulia Kavan übrigens schon im Fahndungssystem. Wenn sie irgendwo in Deutschland in eine Kontrolle gerät, haben wir sie.«

»Na dann, viel Glück.«

Schielin legte auf und sah zu seiner Kollegin, die entspannt im Sessel lehnte und verzückt lächelnd telefonierte. Als sie das Gespräch beendete, sagte er: »Das war niemals dein über alles geliebter Gatte.«

Sie verdrehte die Augen.

»Was macht eigentlich die Kunst? Geht im Moment was?«, fragte er.

»Ein Brunnen.«

»Ein Brunnen«, wiederholte Schielin, »und wo?«

»Darf ich nicht mal dir sagen. Aber es ist für eine reiche Stadt im Oberschwäbischen.«

»Super eingegrenzt. Das trifft ja dann auf jede zu. Sonst alles in Ordnung zu Hause? … wann fängt dein Kleiner endlich das Pubertieren an?«

Sie winkte ab. »Willst du nun wissen, wer das war?«

Schielin nickte.

»Das war Dr. Deeke.«

»Oh, der schaut sehr gut aus. Typ Porschefahrer.«

Sie schmachtete zur Decke. »Und ich muss mein Leben nutzlos wegschmeißen.«

»Der kann aus Frauen übrigens so richtig was machen«, frotzelte Schielin und strich über seine Brust.

Ihr Blick veranlasste ihn, das Thema zu wechseln. »Was wollten Herr Doktor denn?«

»Sich erkundigen, ob wir schon weitergekommen sind.«

»Sich erkundigen ... komisch.«

Sie zuckte mit den Schultern. Schielin stöhnte, während er die Nummer von Ruth Präg wählte. »Wird ein bisschen viel. Hoffentlich springt auch was dabei raus.«

Er sah zur Tür. »Wie lange telefoniert der eigentlich mit seinem Anwalt?«

Ruth Präg klang aufgeregt. Er hatte sie cooler in Erinnerung. Das konnte aber auch an den roten Haaren liegen.

»Was ist Ihnen denn noch eingefallen, Frau Präg?«

»Am Montag, also ...«

»An dem Tag, als Ottmar Kinker ermordet worden ist«, ergänzte Schielin.

»Ja.«

»Was war da?«

»Ich war schon gegangen, am Nachmittag. Wissen Sie, montags sind wir immer nur ganz dünn besetzt. Die meisten nur bis Mittag. Und im Moment sind auch einige krank.«

»Die Grippe.«

»Genau. Auf jeden Fall waren nur Herr Kinker, Dr. Böhle und ich mittags noch im Büro. Ich bin um dreizehn Uhr gegangen, hatte aber wichtige Briefe vergessen, die noch zur Post mussten. Ich bin noch mal zurück ins Büro.« Sie stockte.

»Und was war da?«

»Dr. Böhle war hinten im Büro bei Herrn Kinker ... und hat fürchterlich herumgeschrien.«

»Es gab Streit zwischen den beiden?«

Sie lachte sarkastisch. »Nein. Streit war das nicht. Von Herrn Kinker hatte ich überhaupt nichts gehört. Nur von

Böhle. Er hat geschrien ... ich kann Ihnen gar nicht sagen, wie ich erschrocken war. Ich habe mich ganz leise zum Schreibtisch geschlichen, die Briefe genommen und geschaut, dass ich rauskomme und ihm nicht in die Finger laufe.«

»Dem Dr. Böhle.«

»Ja, dem.«

»Sie mögen ihn nicht besonders.«

»Ich kann ihn nicht ausstehen. Das ist aber nicht der Grund, dass ich bei Ihnen anrufe.«

»Ich verstehe schon. Um was ging es denn bei dem Streit? Haben Sie etwas verstehen können?«

»Eigentlich nicht. Ich konnte mir jedenfalls keinen Reim darauf machen. Böhle schrie herum, dass er, also Kinker, gar nicht wisse, mit wem er sich da anlege und dass irgendetwas das Haus niemals verlassen werde. Mehr habe ich nicht mitbekommen. Wirklich.«

»Mhm. Danke. Vielen Dank, Frau Präg. Ich werde Ihren Chef sicher auf diese Sache ansprechen. Das ist Ihnen doch klar.«

»Ja. Das macht nichts, ich habe schon einen anderen Job in Aussicht.«

»So schlimm?«

Er sah ihr stummes Nicken vor sich.

Lydia rief im Gang nach ihm. Wenzel lehnte an der Wand und hatte Pawliceks Handy in der Hand. Funk wartete bereits darauf. Vielleicht war es ja nicht mit PIN gesichert und es gab ein paar interessante Telefonnummern, Namen und Adressen.

Schielin wollte gerade ins Vernehmungszimmer, als die Tür von Kimmels Büro aufging. Kimmel winkte ihn heran und drückte ihm den Telefonhörer in die Hand. Der Kollege aus Ravensburg war am anderen Ende.

»Was gibt es?«, fragte Schielin.

»Ich wollte dich nur darüber informieren, dass ich einen kurzen, formlosen Bericht abgeben musste, deine Ermittlungen betreffend.«

»Was meinst du damit. Ich verstehe das nicht so recht.«

»Meine Vorgesetzten wollten wissen, ob ich von deiner Anwesenheit in Ravensburg informiert war.«

»Warst du doch.«

»Sicher. Aber ich hatte den Eindruck, das haben die nicht hören wollen.«

»Dass ich in Ravensburg war?«

»Mehr noch, dass du dich an die Spielregeln gehalten hast.«

»Deine Vorgesetzten?«

»Höher.«

»Wie hoch?«

»Sehr hoch. Meine Vorgesetzten wurden von deren Vorgesetzten, von deren Vorgesetzten … aufgefordert darzulegen, was denn da ermittelt wird. Ich bin außerdem gehalten, sofort Bericht zu erstatten, wenn du wieder bei uns auftauchst.«

»Und man hat dir gesagt, du sollst es gefälligst unterlassen, mich zu informieren.«

»Selbstverständlich. Aber ich habe heute frei genommen. Mache mit den Kindern eine Radeltour an den See runter und fahre dann mit dem Bähnle zurück. Wollte nur, dass du Bescheid weißt.«

Schielin ging mit gemischten Gefühlen in den Vernehmungsraum zurück. Was hatte das alles auf einmal zu bedeuten.
Jetzt, ein paar Tage nach dem Mord, schienen einige Leute
die Nerven zu verlieren. Und ausgerechnet derjenige, den
sie als Tatverdächtigen festgenommen hatten, saß freundlich
lächelnd und locker vor ihnen, bedankte sich für das Telefonat, sagte, dass er bis zum Eintreffen seiner anwaltlichen
Vertretung keine Wort sagen würde, und bat darum, wieder
in seine Zelle gebracht zu werden. Ein höflicher Mensch.

*

Schielin musste überlegen. Zuvor aber hatte er noch eine
unangenehme Aufgabe zu erledigen. Er tauschte noch einige
Sätze mit Lydia und Kimmel – Funk war gerade nicht im
Büro – dann verließ er die Dienststelle. Sein erstes Ziel waren Meta und Helmtraud Kinker. Er wurde ohne Fragen in
die Wohnung eingelassen, die er ohne Scheu betrat, denn
weder die Räume noch die beiden Menschen, die ihn er-
warteten, vermochten in ihm ein Gefühl von Trauer und
Mitleid hervorzurufen. So kam er nur, um eine Nachricht
zu überbringen – und er tat es kühl.
   Meta Kinker saß auf einem der unbequemen, alten Stühle
und sah aus dem Fenster. Ihre Tochter blieb am Tisch stehen. Schielin ging ein paar Schritte um den Tisch herum,
weil er den beiden ins Gesicht sehen wollte. Er wollte sehen,
ob das, was er zu sagen hatte, eine Regung erzeugte, eine
menschliche Regung. Ohne Umschweife berichtete er, dass
Ottmar Kinker kurz vor seinem Tod geheiratet und ein
Mädchen adoptiert hatte. Er wartete einen Augenblick, denn
die beiden Frauen schienen nicht zu verstehen, was er gerade gesagt hatte. Es war ihm gleich.

Er erwähnte das Testament und musste seine Gedanken gar nicht ausbreiten. Allein dessen Erwähnung im Zusammenhang mit dem Wissen um die heimliche Heirat und Adoption führte bei Helmtraud Kinker zu einem erschrockenen Glucksen und aufgeregten Bewegungen ihrer Hände. Ziellos fuhren die langen, knochigen Finger über Schulter und Unterarme, so als fröre sie und versuchte, den kalten Schauder mit den Händen abzustreifen. Voller Furcht sah sie abwechselnd zu ihrer Mutter und Schielin.

Meta Kinker saß wie immer stumm am Tisch. Ihre Haltung, ihr Körper, ihr Gesicht – alles schien wie eingefroren. Keine äußere Regung gab einem anderen menschlichen Wesen kund, was im Inneren dieser Frau vor sich ging. Schielin blickte einen Augenblick länger, als es höflich war, in ihr Gesicht. Was hinter dieser abweisenden Maske steckte, konnte er nicht ergründen. Sicher war nur, dass man sich von dieser Frau fernhalten musste, wollte man freien Herzens leben.

Er störte deren beider Alleinsein nicht länger. Im offenen Türrahmen drehte er sich noch einmal um, und fragte: »Wo waren Sie eigentlich am Montagabend?«

Es war Helmtraud Kinker, die sich ihm nun erschrocken zuwendete und verunsichert und schulterzuckend sagte, »Hier … zu Hause. Wo sonst?«

Schielin sah sie ernst an. Sie hatte sich also angesprochen gefühlt, obwohl er bewusst keinen Namen genannt hatte. Interessant, wie er fand. Ihre Antwort war demnach eine Lüge.

Alleinsein

Er fuhr nach Hause und hatte den dringenden Wunsch, zu duschen, was eher psychologische Gründe hatte. Danach schnappte er Seil und Halfter. An der Weide lehnte Albin Derdes am Holzzaun und sah zu Ronsard, der sich ein Stück vom Birnbaum entfernt auf einem kahlen Erdflecken wälzte.

Schielin stellte sich wortlos daneben und verfolgte ebenfalls die intensiven Körperpflege Ronsards.

»Es ist nicht gut für ihn!«, sagte Albin Derdes.

Schielin stutzte. »Was meinst du?«

»So alleinig …«

Schon wieder das alte Gejammer, dachte Schielin und schwieg.

»Esel brauchen Gesellschaft. Wenigstens ein Weible solltest ihm gönnen.«

»Albin, er fühlt sich wohl. Schau ihn doch an. Ihm geht's gut hier. Und mit den Friesen verträgt er sich auch.«

Derdes muffelte. »Im Buch steht's jedenfalls.«

»In welchem Buch?«

»Im Eselbuch.«

»Welches Eselbuch?«

»Ich hab mir halt ein Eselbuch gekauft. Pflege und Haltung von Eseln.«

»Du!?«

Derdes zuckte mit den Schultern.

Schielin war fassungslos. »Wieso du? Das ist mein Esel. Und seit wann kaufst du denn Bücher.«

Derdes drehte sich ihm zu. »Ja no, was glaubst du, dass

ich zu gelzig bin, Bücher zum kaufen Wenn mich was interessiert, dann ist mir des Geld wurscht.«

Schielin winkte ab. »So hab ich's doch gar nicht gemeint. Was ist denn heute los mit dir?«

Derdes massierte das Kinn und sah voller Missvergnügen zu den Friesen.

Schielin fragte hintersinnig. »Wie ging's denn beim Schafkopfen gestern Abend. Viel gewonnen?«

Schweigen.

Aha. Daher wehte also das Lüftlein schlechter Laune, die Ronsard bessern, und Schielin ausbaden sollte. Schielin gesellte sich zu dem Schweigen und wartete.

»Drei Laufende, zwei kleine Unter, den König und die Herz-Ass, dazu die grüne Sau. Sitze an zweiter Stelle. Der Hansl spielt die Eichel-Ass, ich nehme den Schell-Unter, dann kommt der Martl, gibt Kontra, haut den roten Unter drüber und hinten fliegt die Zehn. Da war's schon rum. Und so, in dem Stil ging das den ganzen Abend lang.«

Schielin vollzog nach, was sein Nachbar erzählt hatte. »Solche Abende gibt's, da kann man nichts machen.« Er sah, wie Ronsard fröhlich, das Fell voller Erde, dastand und zu ihnen herübersah. »Aber mal eine andere Frage, was weißt du über Geiz?«

Derdes stutzte und sah Schielin konsterniert an; merkte aber sofort, dass die Frage ernst gemeint war und begann langsam, immer wieder überlegend, zu erzählen. »Mhm. Eines der Hauptlaster, das die Menschen quält, der Geiz. Todsünde ist das, der Geiz. Es heißt ja *Geizes Schlund ist unergrund*, oder ... mhm ... fällt mir gerade nicht ein. Es ist halt ein Jammer, wenn einer so ein Entenklemmer ist, gell. Weißt du ... der Kartenabend gestern, ich hab recht verloren und des hot mich richtig narrisch gmacht, ich kann's dir gar net sagen, wie. Ich bin heut noch narrisch, wenn ich bloß dran denk. Aber es geht mir ja net ums Geld. Es ist einfach wegen dem Verlieren, und so unnötig ...«

»Drei Laufende«, warf Schielin verständnisvoll ein.

»Ja, genau. Aber ich geh morgen Abend wieder. Ins Köchlin halt. Und weißt du, wer geizig ist, der geht net zum Kartenspielen, der trinkt do net ... zwei, drei Bierle ...«

Schielin sah ihn an. »Nur drei den ganzen Abend.«

»Bis drei wird gezählt.«

»Ah, sooo.«

»Aber du weißt doch, was ich meine, oder?«

»Ich weiß ganz genau was du meinst, Albin.«

»Na also. Geiz, der macht einem das Leben ohne Freude. Immer nur schaffe und raffe, sich nix vergonne. Des bringt einem doch keine Freude in den Leib. Und wenn man selbst keine Freude am Leben hat, dann kann man andern schon gar keine Freude machen. So ist es doch, oder etwas nicht?«

»Genau so ist es.«

Albin Derdes schlug mit der Hand auf die oberste Zaunlatte und sagte energisch, »Jetzt hab ich es wieder.«

Schielin sah ihn an, und Albin Derdes rezitierte mit ernster Stimme. »*Geiz, das ist ein Strang der Seel, und alles Bösen Königin.*«

Das hatte Schielin schon einmal gehört

*

Schielin wanderte los. Er hatte nicht viel Zeit, und Ronsard schien Verständnis für seine Situation aufzubringen. Ohne Mucken trottete er nebenher. Es war nur eine kurze Runde geplant, und ihr einziger Zweck bestand darin, einen klaren

Kopf zu bekommen, um die Fülle der Informationen, die auf ihn eingedrungen waren, ordnen zu können. Am besten gelang es ihm, nachzudenken, wenn er sich in Bewegung befand. Da er dabei öfter mit sich selbst sprach, verbat sich die Begleitung anderer, die dieses Verhalten mindestens als störend empfunden hätten. Außerdem hätte Schielins Höflichkeit vor den Empfindungen seiner Begleiter eine gründliche Auseinandersetzung mit dem zu Überdenkenden verhindert. Ronsard war der geeignete Partner für diese nachdenklichen Exkursionen. Er nahm Schielins Gerede, Schnaufen und Murren mit dem Gleichmut eines Esels hin.

Es dauerte bis weit hinter Streitelsfingen, bis Schielin klare Gedanken fassen konnte. Bevor er in den vertrauten Weg nach rechts über die Wiese hin abbog, drehte er sich noch einmal um und sah nach Süden. Die Stadt lag hinter dem Steig versteckt am Ufer. Sein Blick hingegen reichte über die verborgenen, in seiner Vorstellung präsenten Dächer hinweg, zum See und weiter zu den schon leuchtend grünen Hängen des Appenzeller Landes. Über allem thronte die monumentale Dominanz des Säntis. Es war ein Blick, der das Herz frei machte, und wenn man die Disziplin besaß, romantischen Gefühlen Widerstand zu leisten, so machte er auch den Geist sprungbereit.

Romantische Gefühle kamen bei Schielin nicht auf, denn der Blick auf den Säntis erinnerte ihn in diesem Augenblick an den *Säntismord*. Der lag zwar schon fast ein Jahrhundert zurück, die mysteriösen Umstände hingegen, unter denen der Wetterwart Haas und seine Frau Magdalena ums Leben gebracht worden waren, beschäftigten bis heute die Leute um den See und gebaren Geschichten, Legenden und My-then. Er war hingegen gerade damit beschäftigt, den Pulverturmmord eben nicht ins Reich der Erzählungen gelangen zu lassen.

Er nahm noch einen tiefen Blick über die Landschaft, die ihm vertraut und lieb war. Dann machte er sich auf den Weg, hinunter in den Tobel. Die Hufe Ronsards schlugen harte, knirschende Klänge aus den groben Kieseln des Weges, der steil hinunter zum Bach führte. So sanft dessen Rauschen auch war, versanken in seinem Schlund alle fernen Geräusche zivilisierten Lebens und machten den Kiesweg zum Eintrittstor in eine auf andere Weise stille Welt.

Conrad Schielin war uneins mit sich selbst. Eigentlich stand der Fall kurz vor der Aufklärung. Sie hatten den Hauptverdächtigen in der Zelle sitzen. Es gab einen ausreichenden Verdacht und sogar einige gerichtsfeste Indizien, die gegen den Kerl sprachen. Dann noch diese kriminelle Vergangenheit. Eigentlich passte alles. Aber Schielin war sich nicht sicher. Und schlimmer noch – er konnte sich selbst die Frage nicht beantworten, woher sein Wanken herrührte.

Eigentlich hätten sie sich voll und ganz auf diesen Pawlicek konzentrieren müssen. Aber der war so, wie er ihnen begegnete, entweder verrückt, unschuldig oder auf eine grausige Weise abgebrüht.

Schielin dachte wieder an diese Wegzweigung im Wald, an der er fehlgegangen war, und er hatte das Gefühl, was den Fall anging, auch fehlzugehen. Damals war er zurück zum Abzweig gelaufen und hatte den richtigen Weg genommen. Wo aber war der Abzweig in seinem Fall, und wie weit musste er zurückgehen?

✳

Funk ging gemessenen Schrittes zu Schielins Büro.

»Wo ist denn dein Kompagnon?«, fragte er, als er Lydia alleine vor dem Bildschirm sitzen sah.

»Esel«, lautete die Antwort.

»Aha. Dann wird der Fall ja bald gelöst sein«, entgegnete Funk, ohne dass es sarkastisch klang oder so gemeint war.

»Hast denn du kurz Zeit für mich, Lydia? Es geht um diese Immobilienklitsche in Ravensburg.«

Lydia Naber hörte auf zu schreiben und deutete auf Schielins verwaisten Platz.

Funk setzte sich, legte seine Hände fingergleich aufeinander, formte Kreise, Pyramiden und andere geometrische Figuren, ohne dass die Fingerspitzen voneinander ließen. Das war so seine Art, bevor er wichtige Dinge zu berichten hatte. Es bot sowohl Gelegenheit, sich zu sammeln, als auch die Aufmerksamkeit der Zuhörer zu gewinnen.

»Also diese Aureum ist ein ganz eigentümlicher Schuppen. Ich habe mal ein bisschen recherchiert und bin auf, wie ich finde, interessante Zusammenhänge gestoßen. In den letzten acht Jahren hat unsere hochgeschätzte Deutsche Bahn Aktiengesellschaft insgesamt mehr als tausend Bahnhöfe an einen privaten Investor verkauft. Ganz schön hohe Zahl, findest du nicht auch?«

Lydia Naber nickte.

»Ein großer Teil dieser Bahnhöfe – oder nennen wir es etwas neutraler, dieser Immobilien – fand sich kurz nach dem Verkauf in einem dänischen Spekulationsfonds wieder, der den hübschen Namen *Real Rail Estate* trägt. Ein solcher Deal geht nicht so einfach über die Bühne. Dazu braucht man weder Geld noch Intelligenz, sondern vor allem eines: Beziehungen. Und wenn es um Staatsunternehmen geht, die Eigentum an private Investoren verhökern, dann braucht man vor allem politische Beziehungen, um zum Zug zu kommen.«

Funk lachte. »Hübsche Umschreibung in diesem Zusammenhang, nicht wahr – zum Zug kommen. Aber gleich wie. Ich bin auf einen ehemaligen Landtagsabgeordneten gestoßen, dessen gesamtes Schaffen, Wirken und Mühen der Fortentwicklung des öffentlich-rechtlichen Verkehrs gilt. Er hat lange in entsprechenden Ausschüssen gesessen, hat dann auf eine erneute Kandidatur für ein politisches Amt verzichtet und stattdessen einen Job in der freien Wirtschaft gesucht. Die freie Wirtschaft war ganz konkret ein Managerposten bei unserer Deutschen Bundes… äh, Entschuldigung … nur noch Bahn. Für die Dauer von drei Jahren hat er eine leitende Funktion im Bereich *Immobilien* übernommen. In diesem Zeitraum wurde ein großer Teil der relevanten Bahnhöfe verkauft, und es erfolgten die Vertragsabschlüsse für weitere Übertragungen. Dann wechselte der gute Mann als Geschäftsführer zu …?« Lydia Naber zuckte mit der Schulter. »… natürlich zur dänischen *Real Rail Estate*. Der hatte er ja zuvor als Bahnmanager die Bahnhöfe verkauft. Und diese dänische *Real Rail Estate*, die wird eigentlich aus Deutschland geführt – und zwar von einer kleinen, feinen Firma namens …? Na!?.«

»Aureum-Immobilien?«, sagte Lydia unsicher.

»Ja, aber sicher doch. Wie das Leben manchmal so …«

»Und was ist daran komisch?«

»Der Geschäftsführer von Aureum-Immobilien ist ein gewisser Herr Dr. Böhle. Genauer gesagt, Dr. Thomas Böhle. Der Geschäftsführer von *Real Rail Estate* ist ein gewisser Dr. Waldemar Böhle. Sein Onkel, der sich um die Vermögensmehrung unseres Landes schon immer verdient gemacht hat; als Abgeordneter, Bahnmanager und Geschäftsführer einer dänischen Firma.«

»Wo ist die Schnittstelle zu Kinker, und zwar die für uns interessante.«

»Ottmar Kinker war damit beschäftigt, die Deals zu prüfen. Im Grunde geht seine Tätigkeit bei Aureum auf energisches Nachfragen von politischer Seite her zurück. Da haben einige Abgeordnete Druck beim Bundesvermögensamt gemacht.«

»Und dann wird so ein kleiner, armer Kinker auf den Weg geschickt, um die Geschäfte solcher Dimension zu prüfen?«

»Das nicht ganz. Aber wenn Ottmar Kinker in seinem Bericht Dinge aufgelistet hätte, die nicht nachvollziehbar sind – ganz konkret fehlerhafte Einstufungen von Immobilien – dann hätten sich ganz andere Leute mit der Aureum und der Familie Böhler befasst.«

»Es ist also möglich, dass die *Rail Real Estate* Bahnhöfe und Bahngrundstücke weit unter dem Preis erhalten hat, als sie wert waren?«

»Einmal das. Und dann gibt es ja auch noch Gemeinden, Kommunen, Landkreise, die ein Interesse an den Bahnhöfen haben. Die sind gar nicht gefragt worden. Dr. Waldemar Böhle hat das Zeug an eine Firma verschachert, deren Geschäftsführer er später wurde und die von einer Firma kontrolliert wird, die sein Neffe führt.«

Lydia Naber schüttelte den Kopf. »Das alleine würde ja schon reichen. Hat Kinker denn was gefunden?«

»Ja.«

»Was?«

»In den Unterlagen, die Conrad mir gegeben hat, war ein Schnellhefter dabei. Furchtbar langweilige Beschreibungen von Grundstücken, Lagepläne und Bauwerksbeschreibungen. Wenn man den Ordner so durchblättert, nichts Interessantes an sich. Die Blätter sind in Klarsichtfolie eingeheftet.«

»Und?«

»Die Rückseiten. Es sind die Rückseiten. Die haben mit den Baubeschreibungen nichts zu tun. Das ist Kinkers Entwurf für den Abschlussbericht, der ja kurz vor dem Ende stand. Und da ist es vor allem die Schlussbemerkung, die es in sich hat. Kinker schreibt dort unverhohlen, dass mindestens fünfundzwanzig Bahnhöfe und Grundstücke weit unter Wert verkauft wurden, obwohl in diesen Fällen höhere Gebote anderer Interessenten vorlagen. Er hat diese Aussagen alle belegt, und das hätte das Ende für Aureum bedeutet. Die hätten das Ding plattgemacht.«

Lydia schnalzte mit der Zunge. »Ein schönes Motiv.«

Funke nickte ernst.

Lydia Naber sah auf ihre Uhr. »Dann holen wir uns den Burschen doch mal. Wenn die schon nicht wollen, dass wir rüberkommen …«

Dr. Thomas Böhle war noch im Büro, als das Telefon läutete. Lydia Naber sagte, dass man noch dringende Fragen hinsichtlich Ottmar Kinkers Tätigkeit habe, die mit der Aureum-Immobilien zusammenhingen. Er solle bitte, wenn möglich noch heute, nach Lindau kommen. Böhle war zu überrascht, als dass er eine geeignete Abwehrstrategie hätte verfolgen können. Er versuchte nach dem Telefonat mehrfach, seinen Onkel, Dr. Waldemar Böhle und dessen Rechtsanwalt zu erreichen. Doch die beiden waren vermutlich zusammen in die Berge gefahren.

✳

Als Schielin wieder zu Hause anlangte, erwartete ihn bereits Marja mit der Nachricht, dass er Lydia anrufen sollte. Auch Walther Lurzer hatte sich gemeldet und um Rückruf gebeten.

Eine Stunde später saß er in seinem Büro. Funk und Lydia hatten ihn über Aureum informiert. Im Warteraum saß bereits Dr. Thomas Böhle. Wenzel kam kurz herein und sagte, dass Kinker morgen beerdigt würde.

Schielin rief Walther Lurzer zu Hause an und entschuldigte sich.

»Ist schon recht. Ich weiß ja, wie das ist. Ich habe mit Marja schon darüber gesprochen. Meine zwei Enkel sind das Wochenende zu Besuch. Ich hatte ihnen mal von deinem Ronsard erzählt und dass er mit den Pferden auf der Weide steht. Wenn es dir recht ist, käme ich mit den beiden morgen bei dir vorbei, Esel anschauen. Dann können wir zwei uns auch kurz unterhalten. Ich habe dann was dabei.«

Schielin freute sich. Einmal auf Walther Lurzers Enkel, die er das erste Mal sehen würde, und auch auf die neuen Informationen.

Kaum hatte er aufgelegt, erschien Kimmel in der Tür. »Zwei wichtige Informationen für euch. Die Memminger haben angerufen. Sie haben DNS-Material isolieren können. Zwei Nasenhärchen und Sekret.«

»Sekret?«, fragte Lydia angewidert.

»Rotz halt.«

»Wie schön.«

»Ich habe mit denen verhandelt, dass sie das Wochenende etwas nach hinten schieben und umgehend einen Vergleich mit der DNS von diesem Österreicher machen. Das ist doch in eurem Sinne.«

Es war keine Frage, und die beiden sahen sich auch nicht in der Pflicht, Kimmel etwas zu entgegnen.

»So langsam kommt Schwung in die Sache«, meinte Schielin.

»Und die zweite Sache?«, fragte Lydia.

»Eure Erbin sitzt in Passau bei den Kollegen.«

Schielin sah ihn erstaunt an. »Welche Erbin?«

»Diese Yulia Kavan mit ihrem Töchterchen. Ihr habt sie doch in der Fahndungsliste eingestellt, oder? Die Kollegen hätten sie gerne vor dem Wochenende weitergebracht. Ich werde Gommert schicken, zusammen mit der fixen Kleinen von drüben, dieser Jasmin. Ist schon alles geregelt.« Kimmel machte eine Pause. »Morgen wird schließlich ihr … Mann … beerdigt.«

*

Wie der Lauf der Zeit es verlangte, schickte die Nacht ihren ersten Boten. Das sanfte Matt der bürgerlichen Dämmerung glitt wie aus dem Nichts auf den See und die Stadt herab, Venus und Jupiter tauchten über dem Wasserspiegel auf, und niemand war zu sehen, der jetzt noch unter freiem Himmel gesessen und Zeitung gelesen hätte – was die bürgerliche Dämmerung doch definierte.

An einem Parkplatz vor dem Pfändertunnel bei Bregenz hielt ein BMW Cabrio. Eine Frau, die trotz der nahenden Dunkelheit keine Anstalten machte, ihre Sonnenbrille abzunehmen, schloss das Dach des Cabrios, fuhr wieder an und verschwand für einige Minuten in der dunklen Röhre. Als sie auf deutscher Seite die Autobahn verließ, trug sie immer noch die Sonnenbrille.

Immer deutlicher traten nun die ersten Sternbilder am Himmel hervor. Auf einem der wenigen Boote, die sich auf dem See vor der Insel befanden, hantierte ein junger Mann mit einem Sextanten. Er folgte den leise und ruhig gesprochenen Erklärungen eines älteren Mannes, dessen lange, weiße Haare unter einer Kapitänsmütze hervorleuchteten und der dem Jungen Navigationskenntnisse jenseits von GPS beibrachte. Die beiden nutzten die wolkenlose Klarheit des vergehenden Frühlingstages und suchten die Kimm, denn jetzt, während der nautischen Dämmerung, also dann, wenn die Sonne exakt zwölf Grad unter dem wahren Horizont steht, waren schon genügend hellere Sterne im Sextanten sichtbar und machten eine Positionsbestimmung möglich.

Schielin saß in seinem Büro und blickte aus dem Fenster. Die Nachtschicht war gerade gekommen, die Beschäftigten im Gesundheitsamt hatten schon vor Stunden ihr Wochenende begonnen.

Nachdenklich sah er in das Dunkel draußen, wo sich einige Kilometer entfernt, von Norden her, ein VW-Bus mit Münchner Kennzeichen der Stadt näherte. Fast wäre es in der Autobahnausfahrt zur Kollision mit einem BMW Cabrio gekommen. Die Fahrerin des VW fluchte, denn sie hatte den Eindruck, dass ihr Pendant im BMW trotz der Dunkelheit mit Sonnenbrille durch die Gegend fuhr. Es war unglaublich, was sich so alles auf der Straße bewegte. Ihre aufgebrachte Verwunderung wuchs, als sie feststellte, dass das Cabrio anscheinend den gleichen Weg hatte.

Als das österreichische Fahrzeug in den Innenhof der Kripo Lindau einbog, gefolgt von einem Münchner VW-Bus, begann die astronomische Dämmerung. Die beiden

Frauen, die aus unterschiedlichen Richtungen nach Lindau gekommen waren, saßen kurze Zeit später in verschiedenen Büros der Dienststelle.

Agnes Borsche hatte ihre Unterlagen aus dem VW-Bus geholt, sich bei Schielin gemeldet und die anwaltliche Vertretung von Josef Pawlicek übernommen.

Jelena Kurzowa hatte die Sonnenbrille nach oben geschoben, wo die beiden großen schwarzen Gläser augenlos zur Decke blickten. Es passte zu ihr. Josef Pawlicek wurde von zwei Beamten in das Kripogebäude gebracht. Er war gelassen und ließ keinerlei Anspannung erkennen.

Erich Gommert und Jasmin Gangbacher waren auf dem Weg zum Treffpunkt nach München. Ihnen kam eine Streife der Fahndung Passau entgegen. Auf dem Rücksitz saß in endlosem Schweigen und einem vom Weinen aufgequollenen Gesicht Yulia Kavan mit ihrer Tochter. Die Sonne stand nun achtzehn Grad unter dem wahren Horizont, und inzwischen war es völlig dunkel geworden.

*

Jelena Kurzowa saß aufrecht auf dem Besucherstuhl in Lydia Nabers Büro und verfolgte interessiert, wie die blonde Frau die Angaben im ukrainischen Pass prüfte. Jelena Kurzowa sprach nahezu akzentfrei deutsch und in ihrer Aufmachung – dem braunen Hosenanzug, der beigen Seidenbluse, den kurzen braunen, glänzenden Haaren und der Sonnenbrille – waren alle, die mit ihr in ersten Kontakt gerieten, der Meinung, es handele sich um Pawliceks Anwältin, deren Kommen telefonisch angekündigt worden war. Wie sich herausstellte, war das aber die Frau mit den kurzen schwarzen Haaren, die Jeans und Sweatshirt trug, und kurz nach der beeindruckenden Erscheinung der Ukrainerin die Dienststelle betreten hatte.

»Aus welchem Grund sind Sie hierhergekommen, Frau Kurzowa? Es ist ja ein beachtlicher Weg von Linz bis hierher.«

»Ich möchte mich um Josi ... Herrn Pawlicek kümmern. Dafür sorgen, dass es ihm gut geht.«

Lydia sah sie einen Augenblick ernst und schweigend an. »Sie wissen, was ihm vorgeworfen wird?«

Jelena Kurzowa senkte kurz das Kinn. Es sah ungemein sinnlich aus, wie Lydia fand. Eine Puffmutter hatte sie sich anders vorgestellt. Ihr gegenüber saß eine gebildete, gut aussehende, energische Frau, die jetzt ruhig und voller Überzeugung sagte: »Er war es nicht.«

Lydia Naber zuckte mit der Schulter. »Sie scheinen überzeugt zu sein. Kennen Sie die Vergangenheit von Josef Pawlicek.«

»Gerade weil ich seine Vergangenheit kenne, bin ich überzeugt von dem, was ich eben gesagt habe.«

»Ich hoffe, Sie werden nicht zu sehr enttäuscht sein, wenn wir nachweisen können, dass Herr Pawlicek wieder gemordet hat.«

Lydia Naber wechselte das Thema. »Wie kommt eine Frau wie Sie eigentlich dazu, auf diese Art und Weise Geld zu verdienen?«

Jelena Kurzowa lachte laut auf. »Sie fragen wie ein Mann. Das hätte ich von Ihnen nicht erwartet.«

»Es interessiert mich aber«, entgegnete Lydia Naber unmittelbar und kühl, um zu verdecken, dass sie Jelena Kurzowas Satz getroffen hatte.

»Was interessiert Sie daran, dass ich die Geschäftsführerin eines Hotels bin? Rührt Ihr Interesse daher, weil ich aus der Ukraine komme, eine Tschuschn bin, wie das in Österreich heißt?«

»Nein, überhaupt nicht. Sie haben doch ganz andere Voraussetzungen, ein Studium, Kunst und Literatur, wenn ich recht informiert bin. Es interessiert mich einfach, das … wieso. Wieso dieser Weg?«

»Weil es die einzige Chance war, die ich hatte. Weil Josef Pawlicek der Einzige war, der mir eine Chance gegeben hat. Deswegen bin ich hier. In der Ukraine, in Russland … da gibt es keine Optionen, Alternativen, Chancen.«

»Mhm. Ich verstehe«, sagte Lydia Naber.

»Nichts, gar nichts verstehen Sie«, entgegnete Jelena Kurzowa, »und nicht etwa, weil Sie es nicht verstehen wollten oder Ihr Interesse nur geheuchelt wäre. Nein, Sie haben wirklich Interesse an der Beantwortung Ihrer Frage. Um die Antwort zu verstehen, fehlt Ihnen aber die persönliche Erfahrung. Die Erfahrung, dass es Regionen gibt, in denen es für die blanke Existenz völlig unerheblich ist, über welche Bildung man verfügt.

Sie fragen mich, wie ich dazu komme, auf die Art und Weise Geld zu verdienen, wie ich es tue? Der fundamentale Ansatz Ihrer Frage ist ein moralischer. Wie komme ich dazu, meinen Körper zu verkaufen, um zu existieren?

Wäre ich in der Ukraine geblieben, hätte ich in einer Gemüsefabrik arbeiten können, am Band, mitsamt meiner Promotion über Dostojewski, mitsamt meinem Wissen, meinem unbändigen Interesse an Kunst und Kultur. In der Gemüsefabrik hätte ich sicher Karriere machen können, wenn ich mich vom Direktor hätte vögeln lassen. Und niemand … niemand hätte mir jemals die Frage gestellt, wie ich dazu komme, meine Existenz sicherzustellen, mein Geld zu verdienen, Gemüsefabrikkarriere zu machen. Aber hier, hier im Paradies, in all der Sattheit, der Langeweile, hier kriecht nun das Moralische hervor.«

Sie beugte sich nach vorne. »Wenn Sie in einem Land leben, in dem sich niemand für Sie und Ihre Zukunft interessiert und Sie nur einen klaren Kopf, einen gesunden Körper … einen begehrenswerten Körper …. und eine Menge Wissen haben und Sie eine andere Vorstellung vom Leben haben, wenn der Begriff Zukunft mehr für Sie bedeutet, als der Horizont, der zu sehen ist, wenn Sie mehr vom Leben erwarten, als das Frauenschicksal in einer Gemüsefabrik, dann schwinden die Optionen.

Ich habe also im heimatlichen Gemüsepuff gearbeitet, dem Direktor in die Eier getreten, als er mir zu nahe gekommen ist, und mir mit dem Geld, das ich hatte, das Wertvollste gekauft, was es bei uns zu kaufen gibt. Und das waren weder Öl, noch Kaviar, Klamotten, Gold oder Diamanten. Nein. Es war ein Visum. Ich habe ein Schengen-Visum erhalten in der Botschaft in Kiew. Und dann bin ich an Josef Pawlicek geraten. Und dieser Josef Pawlicek, den Sie festgenommen haben und den Sie für einen Mörder halten, dieser Zuhälter, der hat mir eine Chance gegeben. Und er hat mich besser behandelt als der Direktor unserer Gemüsefabrik. Und aus diesem Grund bin ich heute hier und werde mich darum kümmern, dass es ihm gut geht und dass er eine faire Chance erhält.«

Sie lehnte sich zurück, noch immer die Entschlossenheit im Körper, die ihre Worte so eindrücklich hatten klingen lassen.

Lydia Naber schwieg zunächst. »Sie haben recht. Persönliche Erfahrungen habe ich nicht, doch sollten Sie die Vorstellungskraft und die Ernsthaftigkeit der Wahrnehmung anderer nicht unterschätzen.« Dann fragte sie: »Kennen Sie Frau Yulia Kavan?«

»Natürlich kenne ich Yulia. Auch wegen ihr bin ich hierhergekommen.«

»Sie hat erst vor Kurzem Ottmar Kinker geheiratet.«

Jelena Kurzowa antwortete nicht und zeigte sich ebenso wenig überrascht.

»Sie wussten also von dieser Heirat?«

»Ich war nicht eingeladen.«

Lydia Naber unterbrach das Frage- und Antwortspiel, das ihrer Meinung nach zu nichts führen würde. Stattdessen begann sie von Ottmar Kinker zu erzählen, wie er gelebt hatte, welche Art Mensch er ihren Erkenntnissen zufolge gewesen sein musste und wie er gestorben war. Sie lehnte dabei locker in ihrem Drehstuhl und hatte Notizblock und Stift aus der Hand gelegt.

Als sie geendet hatte, sagte sie: »Pawlicek war zur Tatzeit am Tatort, und er steht in enger Verbindung zu Yulia Kavan, die für ihn gearbeitet hat. Für uns sieht das nach Komplizenschaft aus.«

Jelena Kurzowa veränderte zum ersten Mal in dem Gespräch ihre Körperhaltung. Bisher hatte sie sehr diszipliniert dagesessen. Doch Lydia Naber hatte mit ihrer ruhigen Art aus der Befragung ein Gespräch gemacht. Jelena Kurzowa schlug die Beine übereinander, faltete die Hände über dem Schoß und überlegte. »Ich weiß nicht, aus welchem Grund Yulia diesen Kinker geheiratet hat. Aber offensichtlich war es für sie die Chance, die Josef Pawlicek für mich bedeutete.«

»Bedeutete?«, fragte Lydia Naber interessiert nach.

»Ich verantworte inzwischen alle Entscheidungen, die das Geschäft betreffen. Josef Pawlicek vertraut mir und hat mir alle Vollmachten gegeben.«

»Aus welchem Grund ist Yulia Kavan denn weggegangen? Gab es Schwierigkeiten mit Pawlicek?«

»Keine Ahnung. Da kann ich Ihnen leider auch nicht weiterhelfen. Wo ist sie denn eigentlich. Geht es ihr gut, und vor allem – wie geht es Nadja?«

Lydia Naber lächelte. Sie spürte, dass die elegante, selbstbewusste Ukrainerin ihr einiges vorenthielt. »Ich denke, es geht beiden gut. Sie sind auf dem Weg hierher.«

»Gut«, sagte Jelena Kurzowa und es klang ehrlich erleichtert. Sie stand auf und beendete damit die Unterhaltung.

*

Im Vernehmungszimmer hatten sich die Anwesenden um den Tisch versammelt. Schielin saß an der Längsseite, Pawlicek und seiner Anwältin gegenüber. Schielin hatte den Eindruck, dass Pawlicek ihr vertraute. Wenzel hatte die Symmetrie aufgelöst, indem er mit seinem Stuhl an die Ecke gerückt war und etwas weiter von der Tischkante entfernt saß.

Er begann, nachdem er die üblichen rechtlichen Floskeln heruntergeleiert hatte. Pawlicek bejahte die Frage, ob er sich zur Sache äußern wolle, nachdem er kurzen Blickkontakt mit seiner Anwältin aufgenommen hatte, die aufmerksam schweigend dabeisaß.

»Was hat Sie hierher nach Lindau geführt, Herr Pawlicek?«

»Es ist so schön hier. Ich mag die Berge und das Wasser. Wo hat man beides schon so vollendet beieinander, wenn man nicht um den halben Erdball fliegen will.«

Wenzel stöhnte und sah ihn grimmig an. »Bitte, Herr Pawlicek. Ersparen wir uns doch, um die Sache herumzureden. Sie wissen schließlich, aus welchem Grund Sie hier sitzen. Wir werfen Ihnen die Tötung von Ottmar Kinker vor. Sie, wie auch ihre Anwältin, kennen die Videoaufzeichnung … dass es am Bodensee schön ist, wissen wir also nun.«

Pawlicek nickte freundlich. »Ich wollte eine Bekannte besuchen, die hier in der Gegend lebt.«

»Wer ist diese Bekannte, und haben Sie sich getroffen?«

»Wir haben uns nicht getroffen. Sie haben mich durch ihre Festnahme daran gehindert«, umging Pawlicek die Zielrichtung der Fragestellung. Schielin musste grinsen. Dieser österreichische Zuhälter war wirklich gelassen. Und das in einer solchen Situation.

Wenzel fuhr fort: »Ottmar Kinker wurde am Montagabend ermordet. Sie haben ihn an diesem Tag nachweislich schon in Ravensburg … beschattet. Sie waren auch auf der Insel, wie wir dem Parkausweis entnehmen konnten, und zwar zum relevanten Zeitraum, in welchem die Tat geschehen ist.«

Die Anwältin kam Pawlicek zuvor. »Soweit ich Ihren Unterlagen entnehmen konnte, gibt es bisher keinen Sachbeweis, der gesichert einen Kontakt meines Mandanten mit dem Mordopfer bestätigen würde. Dass mein Mandant sein Auto auf diesem Parkplatz abgestellt hat, besagt noch nicht, dass er auch an diesem äh … Pulverturm war. Die Tatwaffe wurde bisher nicht aufgefunden, und an der Kleidung von Herrn Pawlicek wurde weder Blut noch sonst etwas festgestellt. Und worin bitte soll denn das Motiv bestanden haben?«

Wenzel schüttelte den Kopf. »Die Untersuchungen der Kleidung Ihres Mandanten laufen noch. Eine kleine Faser genügt uns.«

Schielin sagte ruhig. »Vor Gericht wird man die Videoaufnahmen schon sehr genau würdigen und den Gesamtzusammenhang erkennen. Das ist das eine. Und was das Motiv angeht. Da haben wir kaum ein besseres. Ihr Mandant ist Inhaber eines ... Etablissements ... oder sagen wir es deutlicher ... eines Bordells. Wir wissen, dass Yulia Kavan in diesem Bordell beschäftigt war, oder es noch ist. Sie ist die Komplizin Ihres Mandanten, hat sich an den nicht unvermögenden Ottmar Kinker herangemacht, und kaum waren die beiden – etwas überstürzt und, was das Opfer angeht, auch recht überraschend – verheiratet, da liegt auch schon ein Testament auf dem Tisch. Notariell beglaubigt und wasserfest. Sogar an die Adoption der Tochter wurde gedacht, um alle Eventualitäten des deutschen Erbrechts mit einzubeziehen.

Und dieses Testament – welches die Komplizin Ihres Mandanten zur Haupterbin macht – liegt kaum ein paar Stunden beim Amtsgericht, da wird Ottmar Kinker auch schon erstochen. Und Sie fragen mich nach einem Motiv? Und nicht zu vergessen ... Ihr Mandant hat auch noch eine Vergangenheit ...«

»... die hier nicht zur Debatte steht!«, warf die Anwältin schnell ein.

»... die aber durchaus von Bedeutung ist, was die Ausführung der Tat angeht. Mit den Geschichten vom schönen Bodensee kommen Sie jedenfalls nicht weiter, und ich würde Ihnen empfehlen, zu überlegen, ob Sie sich zielführend äußern oder darauf ganz verzichten möchten.«

Wenzel ergänzte. »Im Moment hätte ein Geständnis noch einen gewissen Wert, was das Strafmaß anginge. Sobald wir nur eine kleine Faser, eine Hautschuppe oder ein winziges Tröpfchen Blut finden, das Ihnen zuordenbar ist, dann ist auch ein Geständnis nichts mehr wert. Denken Sie darüber nach. Wenn Sie nur in der Nähe des Pulverturms waren, und auch nur eines der Haare, der Schuppen, der Fasern von Ihnen stammt, wird es eng.«

Schielin nickte ernst zu Wenzels Übertreibungen. Pawlicek blieb eigentümlich unberührt. Nach einigen Sekunden des Schweigens holte er sich mit einem kurzen Blick zu seiner Anwältin das Einverständnis und begann dann zu erzählen: »Yulia Kavan ist nicht meine Komplizin. Sie hat mit dem Ganzen nichts zu tun.«

Schielin legte die Stirn in Falten und hätte gerne gewusst, was mit *dem Ganzen* gemeint war. Er wollte aber nicht unterbrechen.

»Sie hat für mich gearbeitet, das stimmt. Aber nur als Barfrau. Vor etwa vier Monaten war sie auf einmal verschwunden.« Er hob die Hände, um das Folgende als besonders glaubwürdig zu verstärken. »Sie können gerne überall fragen, aber ich behandele meine Frauen gut. Da werden Sie keine Klagen hören. Ich habe mir ganz einfach Sorgen gemacht um Yulia und … ihre Kleine, Nadja. Ich bin hierhergekommen, um sie zurückzuholen. Aber nicht so, wie Sie denken … ich meinte das eher privat … also, sie hat mir persönlich … gefehlt, wenn Sie verstehen, was ich meine.

Ganz zufällig habe ich dann mitbekommen, dass sie mit diesem Kinker da zusammen war. Von der Heirat und dem Testament wusste ich bis eben, als Sie mir das erzählten, überhaupt nichts. Ich habe nur herausbekommen, dass sie mit diesem komischen Kerl zusammen war. Wissen Sie, ich habe das nicht verstanden, … sie und … er, … denn er war so … unscheinbar. Ich habe ihn eben beobachtet. Eher so aus … Neugier, um zu erfahren, was hinter ihm stecken könnte.«

»An diesem Montag haben Sie ihn auch … beobachtet.«

»Ja. In diesem Laden da.«

»Sie sind ihm nach Lindau bis auf die Insel gefolgt.«

»Ja … das heißt nein.«

»Was nun?«

»Erst war ich auf dem Parkplatz gestanden, da drunten, am Wasser. Ich habe gesehen, wie er mit dieser blöden Kaffeemaschine losgelaufen ist, bin ihm dann mit dem Auto nachgefahren, habe ihn aber verloren und konnte so schnell nirgends parken. Auf dem Parkplatz hinten am See habe ich das Auto abgestellt und bin von dort aus in die Stadt gelaufen. Da führt so eine Eisenbrücke, die mit dicken Holzbohlen belegt ist, über die Bahngeleise. Und von dort aus ist man dann schnell mittendrin in dieser Puppenstube. Und da hab ich ihn dann gesehen.«

»Wo gesehen?«

»Er kam mir entgegen. Noch immer mit dieser blöden Kaffeemaschine.«

»Sie sind ihm gefolgt?«

»Ja. Aber nicht sofort. Ich habe etwas Abstand gehalten und bin ihm dann nachgegangen. Er ist direkt vor zu diesen unbequemen Bänken gegangen.«

»Unbequeme Bänke?«, fragte Wenzel.

»Ja, nur so Steinplatten eben, ohne Lehne. Die stehen fast direkt am Ufer.«

Schielin nickte. »Ich weiß, was Sie meinen. Und wo waren Sie?«

»Ich bin hinten stehen geblieben. Da ist so eine Klinik, in der man sich … Sachen vergrößern lassen kann … und so.«

»Sachen? Sie meinen die Bodenseeklinik. Eine sogenannte Schönheitsklinik.«

»Ja, genau. Die machen halt Busen größer und Falten kleiner und saugen Fett ab, so Zeug eben.«

»Sie sind aber gut informiert.«

»Natürlich. Was glauben Sie, wie lange der Kerl da auf der Bank gesessen hat. Ich habe mir alle Prospekte durchgelesen. Der ist ja da rumgesessen, bis es fast schon dunkel war.«

»Und Sie haben die ganze Zeit da gestanden und gewartet«, stellte Wenzel fest.

»Genau.«

Schielin fragte: »Aber warum? Warum haben Sie so lange gewartet. Das muss doch einen Grund gehabt haben. Und – wenn Sie es nicht gewesen sein wollen, dann müssten Sie doch den Täter gesehen haben?«

»Stimmt.«

»Was stimmt?«

»Dass ich den Täter gesehen habe.«

Wenzel sah mit rollenden Augen zu Schielin. Der fragte: »Und wie sah er aus, und was spielte sich genau ab.«

»Das kann ich ihnen leider nicht sagen.«

Schielin schlug auf den Tisch. »Machen Sie hier Späße!? Haben Sie noch immer nicht kapiert, worum es hier geht!?«

Die Anwältin zuckte zusammen und sagte dann eindringlich: »Aber bitte.«

Pawlicek blieb unbeeindruckt. »Ich mache keine Späße. Wirklich nicht. Ich habe gesehen, wie er von den Bänken zum Turm gegangen ist.«

»Und Sie sind ihm nicht gefolgt?«

»Nein, bin ich nicht.«

Schielin spitzte die Lippen und resümierte ironisch. »Alles klar. Sie folgen dem Kerl den ganzen Tag, von Ravensburg bis nach Lindau; belauern ihn eine halbe Ewigkeit, die er auf der Bank sitzt, und als er dann aufsteht und geht, bleiben Sie wo Sie sind, weil er Sie nicht mehr interessiert. Und gerade in diesem Augenblick wird der arme Ottmar Kinker ermordet.«

»Ich war doch der Meinung, dass er wieder zurückkommen würde.«

»Und aus welchem Grund?«

»Weil er diese doofe Kaffeemaschine an der Bank hat stehen lassen.«

Schielin fror für einen kurzen Augenblick ein. Wenzel presste die Lippen aufeinander. Unlogisch war das nicht.

»Was wollen Sie also gesehen haben?«

»Ich habe gesehen, wie er in einen Durchlass gegangen ist. Da war er für einige Zeit verschwunden. Ich habe da nicht so intensiv hingeschaut, weil ich ja davon ausging, dass er wieder zur Bank zurückkommen würde. Und dann war da plötzlich dieser Kerl.«

»Welcher Kerl?«

»Es war schon recht dunkel. Ich habe gesehen, wie da auf einmal eine Gestalt ankam, durch den Torbogen schaute und dann an der Mauer wartete.«

»Wo kam die Gestalt her?«

»Also nicht von meiner Seite her, sondern von der Turmseite. Jedenfalls ist dieser Kerl nach einiger Zeit plötzlich durch das Tor gegangen. Es dauerte gar nicht lange, nur ein paar Sekunden, eine halbe Minute längstens, dann war er wieder da. Er ist schnurstracks zur Bank gelaufen, hat die Kaffeemaschine gepackt und ist weg.«

»Wohin weg?«, fragte Schielin.

»Zurück zum Turm und den Weg da hinten rum in Richtung Parkplatz.«

»Und dann?«

»Ich habe mir doch nichts dabei gedacht, bin eine Weile noch herumgestanden, und als dieser Kinker nicht mehr aufgetaucht ist, bin ich dann doch vor und habe nachgesehen. Und da war er ganz unten gelegen. Auf den Treppenstufen war auch Blut zu sehen.«

»Das haben Sie also im Dunkeln sehen können?«

»Ich habe kurz mit meiner Taschenlampe geleuchtet. So ein modernes LED-Ding. Verdammt hell.«

»Schöne Geschichte. Endlich mal wieder der große Unbekannte im Spiel«, sagte Wenzel, »wenn Sie nur noch glaubhaft erklären könnten, aus welchem Grund Sie das Opfer so intensiv überwacht haben?«

»Das habe ich doch schon gesagt. Weil ich … es war, weil ich ihn … ich konnte nicht verstehen, was Yulia mit ihm wollte, mit diesem … er passte doch nicht zu ihr.«

»Eifersüchtig also, das wäre aber auch ein passables Motiv, Herr Pawlicek«, sagte Schielin.

Pawlicek blieb hart. »Sie werden nichts von mir an diesem Toten finden. Nichts. Als ich erkannt habe, was da los war, bin ich stehen geblieben. Ich bin nur bis zur zweiten Stufe gegangen.«

Schielin winkte ab. »Morgen früh wird Frau Kavan hier sein. Wir werden mal hören, was sie dazu zu sagen hat. Vielleicht war ja sie die mysteriöse Gestalt.«

Abrupt wendete sich Pawlicek Schielin zu und sagte ernst und mit tonloser, fast drohender Stimmer. »Sie war es nicht … und, gleichwie – sie wird niemals deswegen ins Gefängnis gehen, das dürfen sie mir glauben.«

*

Dr. Thomas Böhle hatte zwei von den grünen Tabletten genommen. Er fühlte sich einigermaßen beruhigt, als er die Dienststelle in Lindau betrat. Ein älterer Mann, der weite

Cordhosen, Hemd, Fliege und Weste trug, holte ihn im Warteraum ab. Im Gang sah er eine Edelfrau stehen, die ihre Sonnenbrille nach oben in die braunen Haare geschoben hatte. Sie betrachtete die Bilder an der Wand und würdigte ihn keines Blickes. Der Kriminalbeamte führte ihn in ein Büro, das er so nicht erwartet hätte. Auf dem Dielenboden lag ein teurer Perser – zumindest machte er einen wertigen Eindruck. Dr. Thomas Böhle mochte den Ausdruck *wertig*. Er hatte ihn einmal auf einem Seminar *Erfolgreich führen* gehört.

An den Wänden des Büros hingen Ölbilder, der Schreibtisch war alt und aus Holz. Er selbst nahm in einem Sessel Platz. Weit und breit war keiner dieser seelenlosen Fünfpunkt-Bürostühle zu entdecken. Der Polizist saß ihm gegenüber, in einem sehr bequemen hochlehnigen Sessel. Er stellte sich kurz und sachlich vor, während er sich in das Polster sinken ließ. Er hieß Funk. Das Büro sah eher aus wie ein Salon. Die Aktenschränke, die locker an freien Wandflächen standen, brachten keine Dominanz zuwege. Dieser Raum vermittelte eine wohlige Sachlichkeit, und fast hätte Dr. Thomas Böhle sich entspannt gefühlt und einem sorglosen Wochenende entgegenblicken können, wäre ihm beim Blick auf diesen Funk nicht klar geworden, dass das Büro seine Ausstrahlung nicht durch das Interieur erfuhr, sondern dass es ein Spiegel der Persönlichkeit war, der er gegenübersaß. Was war das für ein Kerl, der sich so einrichten konnte, dem man diese völlig unübliche Ausschweifung gestattete?

Böhle wurde unruhig bei dem Gedanken. Er musste auf der Hut sein und trotzdem locker wirken. So achtete er darauf, eine distanzierte Haltung einzunehmen, zurückhaltend bestimmt zu sein und auf Fragen möglichst knappe

Antworten zu geben. Das hatte er in einem Buch gelesen, das er in seinem Büro liegen hatte. Es hieß *Erfolgreich argumentieren* und vermittelte bereits auf den ersten Seiten die Verhaltensweise, in Situationen, in welchen man sich selbst als inkompetent und den Fragestellungen als nicht gewachsen erachtete, möglichst wenig zur Sache auszuführen. Wenn man etwas sagte, sollte es unverbindlich sein. Am besten waren dann Gegenfragen, die einen entlasteten. Böhle hatte das Buch nie weiter gelesen, als bis zu dieser Stelle.

Funk hatte seit der knappen Begrüßung kein Wort mehr gesprochen. Das war auch nicht nötig, denn er spürte die Anspannung seines Gegenübers. Dieser Böhle saß mit gelangweilter Miene vor ihm, sah sich abschätzig im Büro um und schien darauf zu warten, eine Aussage machen zu können, um danach endlich ins Wochenende verschwinden zu können. Er schauspielerte eine Körpersprache, die Gelassenheit hätte ausdrücken können, wäre da nicht dieser feine, glänzende Film auf seiner Stirn gewesen. Schweiß.

Funk blätterte eine Weile in den Unterlagen. Ohne diese Tätigkeit aufzugeben, fragte er wie nebenbei: »Wo waren Sie am Montagabend, Herr Dr. Böhle?«

Er sah wie die gepflegten Doktorenfinger der rechten Hand kurz und kaum wahrnehmbar einen leichten Druck auf die Sessellehne ausübten. Jetzt sah Funk sein Gegenüber an – mit ernster, fragender Miene.

Dr. Thomas Böhle musste überlegen: möglichst wenig sagen, durch Gegenfragen entlasten.

»Wieso fragen Sie das?«

Funks Stimme verhieß nichts Gutes. »Weil ich das als Polizist fragen muss. Reine Routine.«

»Am Montagabend?«, fragte Böhle, um Zeit zu gewinnen.

Funk sah wieder in seine Unterlagen und ließ Böhle alleine.

»Am Montagabend, wollen Sie wissen. Mhm. Also, die letzte Zeit war ziemlich anstrengend. Soweit ich mich erinnere, bin ich mit dem Auto herumgefahren. Das entspannt mich.«

Kaum das Böhle fertig war, stach Funk das erste Mal zu. »Glauben Sie, sich zu erinnern, oder wissen Sie es genau. Wo waren Sie am Montagabend zwischen siebzehn und zwanzig Uhr.« Kaum gesagt, ließ er das Blättern sein und sah Dr. Böhle eindringlich an.

Der erinnerte sich an ein Buch, das er auch in seinem Büro hatte und in dem er manchmal blätterte. Es hieß *Konflikte erfolgreich steuern*. Darin war beschrieben, wie man mit psychologischen Mitteln Druck ausüben konnte, ohne als Krawallmacher dazustehen. Irgendwo stand da, dass man Aggressionen, die gegen einen selbst gerichtet waren, am besten ausweichen sollte, um Eskalationen zu vermeiden. Das war ziemlich allgemein beschrieben, stellte Böhle jetzt fest. Schlimmer noch: Diese Phrasen nutzen einem nichts, wenn es wirklich ernst wurde.

»Wie ich schon sagte. Ich war mit dem Auto unterwegs, der Entspannung wegen.«

»Wo?«

»Wie, wo?«

»Wo genau waren Sie unterwegs«, fragte Funk. Dann wurde seine Stimme väterlich. »Sind Sie drei Stunden lang durch die Lande gefahren? Und das bringt Ihnen Entspannung, bei dem Verkehr auf unseren Straßen? Das verstehe ich nicht.«

Dr. Thomas Böhle atmete innerlich auf. Dieser Funk konnte sich also nicht vorstellen, drei Stunden lang mit dem Auto herumzufahren. Na, dann würde er ihm eben was erzählen.

»Ja, da haben Sie schon recht, Herr Funk. Aber ich habe mir ja ein ganz besonderes Auto geleistet. Ist ein Hobby von mir.«

»Naja. Schöne Autos … kann ich verstehen. Was ist es denn für eines?«

Dr. Böhle lachte verschmitzt und nutzte die Gelegenheit, sich mit dem Arm über die Stirn zu fahren, um diesen feuchten Film endlich loszuwerden, bevor dieser Bulle noch etwas davon mitbekam. »Als bekennender Schwabe …«

Funk grinste kumpelhaft.

»Ein Porsche halt, Cabrio, so fürs Herz eben.«

Funk beherrschte sich, eine unflätige Bemerkung zu machen, und grinste weiter. Dieser Böhle sollte etwas lockerer werden und anfangen zu erzählen. Da machten die meisten Fehler. Funk pfiff kurz. »Neunelfer Cabrio?«

Böhle nickte zufrieden. Dieser Funk war beeindruckt. »Ja. Neunelfer. Natürlich in rot. Habe ihn erst seit letztem Herbst und fahre ihn auch im Winter nicht. «

»Saisonzulassung«, stellte Funk anerkennend fest.

»Ja. April bis Oktober. Am Montag hatte ich ihn gleich früh zum Kundendienst gegeben. Am Abend bin ich dann, das Wetter war ja schon fast wie im Frühling, so warm, also da bin ich halt mit rumgefahren. Man muss dieses fantastische Wetter ja nutzen. Wer weiß schon, wann und wie lange es dann wieder regnet.«

Funk zeigte Verständnis. Böhle senkte die Stimme. »Außerdem hatte ich ihn ja nur am Montag.«

Funk sah ihn fragend an.

»Naja. Ich lasse ihn ein wenig aufmotzen. Spur noch etwas breiter, Auspuff, Seitenschweller und so … ist seit Dienstag wieder in der Werkstatt und nächste Woche fertig.«

Funk pfiff anerkennend und fragte: »Schöne Strecken gefunden?«

Böhle überlegte eine gelungene Streckenführung. Während er erzählte, wo er überall gewesen war, rechnete er grob, ob es mit der Zeit hinkommen könnte. Funk war sehr interessiert, steuerte die eine oder andere Bemerkung über Ortschaften bei, in denen er auch schon gewesen war. Als Böhle schließlich fertig war, wirkte er erleichtert. Dieser Funk saß zufrieden in seinem Sessel und sah auf die Unterlagen auf dem Schreibtisch.

Dr. Thomas Böhle verstand die Frage zuerst nicht. »Welche Werkstatt?«

»Werkstatt?«

»In welcher Werkstatt der Kundendienst erledigt wurde.«

»Ach so. Im Porschezentrum.«

»Das Tuning auch?«

»Klar.«

»Kennzeichen.«

»Wie bitte?«

»Welches Kennzeichen hat Ihr Porsche?«

Böhle nannte es. »Wozu brauchen Sie das.«

Funk sah kurz von seinem Notizblock auf und sagte: »Kilometerstand.«

Böhles Blick machte deutlich, dass er nicht verstanden hatte, worum es ging. Funk erklärte es ihm. »Werkstätten notieren den Kilometerstand. Ich möchte nur überprüfen, ob der Kilometerstand Ihres Porsches mit der wunderbaren Strecke übereinstimmt, die Sie mir gerade genannt haben. Falls nicht, hätten wir ein Problem, oder? Dann hätten Sie mich ja belogen, und dies drängte die Frage auf, weshalb – und wo Sie dann wirklich gewesen waren?«

Dr. Thomas Böhle wurde bleich. Und gleich darauf erschrak er, denn die Tür hinter ihm öffnete sich, ohne dass jemand es für erforderlich gehalten hätte, anzuklopfen. Ein untersetzter, grimmig dreinschauender Mann mit kurzen, dicken Armen kam herein und setzte sich auf einen der zwei gepolsterten Stühle rechts an der Wand. Dieser Funk schien das gar nicht wahrzunehmen. Er wirkte zunehmend ungehalten und warf einen Packen Papier auf den Schreibtisch.

»Der Abschlussbericht, den Ottmar Kinker da verfasst hat, wirft kein gutes Licht auf die Aureum-Immobilien, Herr Dr. Böhle, wirklich kein gutes Licht. Ich hoffe, Ihr Alibi passt, denn man könnte in dem, was sich in Kinkers Bericht findet, durchaus Anlagen für ein Motiv sehen.«

Dr. Thomas Böhle schwieg. Er presste die Lippen zusammen und überlegte. Es hatte gar keinen Sinn, den beiden zu sagen, dass sie vorsichtig sein sollten, mit wem sie sich gerade anlegten. Es hatte im Moment keinen Sinn zu drohen. Dr. Thomas Böhle handelte intuitiv. Es war die Intuition der erfolgreich Mittelmäßigen, die in der Lage waren, in Augenblicken, die ihre Fortexistenz gefährdeten, ihre sonst aufgesetzte Arroganz, aggressive Eitelkeit und ihren hohlen Stolz zu überwinden – sich devot zurückzuziehen, um zu warten, bis der kalte Wind, der ihnen gerade entgegenblies, vorüber war. Und so entspannte sich Dr. Thomas Böhle ausgerechnet im Augenblick größter Bedrängnis. Er sagte mit tonloser Stimme, dass seine Personalien sichergestellt seien, dass er sich zur Sache nicht mehr äußere, dass er einen Anwalt hinzuziehen und ansonsten auf die Rückkehr von Familienmitgliedern warten wolle. Dieser Funk sah ihn mit abschätzigem Lächeln ins Gesicht, hob beide Hände und sagte äußerst freundlich. »Na dann.«

Dr. Thomas Böhle durfte gehen.

Eine runde Sache

Spät am Freitagabend war Schielin nach Hause gekommen. Er war sich seiner Sache nicht mehr sicher. Er hatte Yulia Kavan gesehen, die mit ihrer Tochter Nadja zunächst zur Dienststelle gebracht worden war. Es war nicht möglich, mit ihr ein vernünftiges Gespräch zu führen. Sie weinte ununterbrochen. Schon die Erfordernis, sie von ihrer Tochter zu trennen, bereitete große Schwierigkeiten. Wenzel und er saßen mit einer heulenden Yulia Kavan im Vernehmungszimmer und brachten nicht das Geringste aus hier heraus. Einige Zimmer weiter versuchten Lydia, Funk und Kimmel mit der heulenden und schreienden Nadja zurande zu kommen.

Kimmel gab als Erster auf. Gommert war verschwunden, und Funk wie Lydia Naber waren nach dem langen Tag nicht mehr in der nervlichen Verfassung, das länger durchzuhalten. Nach einigen Diskussionen einigte man sich darauf, Mutter und Tochter nicht in einer Zelle übernachten zu lassen. Alle trugen das Risiko, und Yulia Kavan durfte mit ihrer Tochter in einem Hotelzimmer die Nacht verbringen. Keiner hatte aber ein gutes Gefühl dabei.

Was Schielin anging, so ließ er sich wenig von Tränen beeinflussen. Es war aber so, dass die von Yulia Kavan vergossenen die einer tiefen, echten Verzweiflung waren, wobei ihm nicht deutlich wurde, was der Grund für diese Verzweiflung war. Die Tatsache, dass sie nun bei der Polizei saß oder die Nachricht vom Tode Ottmar Kinkers.

Dann war da noch die Beerdigung, die ihm zu schaffen machte. Auch der kurze Abstecher zur Weide und die stumme Zwiesprache mit Ronsard halfen ihm nicht aus den zwiespältigen Gefühlen. Und das machte das Dilemma der Ermittlungen deutlich. Sie hatten keine eindeutigen objektiven Beweise, sondern befanden sich im Sumpf menschlicher Beziehungen und Emotionen. Keine gute Grundlage für Ermittlungen in einem Mordfall. Irgendwo musste doch eine objektive Spur zu finden sein.

Schielin trottete zurück zum Haus, aß freudlos, wurde mit keinen Problemen belästigt. Laura und Lena waren zu Hause, so konnte man wenigstens in dieser Hinsicht beruhigt zu Bett gehen. Er verzog sich in sein Arbeitszimmer, stöberte im CD-Regal und legte schließlich Christina Pluhars *All' Improvviso* auf. Er ließ die CD zweimal durchlaufen und legte sich dann hin. Schlafen konnte er nicht. Marja auch nicht.

Es war noch dämmrig, als er aufstand. Wirre Träume hatten ihn im Halbschlaf gehalten. Er duschte lange und wanderte wieder zur Weide. Ein Anruf unterrichtete ihn davon, dass Yulia Kavan mit ihrer Tochter im Hotel beim Frühstück saß. Einige Zeit später kam Walther Lurzer mit seinen Enkeln.

Mit großer Verwunderung registrierte Schielin, wie reizend seine beiden Töchter mit dem Besuch umgingen. Selbst Marja sah ihn einige Mal verwundert an. Das steckte also auch in den beiden. Sie nahmen die Kleinen mit zur Weide, so hatte er Zeit, bei einem Kaffee das Aktenpaket zu inspizieren, das der eigentliche Grund für Walther Lurzers Besuch war.

»Was sagst du dazu?«, fragte der, als Schielin nach einiger Zeit aufsah und die Akte vorsichtig auf den Tisch legte.

»Eigenartig.«

»Deswegen bin ich gekommen«, sagte Lurzer.

»So auf den ersten Blick würde ich sagen, die Spurenlage spricht eine andere Sprache als Pawliceks Geständnis.«

»Genau das. Aber es hat niemanden interessiert, weil man jemanden hatte, der ein Geständnis abgelegt hatte. Und dessen Profil passte auch noch. Sohn einer Hure, massakriert den Stiefvater, der das Schwesterchen betatscht.«

»Du hast dich schon intensiver mit der Sache befasst. Wie lautet deine Meinung.«

Walther Lurzer stellte die Kaffeetasse ab. »Ich gehe davon aus, dass Pawlicek seinen Stiefvater nicht getötet hat. Ich denke vielmehr, dass es seine Schwester war. Die Spuren im Gang hat ja niemand beachtet. Pawlicek hat den Tatort so hergerichtet, wie er es für richtig hielt, und ein willkommenes Geständnis abgelegt. Seien wir doch ehrlich. Ist doch eine feine Sache. Ein geklärter Mord, ein Geständiger, kurze Gerichtsverhandlung, wenig Aufwand, sogar die Presse freut sich. Ich bin der festen Überzeugung, dass er für seine Schwester, die er wirklich sehr geliebt haben muss, ins Gefängnis gegangen ist.«

»Sie hat sich später das Leben genommen, oder?«

»Ja. Sie hat Suizid begangen. Als Pawlicek aus dem Gefängnis entlassen wurde, hat er in dem Milieu begonnen, in dem er groß geworden ist. Von einer Freundin seiner Mutter hat er dieses Etablissement … sozusagen geerbt … und einen Nobelschuppen draus gemacht. Und weißt du, was sein wichtigstes Kapital bei der Sache war?«

Schielin sah Lurzer fragend an. »Sein Ruf. In der Szene hieß er Zinken-Josi, und alle hatten Respekt vor einem, der seinem Stiefvater eine Viertel Mistgabel in den Leib rammt. Niemand im Milieu hat sich ernsthaft mit ihm angelegt. In den Akten sind auch nur ein paar unbedeutende Kleinigkeiten. Körperverletzung und so. Es ging aber immer um betrunkene Gäste, die die Damen nicht so behandelten, wie Zinken-Josi es wollte. Ich sage dir eines. Dieser Pawlicek ist nicht der Pawlicek, der er vorgibt zu sein.«

»Es waren aber schon viele Jahre, die er gesessen hat für seine Schwester. Und dann … dieses Ende …«

Walther Lurzer klatschte mit den Händen. »Ich denke nur, dass es für deine Ermittlungen nicht unerheblich sein könnte. Wie ist denn da der Stand.«

»Er war am Tatort zur Tatzeit. Das gibt er zu. Er will aber einen anderen Mann gesehen haben, der Kinker umgebracht haben soll.«

»Ach, herrje. Der große Unbekannte. Das schaut aber doch ziemlich schlecht für ihn aus. Habt ihr denn objektive Spuren, Finger, Fasern, DNS?«

»Ich warte stündlich auf die Ergebnisse, die sollen heute kommen. Vorher brauchen wir gar nicht weiterzumachen mit Vernehmungen und so.«

»Dann beneide ich dich nicht.«

Schielin lachte böse. »Die Beerdigung ist heute auch noch. Obwohl ich mit den Leuten, also den Hinterbliebenen und dem Toten, nichts zu schaffen habe, graut es mir davor. Und wäre ich nicht der Meinung, dass es die Ermittlungen irgendwie weiterbringen würde, ginge ich auch nicht hin.«

✳

Die Widersprüche der Ermittlungen schlugen sich auf Schielins Stimmung nieder. Als er an einem Spiegel vorbeikam und sein Gesicht sah, erschrak Conrad Schielin, und es war für ihn nachvollziehbar, aus welchen Gründen seine beiden Töchter jegliches Gespräch oder gar Diskussionen vermieden. Seine Gesichtszüge ähnelten fast schon denen von Helmtraud Kinker. Er war missmutig und nahm sich vor, die Ratlosigkeit, die ihn erfasst hatte, nicht gar so präsent in seinem Heim wirken zu lassen.

Walther Lurzer war mit seinen Enkeln schon wieder zurück in Bregenz, als ihn Lydia benachrichtigte, dass sich die wenigen an Ottmar Kinker gefundenen Spuren nicht mit Josef Pawlicek verbinden ließen. Weder diese Nasenhärchen stimmten mit der DNS des Österreichers überein, noch ließen sich die Fasern seiner Kleidung zuordnen. Schielin war der Appetit nun gründlich vergangen, und den anderen wollte er ihn nicht vermiesen. Das Mittagessen fiel für ihn aus. Er zog die dunkle Hose an, ein weißes Hemd, saß in seinem Arbeitszimmer und hörte die gute alte *Horowitz at Home*. Nicht zu fröhlich, nicht zu traurig. Beseeltes Klavierspiel, das ausreichend Raum ließ.

Er hatte Lydia und Wenzel gebeten, die Informationen noch zurückzuhalten und nicht an die Anwältin weiterzugeben. Er wollte noch die Beerdigung abwarten, bevor sie sich zusammensetzten und besprachen, wie sie weiter verfahren sollten. Kimmel war mit dem Vorgehen einverstanden. Er rief Gommert und Funk zu Hause an, die beide mit ersten ernsthaften Gartenarbeiten beschäftigt waren.

*

Mächtige grauweiße Wolken zogen träge von Westen kommend den Bergen zu. Noch wurde ihr Lauf nicht gebremst, aber es war fühlbar, dass das frühlingshafte Wetter eine Unterbrechung erfahren würde. Schielin parkte auf dem Schotterparkplatz am Eingang des Lindauer Friedhofs. Viele Trauergäste hatte er sowieso nicht erwartet, aber dass der Parkplatz so leer sein würde, überraschte ihn doch.

Er war etwas zu früh und nutzte die Zeit für einen Gang durch die Gräberreihen. Durch den lockeren Baumbestand der parkähnlichen Anlage genoss er den Blick hinaus auf die Obstgärten und zum Schönbühl, dessen Hang gerade in grellem Sonnenlicht lag, während der Friedhof selbst im Schatten einer der Wolken verharrte. Es war still. Vom Schönbühl und der Ludwig-Kick-Straße her waren nur ab und an Motorengeräusche zu vernehmen.

Er verfolgte, wie einige Gestalten den Friedhof betraten und den Weg zur Kapelle nahmen. Das Grab Ottmar Kinkers lag im nördlichen Teil des Friedhofs. Als die Glocke zwei Uhr schlug, ging er zur steinernen Plattform der Kapelle und sah durch die geöffneten Türen nach drinnen. Spärlich. Es war spärlich. Ottmar Kinkers Sarg stand auf dem Rollwagen. Er zählte neun Personen und zwei jämmerliche Blumensträuße. In der Kapelle herrschte eisiges Schweigen. Keine Musik. Er hätte sich Yulia Kavan und Nadja hier gewünscht. Doch wie Lydia ihm am Telefon mitgeteilt hatte, war sie dazu nicht in der Lage. Was er hier sah, war erbärmlich, und es machte ihn wütend.

Er ging und suchte einen etwas erhöhten Standpunkt in angemessener Entfernung zu Ottmar Kinkers Grab. Der Sarg wurde von Angestellten des Beerdigungsinstituts zum Grab gefahren. Erst jetzt erkannte Schielin, dass überhaupt kein Pfarrer anwesend war. Ein älterer Herr mit schütterem weißen Haar ergriff das Wort. Schielin hörte ihn reden von der Natur und der ihr innewohnenden Vergänglichkeit, von der Zeit an sich und im Besonderen – deren Vergehen durch die Erwähnung einer Sanduhr bildhaft dargestellt wurde. Mit ernster Miene wurden einige Zeilen von Hesse zitiert, von fallenden Blättern war die Rede, der Name Goethe fiel, und vielleicht wurden auch einige Zeilen aus dessen reichem Schaffen über die Anwesenden geworfen.

Schielin hatte zuvor noch an den Liederhort gedacht. An die Reutiner Blaskapelle, an die Musik, die Ottmar Kinker sicher Freude gemacht hatte. Nichts von alledem war hier wiederzufinden. Ottmar Kinker war tot, und die Zurückgebliebenen wären ob dieser Veranstaltung trostlos geblieben, hätten sie denn Trost gesucht.

Doch Schielin bekam von alledem nichts mehr mit. Er stand da und starrte gebannt auf das Häuflein Menschen vor dem Grab. In der Mitte stand, auf einen Krückstock gestützt, Meta Kinker mit versteinerter Miene – kalt, unerschrocken, eine selbstgewisse Zeitfresserin. Die Menschen um sie herum hielten Abstand. Niemand wagte es, ihr zu nahe zu kommen, niemand stützte sie – weshalb denn auch. Rechts von ihr stand etwas verloren ein Mann um die Fünfzig in dunklem Anzug. Sicher einer von Kinkers Dienststelle, dachte Schielin. Links daneben stand Helmtraud Kinker, verzweifelt, voller Angst und Furcht. Sie konnte nicht ruhig stehen. Mit ihrer rechten Hand strich sie ruhelos über den schwarzen Rock.

Was Schielins Blick aber bannte, war der schlanke Mann, unter dessen Arm sich Helmtraud Kinker eingehakt hatte. Er war viel jünger als sie. Schielin schätze ihn auf Ende dreißig. Es musste der Mutter Schwesterkind sein, denn in seinem Gesicht fanden sich die gleichen missmutigen Züge, die bei seiner Cousine im Übermaß ins Licht der Welt gesetzt wurden. Und bei ihm gesellte sich zum Missmut noch die Härte aus Meta Kinkers Zügen. Er war es also, der die Organisation der Beerdigung übernommen hatte – wie hatte Helmtraud Kinker noch gesagt: *meiner Mutter Schwesterkind*, dachte Schielin und starrte auf die faltige dunkle Stoffhose, die an den dünnen Beinen flatterte, sah den dunklen Wollmantel, der die abstoßende Gestalt umhüllte – und er sah dieses kleine Detail, das ihn vorübergehend schockierte.

Kaum hatte der professionelle Leichenprediger seinen Schmus beendete und sich theatralisch vor dem Sarg verneigt, verließ Schielin den Friedhof und telefonierte am Parkplatz mit der Dienststelle. Lydia Naber und Wenzel waren drei Minuten später vor Ort und hörten – zuerst interessiert, dann ungläubig – Schielins wenigen Worten zu.

Als Meta Kinker, gefolgt von Tochter und Meiner-Mutter-Schwesterkind aus dem Friedhof traten, kamen ihnen Schielin und die anderen entgegen.

Conrad Schielin wendete sich direkt an die bleiche, hagere Gestalt, an deren Arm immer noch Helmtraud Kinker hing, die ihr stummes Erschrecken über Schielins Auftauchen nicht mehr versteckt halten konnte. Es äußerste sich in krampfhaften Bewegungen, sodass ihr Cousin Mühe hatte, von dem Zerren nicht mitgerissen zu werden.

Schielin musste sich zusammenreißen, sein Herz schlug bis in die Ohren vor Aufregung und Zorn. »Ich möchte Sie bitten, mitzukommen«, brachte er trotzdem fest und sicher heraus.

»Und warum?«, fragte sein Gegenüber ohne Angst.

Schielin hob langsam seine rechte Hand, fuhr den Zeigefinger aus und ließ ihn gegen die Brust von Helmtraud Kinkers Cousin fahren, die inzwischen laut schluchzte.

»Ihnen fehlt hier ein Knopf, Meiner-Mutter-Schwesterkind!«

Er nahm den Finger wieder weg und sagte. »Geiz ist ein Strang der Seel – und alles Bösen Königin.«

Helmtraud Kinker brach zusammen. Ihre Mutter ging ungerührt weiter.

*

Am Abend, die Dämmerung war schon wieder hereingebrochen, hielt ein Taxi vor dem Eingang des Friedhofs. Yulia Kavan stieg aus. Sie war alleine. Mit zaghaften Schritten suchte sie den Weg zum Grab. Nadja saß im Geschäftszimmer der Kripo Lindau und verfolgte Erich Gommert, der auf der Computertastatur schrieb und ab und an einen freundlichen Blick auf das scheue Mädchen warf.

Im Vernehmungsraum saßen Schielin, Lydia Naber und Wenzel. Ihnen gegenüber hockte ein regungsloser Waldemar Kunze. Dessen alter, abgewetzter Mantel lag in einer Ecke, verpackt in eine klarsichtige Plastiktüte. Man musste kein Sachverständiger sein, um festzustellen, dass der in einem kleineren Beutel dabei liegende Knopf mit dem charakteristischen Abbruch am Rand zu dem Mantel gehörte. Noch in der Nacht würde das Ergebnis der DNS-Untersuchung kommen und bestätigen, dass die DNS der vorgefundenen Nasenhärchen mit der von Waldemar Kunze übereinstimmte. Der schwieg beharrlich und verlangte nicht einmal einen Anwalt. Sie gaben es bald auf, etwas von ihm zu erfahren, und brachen die Vernehmung ab. Waldemar Kunze wurde in die Zelle neben der gebracht, in der Josef Pawlicek ruhig auf der Matratze lag und wartete.

Spät am Abend fuhren Schielin und Lydia Naber nach Reutin. Diesmal öffnete ihnen Meta Kinker. Wortlos, auf ihren Stock gestützt, ging sie ihnen voran und setzte sich an ihrem Platz nieder.

»Sie wussten alles«, begann Schielin ohne Vorwurf in der Stimme mitklingen zu lassen.

Sie atmete laut aus, sagte aber nichts dazu.

»Ihre Tochter hat von der Frau Ihres Bruders, der Adoption und dem Testament gewusst. Das hat sie uns zumindest schon erzählt. Wir wissen auch, dass Waldemar Kunze für Sie Hausmeister, Steuerberater – Mädchen für alles war. Für ihn war es sicher eine Bedrohung, dass Ihr Sohn plötzlich aus der Reihe tanzte, eine Familie gründete und das Vermögen aufgeteilt werden würde. Es wäre eng geworden für Waldemar, der ja keinen Beruf ausübt und auf ihre Barzahlungen angewiesen war. Und noch etwas viel Wichtigeres wäre ihm genommen worden: das Gefühl im Besitz all dieser Immobilien und all des Geldes zu sein. Ganz gleich, ob es ihm nun nach unserem Verständnis gehörte oder nicht. Er betrachtete es als das Seine, und Ottmar Kinker war dabei, es ihm zu nehmen.«

Er wartete und sah zu Meta Kinker. Lydia saß daneben, als gehörte sie nicht dazu.

»Ich glaube aber nicht, dass es das Geld alleine war, das ihn dazu trieb, Ihren Sohn zu töten. Es existiert da noch etwas anderes. Wovor hatte Waldemar Kunze noch, oder besser gesagt, wirklich Angst, Frau Kinker? Was ist vor etwa zwanzig Jahren geschehen? Könnte es sein, dass Ihr Sohn jetzt, da er wie befreit war, etwas hätte sagen können, oder etwas hätte sagen wollen?«

Meta Kinker hob leicht das Kinn, um Schielin anzusehen. Er blickte in ein versteinertes, ausdrucksloses Gesicht.

»Es ist geschehen, wie es geschehen ist. Niemand kann durch Reden etwas ungeschehen machen.«

»Hat es mit dem Tod ihres Mannes zu tun? Da sind die Briefe Ihrer Schwägerin, und Ihr Sohn, ein lebensfreudiger junger Mann, zieht sich plötzlich völlig aus dem Leben zurück, lebt wie in einem selbst gewählten Gefängnis; und das gerade nach dem Tod seines Vaters.«

»Ist das so unvorstellbar, dass der Tod des Vaters einen verändert?«, sagte sie tonlos.

Schielin nickte einige Male stumm. Dann stand er auf und ging.

»Gibst du dich damit zufrieden?«, fragte Lydia Naber, als sie kurz darauf im Auto saßen.

»Was bleibt uns denn übrig?«

»Aber es ist doch …«

Schielin winkte ab. »Wir werden aus ihr keinen Ton herausbringen. Vielleicht wird Waldemar Kunze irgendwann reden, was ich mir nicht recht vorstellen kann.«

»Aber in den Briefen von Ottmar Kinkers Tante stand doch der Satz: *Die Zeit ist die Entdeckerin der Wahrheit.* Das ist doch wie ein Auftrag an uns, weiterzuermitteln.«

»Nein. Im Brief stand ja eben: *Die Zeit ist die Entdeckerin der Wahrheit* und nicht *Die Zeit ist die Entdeckerin der Gerechtigkeit.* Du bist auf der Suche nach Gerechtigkeit.«

»Du etwa nicht?«

»Natürlich. Aber in diesem Fall wird uns das bisschen Ahnung einer bisher verborgenen Wahrheit genügen müssen. Sieh es mal so – ab jetzt arbeitet die Zeit für die Gerechtigkeit.«

»Ich finde das aber unbefriedigend, äußerst unbefriedigend. Ich würde der Zeit beim Entdecken schon gerne ein wenig helfen.«

»Ich verstehe dich ja, Lydia.«

*

Drei Wochen später, Waldemar Kunze saß in der Justizvollzugsanstalt Kempten, Helmtraud Kinker war in Liebenau eingeliefert worden, meldete sich Walther Lurzer bei Schielin. Er druckste ein wenig herum, wie es eigentlich nicht seine Art war.

»Es geht um unsere Ermittlungssache da in Linz, gegen diesen Mosbichl.«

Schielin wartete.

»Also, wir haben dieses Korruptionsverfahren einstellen müssen.«

Schielin war erstaunt. »Oh. Das sah aber doch ganz gut aus, nach dem, was du mir berichtet hast, von all den Unterlagen und Filmchen …«

»Naja das stimmt schon. Es ist nur so, dass wir keinen Beschuldigten mehr haben. Mosbichl ist tot.«

»Tot?«

»Ja. Eine irgendwie dumme und seltsame Geschichte. Ein Unfall wohl. Sie haben ihn bei einer Jagdhütte gefunden. Er hat den Heuschober im Frühjahr sauber machen wollen, so wie es ausschaut.«

»Mhm. Und.«

»Er ist vom Oberboden gestürzt.«

»Genickbruch?«

»Nein … er ist … in eine Mistgabel gefallen … dumme Sache, irgendwie. Er wollte wohl mit dem Ding nach oben in das Heulager steigen und ist dabei von der Leiter gefallen …«

Beide schwiegen und dachten doch das Gleiche.